Cuaderno de actividades

El mundo 21 hispano

Fabián A. Samaniego
University of California, Davis, Emeritus

Nelson Rojas
University of Nevada, Reno

Houghton Mifflin Company
Boston   New York

Publisher: Rolando Hernández
Sponsoring Editor: Van Strength
Development Editor: Amy Johnson
Project Editor: Amy Johnson
Manufacturing Manager: Florence Cadran
Senior Marketing Manager: Tina Crowley Desprez
Associate Marketing Manager: Claudia Martínez

Credit: p. 121: Roque Dalton, "Alta hora de la noche" from *Poesía contemporánea de la América Central*. Reprinted with permission.

Printed in the U.S.A.

ISBN: 0-618-50136-3

2 3 4 5 6 7 8 9 -VHO- 10 09 08 07 06

CONTENIDO

Organización

El *Cuaderno de actividades* que acompaña *El mundo 21 hispano* empieza con una sección introductoria, **Antes de empezar,** que incluye un breve enfoque sobre la lengua y cultura hispana en EE.UU. y algunos formularios que ayudan a diagnosticar el nivel lingüístico de los estudiantes, a analizar y evitar errores de deletreo y a facilitar la corrección de composiciones. A continuación hay seis unidades con tres o cuatro lecciones cada una. En cada lección se encuentran las dos secciones principales ¡**A escuchar!** y **Mejoremos la comunicación.**

¡A escuchar!

Esta sección contiene las páginas de actividades que acompañan el programa auditivo para hispanohablantes. Éstas incluyen **Gente y cultura del mundo 21,** actividades de comprensión oral basadas en información cultural y **Acentuación y ortografía** o **Pronunciación y ortografía,** un repaso con ejercicios de la acentuación y/o la pronunciación que incluye prácticas de deletreo. La última actividad en esta sección es siempre un dictado que les permite a los estudiantes desarrollar sus habilidades auditivas al mismo tiempo que practican las reglas de acentuación, pronunciación y deletreo que han aprendido.

Mejoremos la comunicación

Esta sección consta de cuatro partes y presenta información que los estudiantes hispanohablantes necesitan comprender junto con una gran variedad de actividades. La primera parte, **Vocabulario activo,** contiene actividades para practicar y ampliar el vocabulario que se presenta en la lección. La segunda parte, **Gramática en contexto,** tiene ejercicios adicionales que repasan puntos fundamentales de la gramática de la lección. La tercera parte, **Lengua en uso,** examina varios aspectos de la lengua tales como la terminología gramatical, las variantes coloquiales y la tradición oral. En la cuarta parte, **Composición,** los estudiantes pueden incorporar el vocabulario activo y usar su creatividad al expresar sus propias opiniones sobre algún aspecto cultural explicado en la lección. En la primera lección de cada unidad se presenta una sección especial, **Correspondencia práctica,** que explica varias formas de la correspondencia tanto formal como informal. Esta sección siempre se ilustra con ejemplos seguidos por tareas específicas de redacción.

Una sugerencia general para el instructor es que no deben tomar mucho tiempo para corregir y calificar los ejercicios del *Cuaderno de actividades*. Los estudiantes se beneficiarán más si Ud. les pide que ellos mismos verifiquen su propio trabajo o el de otro estudiante.

¡A escuchar!

La sección de **¡A escuchar!** comprende dos partes: **Gente y cultura del mundo 21** y **Acentuación y ortografía** (que en las unidades posteriores se convertirá en **Pronunciación y ortografía**).

Gente y cultura del mundo 21

En esta parte los estudiantes escuchan diversos ejemplos de discurso formal e informal. Entre otras, se presentan personas de distintas edades, profesores que dictan conferencias y locutores que presentan las noticias en la televisión o la radio. Por lo general, estas actividades de comprensión auditiva repasan lo que los estudiantes han aprendido acerca de individuos específicos o tópicos culturales y frecuentemente incluyen información adicional sobre la persona o el tema cultural en que se enfoca.

Sugerencias para trabajar con *Gente y cultura del mundo 21*

La manera en que se utiliza el programa del audio es flexible según la situación de cada clase. Éstas son algunas sugerencias que pueden ser útiles.

- Pedir a los estudiantes que escuchen los CDs al completar cada lección en el texto.

- Escuchar los CDs en clase después de estudiar las secciones correspondientes en el texto.

- Asignar los CDs como repaso en el laboratorio de lenguas, si su universidad lo tiene.

- Dejar que los estudiantes se lleven copias de los CDs para escuchar en casa como tarea, si su universidad tiene un servicio de duplicación de CDs.

- Repasar las respuestas correctas en clase después de que los estudiantes hayan trabajado con los CDs. Se pueden escribir las respuestas en una transparencia y pedirles a los estudiantes que corrijan sus propias tareas o que intercambien y que corrijan las de otro estudiante.

- Variar el modo en que se les pide a los estudiantes que trabajen con los CDs. Por ejemplo, se puede hacer el dictado en clase algunas veces y en otras ocasiones asignarlo como tarea. También se les puede permitir a los estudiantes que trabajen en parejas o grupos al hacer las actividades.

Acentuación / Pronunciación y ortografía

En esta parte los estudiantes hacen un repaso completo de la acentuación en español con una práctica extensa que incluye ejercicios sobre la silabación, la acentuación de palabras homófonas y la pronunciación y la acentuación de diptongos y triptongos. También se incluye práctica adaptada a las necesidades de los estudiantes hispanohablantes, como por ejemplo, en las áreas de la acentuación de los pronombres demostrativos en contraste con los adjetivos demostrativos, las palabras interrogativas y exclamativas, los pronombres relativos, las formas verbales y algunas palabras parónimas. Las partes de pronunciación examinan la correspondencia que hay entre ciertas letras problemáticas y sus sonidos. También les proporcionan a los estudiantes numerosas oportunidades para escuchar y escribir palabras que se deletrean con las letras **b/v, c/s/z, q/k/c, g/j, ll/y, r/rr, h** y **x.**

La última actividad de **Acentuación/Pronunciación y ortografía** consiste en un párrafo de cinco a ocho oraciones que se lee como dictado. Esta actividad les permite a los estudiantes poner en práctica todas las reglas de pronunciación, acentuación y deletreo que han aprendido. El contenido de estos párrafos siempre repasa algún aspecto de la información cultural que se ha presentado en la lección.

Sugerencias para trabajar con *Acentuación/Pronunciación y ortografía*

- Hacer la sección de **Acentuación/Pronunciación y ortografía** en clase y repasar las respuestas correctas en clase.

- Asignar la sección de **Acentuación/Pronunciación y ortografía** como tarea al completar cada lección y pedirles a los estudiantes que corrijan su propio trabajo en casa.

- Hacer el **Dictado** en clase y pedirles a los estudiantes que corrijan el dictado de un(a) compañero(a) en la clase.

- Hacer el **Dictado** en clase y pedirles a los estudiantes que corrijan sus propios dictados. Luego mostrar el dictado completo en una transparencia para que puedan verificar si lo corrigieron bien o no.

Mejoremos la comunicación

Esta sección consta de cuatro partes: **Vocabulario activo, Gramática en contexto, Lengua en uso** y **Composición.** Además, **Correspondencia práctica** figura en la primera lección de cada unidad.

Vocabulario activo

Esta parte contiene ejercicios para practicar el vocabulario activo que los estudiantes aprendieron en la sección del texto **Mejoremos la comunicación.** Incluye rompecabezas, buscapalabras y ejercicios de lógica donde hay que establecer una correspondencia entre palabras y definiciones. Estas actividades están diseñadas para forzar a los alumnos a producir el nuevo voabulario y no sólo reconocerlo.

Sugerencias para trabajar con *Vocabulario activo*

Los instructores pueden decidir cómo y cuándo deben hacer los estudiantes estos ejercicios. A continuación se presentan algunas posibilidades.

- Pedirles a los estudiantes que hagan los ejercicios de la sección de **Vocabulario activo** en clase, limitándoles el tiempo para hacerlo. Pueden hacerlo solos, en parejas o en grupos de tres o cuatro.

- Asignar estos ejercicios como tarea para hacerse en casa y corregirlos en clase el día siguiente.

- Se recomienda no dedicar mucho tiempo a la corrección de los ejercicios de **Vocabulario activo.** Los estudiantes se beneficiarán más si ellos mismos verifican su propio trabajo o el de otro estudiante.

Gramática en contexto

En esta parte los estudiantes practican las estructuras gramaticales que se presentan en cada lección del texto. La numeración y los subtítulos en el cuaderno son idénticos a los del texto. Cuando es apropiado, las explicaciones se desarrollan con más detalle para ampliar la comprensión del concepto gramatical según las necesidades especificas de los estudiantes hispano-hablantes. Todas las estructuras gramaticales se practican en un contexto. Se hace un esfuerzo consciente de reintroducir frases y expresiones que los estudiantes han usado previamente para ciertas situaciones comunes de la vida diaria. Además, éstas se usan para practicar nuevas situaciones en las cuales los estudiantes narran en el presente, el pasado y el futuro, expresan deseos y anhelos, hacen recomendaciones y expresan opiniones. A veces las actividades se basan en dibujos para apoyar la comprensión. También se incluyen ejercicios de traducción para enfatizar las diferencias o las correspondencias léxicas y sintácticas entre el español y el inglés.

Sugerencias para trabajar con *Gramática en contexto*

- Asignar los ejercicios de **Gramática en contexto** como tarea o hacerlos en clase, después de completar las secciones correspondientes en el texto.

- Escribir las respuestas de los ejercicios de Gramática en contexto en una transparencia y pedirles a los estudiantes que verifiquen su propio trabajo o el de otro estudiante antes de entregárselo a Ud.

Lengua en uso

Esta parte especial les permite a los estudiantes examinar la lengua española tal como se habla y escribe actualmente. Así pueden llegar a comprender la gran diversidad multicultural y multirracial del mundo hispano. Los estudiantes pueden estudiar por medio de obras literarias los rasgos de su propia habla, ya sean méxicoamericanos, puertorriqueños o cubanos. Para empezar, los estu-diantes examinan principios elementales del lenguaje: las partes de la oración, los componentes de una oración completa, la puntuación y el uso de mayús-culas y minúsculas. Luego estudian algunos conceptos problemáticos para hispanohablantes, por ejemplo, la acentuación de distintas formas verbales, los varios usos de **se** y el reconocimiento de cognados falsos. Se les enseña a los estudian-tes la lectura en voz alta, en particular el enlace de sonidos iniciales y finales de algunas palabras además de las pausas entre frases y oraciones. Para reforzar la materia, actividades contextualizadas siguen a cada explicación. Asimismo
se enteran del uso de prefijos latinos y griegos, la formación y uso de los diminutivos y los aumentativos, la interferencia del inglés en el español escrito y hablado, los cognados falsos en la lengua española. Con trabalenguas, adivinanzas, dichos populares y versos de la niñez, los estudiantes se dan cuenta de la importancia de la larga tradición oral hispana.

Sugerencias para trabajar con *Lengua en uso*

Existe mucha flexibilidad en cuanto a cómo y cuándo los estudiantes pueden hacer estos ejercicios. A continuación se presentan algunas posibilidades.

- Asignar **Lengua en uso** como tarea al completar cada lección.

- Después de completar esta sección, tener una discusión en clase animando a los estudiantes a desarrollar más el tema, especialmente cuando se presenta el habla (o una variante) de su país de origen o el de sus antepasados. También pedirles a algunos estudiantes que den más ejemplos de los usos del habla o del punto en cuestión.

- Repasar las respuestas correctas de los ejercicios en clase y pedirles a los estudiantes que verifiquen su propio trabajo o el de otro estudiante.

Correspondencia práctica

En esta parte los estudiantes investigan la organización, el estilo, el lenguaje o las fórmulas de cortesía y el protocolo que se usan para completar varios tipos de redacción utilizados en la vida real. Por ejemplo, aprenden a tomar mensajes telefónicos, escribir cartas de agradecimiento, invitaciones, varios tipos de mensajes personales, cartas informales a amigos y cartas formales de negocios. También aprenden a desarrollar una declaración personal como parte de una solicitud de ingreso a una universidad y a redactar una carta para solicitar empleo. Cada una incluye ejemplos y/o un modelo y un tema para que los estudiantes pongan en práctica la materia presentada.

Sugerencias para trabajar con *Correspondencia práctica*

- Pedirles a los estudiantes que hagan el ejercicio de redacción en clase, limitándoles el tiempo para hacerlo. Pueden hacerlo solos, en parejas o en grupos de tres o cuatro.

- Pedirles a los estudiantes que lean las explicaciones de **Correspondencia práctica** como tarea al completar la primera lección de cada unidad. Luego, en clase, contestar cualquier pregunta que los estudiantes tengan sobre lo que leyeron y asignar el ejercicio de redacción como tarea.

- Recordarles a los estudiantes que utilicen las estrategias de redacción que han aprendido en el texto cuando preparen su composición.

Composición

Ésta forma la última parte de ¡**A explorar!** y les ofrece a los estudiantes temas abiertos para que escriban de una manera original. Los temas están diseñados para despertar la creatividad de los estudiantes al pedirles que expresen sus propias opiniones o den sus propias interpretaciones de eventos históricos o textos literarios que se incluyen en la lección. Se hace un esfuerzo consciente para recordar a los estudiantes que practiquen las estrategias y los principios de redacción presentados en el texto en las secciones de **Escribamos ahora** de la unidad que estén estudiando.

Sugerencias para trabajar con la *Composición*

- Asignar la Composición como tarea uno o dos días antes de completar la lección.

- Recordarles a los estudiantes que utilicen las estrategias de redacción que han aprendido en la sección **Escribamos ahora** del texto: desarrollar y organizar ideas, escribir el primer borrador, revisar el contenido con un(a) compañero(a), desarrollar el segundo borrador, redactar este borrador y escribir el borrador final.

- Corregir y calificar las composiciones siguiendo las sugerencias que se presentan en la sección "course planning" del *Instructor´s Resource Manual*. Al calificar de esta manera, las composiciones no deben tomar demasiado tiempo y deben servir para motivar a los estudiantes a desarrollar una mayor fluidez en su redacción en español.

- Recordarles que escriban errores de ortografía en la sección de **Anotaciones para mejorar el deletreo** que se incluye en este **Cuaderno**.

Apéndices
Clave de respuestas

Esta clave de respuestas para los ejercicios del *Cuaderno de actividades* compone el Apéndice A. Le permite a Ud. pedirles a los estudiantes que ellos mismos corrijan su propio trabajo en vez de siempre tener que depender de Ud. para hacerlo. Para aquellos profesores que no deseen que los estudiantes tengan la clave, estas páginas están perforadas y pueden ser removidas el primer día de clase.

Reglas de acentuación en español

En el Apéndice B se encuentra un resumen de las reglas de acentuación en español que se presentan en detalle en este *Cuaderno de actividades*.

¡Buena suerte!

Fabián A. Samaniego
Nelson Rojas

La presencia hispana en EE.UU.

Según el censo de 2000, el número de hispanos en EE.UU. se eleva a más de 35,3 millones, casi el 12,5 por ciento de la población entera. Como es de esperar, la mayoría está en California (10,9 millones), Texas (6,6 millones), Nueva York (2,9 millones) y la Florida (2,7 millones). Pero lo sorprendente del último censo es que el número de hispanos tuvo un gran aumento en muchos otros estados, por ejemplo, Illinois (1,5 millones), Nueva Jersey (1,1 millones), Arizona (1,3 millones), Nuevo México (765,000), Colorado (736.000), Massachusetts (429.000), Washington (441.000), Pennsylvania (394.000) y Connecticut (320.000).

Entre las diez grandes ciudades de EE.UU. con impresionantes poblaciones de hispanos están Nueva York (2 millones), Los Ángeles (1,7 millones), Chicago (754,000), Houston (731,000) y San Antonio (671,000). En varias de estas ciudades el número de niños hispanos matriculados en las escuelas públicas ya representa una mayoría y se anticipa que en otros diez años este fenómeno será la norma en un gran número de ciudades. A la vez, muchos acuerdos interamericanos hacen que el comercio internacional de EE.UU. vaya enfocándose cada vez más en Hispanoamérica. Esto le da una importancia imprescindible a la enseñanza de la lengua española en EE.UU. No cabe duda que los hispanohablantes en EE.UU., con su conocimiento y aprecio por la cultura hispana, y con la ventaja de haber ya internalizado muchos de los matices más difíciles de la lengua, podrán facilitar la comunicación a cualquier nivel con nuestros vecinos hispanoamericanos.

Los antropólogos han descubierto que cuando una lengua muere, también deja de existir su cultura. Si se espera que la cultura hispanoestadounidense siga viva y vibrante, es esencial que los jóvenes hispanos de este país reconozcan que la lengua española es parte de nuestra identidad y de una rica herencia cultural que compartimos con otros pueblos. Nuestra lengua es el puente que nos une tanto con nuestro pasado como con nuestro futuro. Ya que EE.UU. es actualmente el quinto país más grande de habla española, a través del conocimiento y el desarrollo de nuestra lengua materna podremos confirmar nuestro lugar en el Mundo 21.

Formularios diagnósticos

A continuación se encuentran unos formularios diagnósticos que ayudarán al instructor y al estudiante a decidir si esta clase es la apropiada, a analizar y evitar los errores más comunes de deletreo y a corregir las composiciones.

El primer formulario está diseñado para ser completado por los estudiantes el primer día de clase. Les da a los instructores un perfil general del uso del español que tiene cada estudiante fuera de clase y una muestra de su nivel de redacción en español. Esta información ayudará a los instructores a aconsejar a los estudiantes sobre el curso apropiado, las áreas especificas de la lengua en que necesitan atención inmediata y en las que necesitarán atención especial durante el curso. De esta manera, el instructor puede organizar el curso para satisfacer las necesidades individuales de los estudiantes.

El segundo formulario es una tabla modelo que los instructores pueden pedirles a los estudiantes que utilicen frecuentemente, quizás después de escribir cada composición. Tomando en cuenta el concepto de que los estudiantes deben asumir cierta responsabilidad por sus conocimientos, esta tabla fue construida para ayudarles a analizar y a resolver los problemas específicos de deletreo que tengan. Por cada palabra problemática que encuentren, los estudiantes escriben individualmente en la tabla el deletreo normativo de la palabra, el deletreo original que incluye errores, las razones posibles para la confusión y una regla o apunte que les ayude a recordar el deletreo normativo.

Al final de la sección hay una tabla con diversos símbolos que facilitan la corrección de las composiciones. Estos símbolos se pueden usar para entrenar a los estudiantes a corregir sus propios errores en todas las composiciones—las del *Cuaderno de actividades,* las del texto y las de los exámenes.

ANOTACIONES PARA MEJORAR EL DELETREO

Haz una copia de la siguiente tabla. Úsala para anotar errores de deletreo que sigues repitiendo. En cada caso, escribe el deletreo formal, el error que tú tiendes a repetir, la razón por la cual crees que te confundes y algo que te ayude a recordar el deletreo formal en el futuro. Sigue el modelo. Este proceso debe ayudarte a superar los errores más comunes.

Nombre: _____ Fecha: _____

Tabla de anotaciones
para mejorar mi deletreo

Deletreo normativo	Mi deletreo	Razones para la confusión	Lo que me ayuda a recordar el deletreo normativo
asistí	assistí	Escribí dos eses como la palabra en inglés	En español nunca se usan dos eses

SÍMBOLOS PARA LA CORRECCIÓN DE COMPOSICIONES

Cuando entregues tus composiciones para ser calificadas, es probable que tu profesor(a) decida sólo indicar los errores y pedir que tú mismo(a) los corrijas. Si es así, esta lista de símbolos te ayudará a interpretar las indicaciones.

◯ Falta de acento	(proximo)
⊖ No lleva acento	interesante
d. Deletreo	*d.* vurro
s. Usa un sinónimo	María estudia mucho. Ella estudia _*s.*_ seis horas cada noche.
≡ Necesita mayúscula	Vamos a méxico.
/ Se escribe con minúscula	Los Nicaragüenses son pinoleros.
c. Condordancia en género y número entre sustantivo y adjetivo, o sujeto y verbo	*c.* *c.* Un tarde caluroso. *c.* *c.* Rosa y Pepe vamos juntos.
n.e. Una forma no-estándar (no necesariamente incorrecta pero no apropiada para este trabajo)	*n.e.* Dudo que haiga tiempo. *n.e.* No teníamos mucho dinero. *n.e.* Van pa la playa.
c.f. "Cognado falso"	*c.f.* Nosotros realizamos quién era.
( ) No se necesitan (letras/ palabras extras)	Los estudiant(t)es estudiarán laser glas y(luego ellos) pondrán acentos escritos donde se necesite.
—— Algo no está claro en una o varias palabras	
? Enfatiza que no está claro lo escrito en una o varias oraciones	
✓ Muy buena expresión o idea	

Nombre _____ Fecha _____

Sección _____

¡A escuchar!
Gente y cultura del mundo 21

A   **César Chávez.** Ahora vas a tener la oportunidad de escuchar a una de las personas que hablaron durante una celebración pública en homenaje a César Chávez. Escucha con atención lo que dice y luego marca si cada oración que sigue es **cierta** (**C**) o **falsa** (**F**).

C   F   **1.** César Chávez nació el 31 de marzo de 1927 en Sacramento, California.

C   F   **2.** El Concejo Municipal y el alcalde de Sacramento declararon el último lunes de marzo de cada año como un día festivo oficial en honor de César Chávez.

C   F   **3.** César Chávez fue un político muy reconocido que fue gobernador de California.

C   F   **4.** La oradora dice que la vida de César Chávez se compara con la de Gandhi y la de Martin Luther King.

C   F   **5.** En sus discursos, César Chávez hacía referencia a Martin Luther King.

Cuaderno de actividades   **1**

B   **Los hispanos de Chicago.** Escucha la siguiente información e indica si cada oración que sigue es **cierta** (**C**) o **falsa** (**F**). Escucha una vez más para verificar tus respuestas.

C   F   **1.** En 1910 muchos mexicanos vienen a EE.UU. a participar en una revolución.

C   F   **2.** En 1910 muchos mexicanos van a Chicago en busca de empleo.

C   F   **3.** Ahora los hispanos de Chicago hacen todo tipo de trabajo.

C   F   **4.** El 35 por ciento de la población de Chicago es de origen hispano.

C   F   **5.** La mayoría de los hispanos de Chicago son de origen puerto-rriqueño.

C   F   **6.** Pilsen y La Villita son comunidades de Chicago donde viven muchos hispanos de origen mexicano.

Acentuación y ortografía

Sílabas. Todas las palabras se dividen en sílabas. Una sílaba es la letra o letras que forman un sonido independiente dentro de una palabra. Para pronunciar y deletrear correctamente es importante saber separar las palabras en sílabas. Hay varias reglas que determinan cómo se forman las sílabas en español. Estas reglas hacen referencia tanto a las **vocales** (**a, e, i, o, u**) como a las **consonantes** (cualquier letra del alfabeto que no sea vocal).

Regla 1: Todas las sílabas tienen por lo menos una vocal.

Estudia la división en sílabas de las siguientes palabras mientras la narradora las lee.

Tina:	Ti-na	gitano:	gi-ta-no
cinco:	cin-co	alfabeto:	al-fa-be-to

Regla 2: La mayoría de las sílabas en español comienza con una consonante.

moro:	mo-ro	romano:	ro-ma-no
lucha:	lu-cha	mexicano:	me-xi-ca-no

Una excepción a esta regla son las palabras que comienzan con una vocal. Obviamente la primera sílaba de estas palabras tiene que comenzar con una vocal y no con una consonante.

Ahora estudia la división en sílabas de las siguientes palabras mientras el narrador las lee.

Ana:	A-na	elegir:	e-le-gir
elefante:	e-le-fan-te	ayuda:	a-yu-da

Nombre _____   Fecha _____

Sección _____

UNIDAD 1
LECCIÓN 1

Regla 3: Cuando la **l** o la **r** sigue a una **b, c, d, f, g, p** o **t** forman grupos consonánticos que nunca se separan.

Estudia cómo estos grupos consonánticos no se dividen en las siguientes palabras mientras la narradora las lee.

poblado: po-**bl**a-do   drogas: **dr**o-gas

bracero: **br**a-ce-ro   anglo: an-**gl**o

escritor: es-**cr**i-tor   actriz: ac-**tr**iz

flojo: **fl**o-jo   explorar: ex-**pl**o-rar

Regla 4: Las letras dobles de **ch, ll,** y **rr** nunca se separan; siempre aparecen juntas en la misma sílaba.

Estudia cómo estas letras dobles se dividen en las siguientes palabras al pronunciarlas.

borracho: bo-**rr**a-**ch**o   belleza: be-**ll**e-za

chicanos: **ch**i-ca-nos   chinchilla: **ch**in-**ch**i-**ll**a

Regla 5: Cualquier otro grupo consonántico siempre se separa en dos sílabas.

Estudia cómo estos grupos consonánticos se dividen en las siguientes palabras mientras la narradora las lee.

azteca: az-te-ca   excepto: ex-**cep**-to

mestizo: mes-**ti**-zo   alcalde: al-cal-de

diversidad: di-ver-si-dad   urbano: ur-ba-no

Regla 6: Los groups de tres consonantes siempre se dividen en dos sílabas, manteniendo los grupos consonánticos indicados en la Regla 3 y evitando la combinación de la letra **s** antes de otra consonante.

Estudia la división en sílabas de las siguientes palabras mientras la narradora las lee.

instante: **in**s-tan-te   construcción: cons-**tr**uc-ción

empleo: em-**pl**e-o   extraño: ex-**tr**a-ño

estrenar: es-**tr**e-nar   hombre: hom-**br**e

C **Separación en sílabas.** Divide en sílabas las palabras que escucharás a continuación.

1. a b u r r i d o
2. c o n m o v e d o r
3. d o c u m e n t a l
4. a v e n t u r a s
5. a n i m a d o
6. m a r a v i l l o s a
7. s o r p r e n d e n t e
8. m u s i c a l e s
9. d i b u j o s
10. m i s t e r i o
11. b o l e t o
12. a c o m o d a d o r
13. c e n t r o
14. p a n t a l l a
15. e n t r a d a
16. e n t e r a d o

El golpe. En español, todas las palabras de más de una sílaba tienen una de ellas que se pronuncia con más fuerza o énfasis que las demás. Esta fuerza de pronunciación se llama "acento prosódico" o "golpe". Hay tres reglas o principios generales que indican dónde lleva el golpe la mayoría de las palabras de dos o más sílabas.

Regla 1: Las palabras que terminan en **vocal, n** o **s** llevan el acento prosódico en la penúltima sílaba.

Escucha al narrador pronunciar las siguientes palabras con el golpe en la penúltima sílaba.

<u>**ma**</u>-no   pro-fe-<u>**so**</u>-res   ca-<u>**mi**</u>-nan

Regla 2: Las palabras que terminan en **consonante,** excepto **n** o **s,** llevan el golpe en la última sílaba.

Escucha al narrador pronunciar las siguientes palabras con el golpe en la última sílaba.

na-<u>**riz**</u>   u-ni-ver-si-<u>**dad**</u>   ob-ser-<u>**var**</u>

Regla 3: Todas las palabras que no siguen las dos reglas anteriores llevan acento ortográfico, o sea, acento escrito. El acento escrito se coloca sobre la vocal de la sílaba que se pronuncia con más fuerza o énfasis.

Escucha al narrador pronunciar las siguientes palabras que llevan acento escrito. La sílaba subrayada indica dónde iría el golpe según las dos reglas anteriores.

<u>ma</u>-**má**   in-for-<u>ma</u>-**ción**   Ro-**drí**-<u>guez</u>

D **El golpe.** Ahora escucha al narrador pronunciar las palabras que siguen y <u>subraya</u> la sílaba que lleva el golpe. Ten presente las tres reglas que acabas de aprender.

es-tu-dian-<u>til</u>   o-ri-gi-na-rio

Val-dez   ga-bi-ne-te

i-ni-cia-dor	pre-mios
ca-si	ca-ma-ra-da
re-a-li-dad	glo-ri-fi-car
al-cal-de	sin-di-cal
re-loj	o-ri-gen
re-cre-a-cio-nes	fe-rro-ca-rril

E **Acentos escritos.** Ahora escucha al narrador pronunciar las siguientes palabras que requieren acento escrito. Subraya la sílaba que llevaría el golpe según las tres reglas anteriores y luego pon el acento escrito en la sílaba que realmente lo lleva. Fíjate que la sílaba con el acento escrito nunca es la sílaba subrayada.

con-tes-tó	do-més-ti-co
prín-ci-pe	ce-le-bra-ción
lí-der	po-lí-ti-cos
an-glo-sa-jón	ét-ni-co
rá-pi-da	in-dí-ge-nas
tra-di-ción	dra-má-ti-cas
e-co-nó-mi-ca	a-grí-co-la
dé-ca-das	pro-pó-si-to

F **Sílabas, el golpe y acento escrito.** Escucha al narrador pronunciar las siguientes palabras y escribe cada palabra de nuevo dividiéndola en sílabas y subrayando la sílaba que llevaría el golpe según las reglas de acentuación. Si la palabra requiere acento escrito, escríbela una vez más poniendo el acento en la sílaba que realmente lo lleva. Recuerda que sólo las palabras que no siguen las reglas de acentuación llevan acento escrito.

MODELO *huesped*
   hues-ped   huésped

1. descendientes   _descendientes_   _____
2. politico   _político_   _político_
3. cultural   _cultural_   _____
4. Mexico   _Mexico_   _México_
5. Gonzalez   _González_   _González_

6. evolucion   *evolución*   *evolución*
7. capital   *capital*   _____
8. significado   *significado*   *~~significatox~~* ✗
9. ecologico   *ecologico*   *ecológico*
10. africana   *africana*   _____ ✗

El abecedario. Los nombres de las letras del alfabeto en español son los siguientes. Repítelos al escuchar a la narradora leerlos.

a	a	**j**	jota	**s**	ese
b	be (**be** grande, **be**	**k**	ka	**t**	te
	larga, **be** de burro)	**l**	ele	**u**	u
c	ce	**m**	eme	**v**	ve, uve (**ve** chica
d	de	**n**	ene		**ve** corta, **ve** de
e	e	**ñ**	eñe		vaca)
f	efe	**o**	o	**w**	doble v, doble uve
g	ge	**p**	pe	**x**	equis
h	hache	**q**	cu	**y**	i griega, ye
i	i	**r**	ere	**z**	zeta

Observa que en español hay una letra más que en inglés: la ñ. Hasta hace poco la ch (che) y la ll (elle) también se consideraban letras del alfabeto español, pero fueron eliminadas en 1994 por la Real Academia Española. Nota que rr (doble r) es un sonido común, pero no es una letra.

G   **¡A deletrear!** Deletrea en voz alta las palabras que va a pronunciar el narrador.

1. diversidad   6. multirracial
2. empobrecer   7. incluir
3. traicionar   8. lucha
4. español   9. judío
5. azteca   10. castillo

Nombre _____ Fecha _____

Sección _____

H **Dictado.** Escucha el siguiente dictado e intenta escribir lo más que puedas. El dictado se repetirá una vez más para que revises tu párrafo.

Los chicanos

_____
_____
_____
_____
_____
_____
_____
_____
_____
_____
_____
_____
_____

Mejoremos la comunicación
Correspondencia práctica

Nota informal. Tanto en español como en inglés, con frecuencia se presenta la necesidad de escribir una notita a un amigo o una amiga, a un pariente o a veces, a ti mismo. El contenido en estas notas informales varía muchísimo— puede ser una nota informando por qué no vas a regresar a casa a la hora debida, o por qué no vas a poder jugar fútbol esta tarde, cómo preparar la cena, qué compras hay que hacer, etc. En todas lo que más importa es la brevedad, por una parte, y la claridad y especificidad, por otra.

I   **Hubo dos mensajes.** Tú estás en casa solo(a) y el teléfono no ha dejado de sonar. Como piensas salir pronto a una fiesta, decides escribirles una notita a tus padres con el mensaje que el médico te dio acerca del resultado del examen que se hizo tu madre la semana pasada. También escribe la información que un amigo te acaba de dar acerca de dónde va a ser la fiesta esta noche y cómo llegar allí. Usa una hoja en blanco.

Vocabulario activo

J   **Lógica.** Completa estas oraciones con el vocabulario activo que aprendiste en **Mejoremos la comunicación** de la *Unidad 1, Lección 1*.

1. A mí me gustan más las películas _de cómicas_, _guerra_ y _ciencaficción_.

2. No me gustan las películas _de romanticas_, _musicales_ y _____.

3. (Yo) _odio_ las películas musicales pero _me fascinan_ las películas de guerra.

4. Cuando voy al cine, compro la _entrada_ en la _taquilla_.

5. No me siento en el primer piso sino en la _butaca_ para no estar demasiado cerca de la _pantalla_.

K   **En una palabra.** Indica en una palabra qué opinas de las siguientes películas con el vocabulario que aprendiste en **Mejoremos la comunicación** de la *Unidad 1, Lección 1*.

creativo **1.** *The Terminator*

creativo **2.** *Harry Potter*

No la visto **3.** *101 Dalmatians*

entretenido **4.** *Die Hard*

<u>creativo y imaginativo</u> **5.** *The Lord of the Rings*
<u>entretenido</u> **6.** *The Mummy*
<u>entretenido</u> **7.** *The Nutty Professor*
<u>entretenido</u> **8.** *Spider-Man*

Gramática en contexto

L **El español y sus variantes.** Completa el siguiente texto con el **artículo definido** apropiado. Escribe **X** si no se necesita ningún artículo. Presta atención a la contracción del artículo definido y en ese caso agrega solamente la letra que falta.

<u>La</u> (1) lengua de la mayoría de los hispanos en EE.UU.

es <u>el</u> (2) español. Pero esta lengua tiene muchas

variantes. Hay <u>X</u> (3) hispanos que hablan <u>X</u> (4)

"spanglish" y otros que usan el habla caribeña. <u>La</u> (5)

primera de estas variantes es una mezcla de <u>l</u> (6) inglés

y <u>el</u> (7) español, mientras que <u>la</u> (8)

segunda es una lengua que se usa principalmente en el Caribe.

M **Edward James Olmos.** Completa el siguiente texto con el **artículo definido** o **indefinido** apropiado. Escribe **X** si no se necesita ningún artículo.

Edward James Olmos es <u>X</u> (1) actor. Es <u>un</u> (2) actor hispano. Tiene

fama tanto en <u>el</u> (3) cine y en <u>el</u> (4) teatro como en <u>la</u> (5)

televisión. Realiza <u>una</u> (6) valiosa labor en favor de <u>los</u> (7) jóvenes de

<u>la</u> (8) comunidad latina.

N **Rutina del semestre.** ¿Cuál es la rutina diaria de este estudiante? Para saberlo, completa el siguiente texto con el **presente de indicativo** de los verbos indicados entre paréntesis.

Este semestre yo <u>estudio</u> (1. estudiar) y

<u>trabajo</u> (2. trabajar). Después de la escuela,

<u>leo</u> (3. leer) mis libros de texto y

<u>hago</u> (4. hacer) la tarea. A veces

_escucho_____ (5. escuchar) música o

_miro_____ (6. mirar) la televisión mientras

_preparo_____ (7. preparar) mi almuerzo. Más tarde

_paso_____ (8. pasar) unas horas en un restaurante

local trabajando como mesero. Con este trabajo

_gano_____ (9. ganar) algunos dólares y también

_ahorro_____ (10. ahorrar) un poco. Claro,

_echo_____ (11. echar) de menos las reuniones con mis

amigos, pero me _junto_____ (12. juntar) con ellos los

fines de semana.

O **Conflictos en el hogar.** Rubén ha escrito un párrafo acerca de su familia y te ha pedido que corrijas cualquier uso que no sea apropiado para la lengua escrita.

Mi hermano y yo vivemos con nuestros padres y eso crea a veces unas problemas. Nosotros decidemos lo que queremos hacer, pero a veces nuestros padres tratan de imponer sus ideas. Por eso, de vez en cuando la clima dentro de la casa se pone un poco tensa. No recibemos dinero de ellos, porque tenemos nuestros propios trabajos. Nosotros insistemos en que pronto vamos a tener nuestro propio apartamento.

Lengua en uso

Repaso básica de la gramática: terminología

- Un **sustantivo** *(noun)* es una palabra que identifica ...

  1. una **persona:** primas, papá, maestro, niños

  2. una **cosa:** camión, sofá, tortillas, parque

  3. un **lugar:** restaurante, librería, pueblo, casa

  4. una **abstracción:** terror, libertad, amor, opresión

  Un **nombre propio** *(proper name/noun)* es el nombre particular de una persona, un lugar, una cosa o un evento. Todos los nombres propios son sustantivos.

Estela	San Juan
Río Bravo	Segunda Guerra Mundial

UNIDAD 1
LECCIÓN 1

- Un **pronombre** *(pronoun)* es una palabra que sustituye a un sustantivo. Hay varios tipos de pronombres. En esta lección vas a concentrarte en los pronombres **personales, demostrativos** e **interrogativos.**

PRONOMBRES PERSONALES	
Singular	**Plural**
yo	nosotros, nosotras
tú	vosotros, vosotras
usted (Ud.)	ustedes (Uds.)
él, ella	ellos, ellas

PRONOMBRES DEMOSTRATIVOS						
masculino	ése	ésos	éste	éstos	aquél	aquéllos
femenino	ésa	ésas	ésta	éstas	aquélla	aquéllas
neutro	eso		esto		aquello	

Los **pronombres demostrativos neutros** nunca llevan acento escrito y siempre se refieren a algo abstracto.

Eso, lo que acabas de decir, es exactamente lo que dice César Chávez.

Esto, lo de incluir y excluir, es lo más importante.

Aquello pasó hace tantos años que ya no lo recuerdo.

Los **pronombres interrogativos** son:

1. **¿quién? ¿quiénes? ¿a quién(es)? ¿de quién(es)?**

   ¿Quién obtuvo el Premio Nobel de la Paz en 1992?

2. **¿cuál? ¿cuáles?**

   ¿Cuáles son los premios prestigiosos que ganó Sandra Cisneros?

3. **¿cuánto? ¿cuánta? ¿cuántos? ¿cuántas?**

   ¿Cuántos galardonados asistieron a la recepción?

4. **¿qué?**

   ¿Qué dijo Edward James Olmos de "Ganas de triunfar"?

Cuaderno de actividades   **11**

- Un **artículo** *(article)* indica el número y género de un sustantivo. Hay dos tipos de artículos: **definidos** e **indefinidos.**

    1. artículos definidos: el, los, la, las

    2. artículos indefinidos: un, unos, una, unas

    ¡OJO! Los artículos definidos e indefinidos siempre concuerdan en número y género con el sustantivo al que acompañan.

- Un **adjetivo** *(adjective)* describe o modifica un sustantivo o pronombre y concuerda con el sustantivo o pronombre correspondiente. Hay adjetivos descriptivos y adjetivos determinativos.

    1. El adjetivo descriptivo describe una característica intrínseca del sustantivo como ...

    calidad: Es una persona **hermosa.**

    color: Vivíamos en una casa **azul.**

    tamaño: El joven **alto** es mi hijo.

    nacionalidad: Las estudiantes **latinas** estudian mucho.

    ¡OJO! Generalmente, los adjetivos descriptivos se escriben después del sustantivo que modifican.

    2. El adjetivo determinativo no se refiere a una característica del sustantivo sino a ...

    cantidad: Dos maestras eran hispanas.

    posición relativa: Estas puertas son de acero.

    posesión: El carro azul es de **mi** hermana.

    ¡OJO! Generalmente, los adjetivos determinativos se escriben antes del sustantivo que modifican.

- Un **adverbio** *(adverb)* modifica a un verbo, a un adjetivo o a otro adverbio. Es invariable—no cambia ni en número ni en género como los adjetivos. El adverbio contesta las siguientes preguntas:

    ¿cómo? manera (bien, mal, así, peor)

    Sandra Cisneros escribe **muy bien.**

    ¿cuándo? tiempo (hoy, mañana, ayer)

    Edward James Olmos recibió la nominación para el premio Oscar **en 1989.**

    ¿cuánto? grado (más, menos, tan)

    César Chávez organizó **muchas** huelgas en California.

    ¿dónde? lugar (aquí, allí, arriba)

    El Premio Nobel de Literatura no se da **aquí,** sino en Estocolmo.

UNIDAD 1
LECCIÓN 1

¿por qué? explicación (cuando, con tal que, antes de que)

> Carlos Fuentes dice que **cuando** incluimos a otros nos enriquecemos y nos encontramos a nosotros mismos.

Muchos adverbios se forman agregando la terminación **-mente** a los adjetivos. (Equivale a la terminación -ly en inglés.)

> libre: libre**mente**   exacto: exacta**mente**

> fiel: fiel**mente**   lento: lenta**mente**

 La terminación **-mente** se añade directamente a adjetivos que sólo tienen una forma como **libre** y **fiel,** y a la forma femenina de adjetivos que tienen dos formas como **lento/lenta** y **exacto/exacta.**

Si el adjetivo lleva acento escrito, éste se mantiene en su lugar original al formar el adverbio.

> fácil: **fácilmente**   difícil: **difícilmente**

Cuando hay dos o más adverbios en una frase o en una enumeración, la terminación **-mente** se añade sólo al último adverbio y los otros siempre llevan la forma femenina del adjetivo.

> **frase:**

> Cuando Gloria Molina habla, siempre se expresa **lenta** pero **claramente.**

> **enumeración:**

> Federico Peña, como la mayoría de los políticos, habla **rápida, entusiasmada** y **dramáticamente.**

- Una **preposición** (preposition) es una palabra que indica la relación entre un sustantivo y otra palabra en una oración. Aquí hay algunos ejemplos de las preposiciones más comunes:

> **a** (at, to)   **entre** (between, among)

> **ante** (before)   **hacia** (toward)

> **bajo** (under)   **hasta** (until, to, up to)

> **con** (with)   **mediante** (by means of)

> **contra** (against)   **para** (for, in order to, by)

> **de** (from, since)   **por** (for, by, through)

> **durante** (during)   **sin** (without)

> **en** (in, into, at, on)   **sobre** (on, about)

La mayoría de las **preposiciones compuestas** *(compound prepositions)* se componen de dos palabras.

delante de *(in front of)*	**conforme a** *(according to)*
detrás de *(after, behind)*	**contrario a** *(contrary to)*
debajo de *(under, below)*	**frente a** *(opposite to)*
encima de *(on top of)*	**junto a** *(close to)*

Otras preposiciones compuestas se componen de tres palabras.

en cuanto a *(as for)*	**en frente de** *(in front of)*
a causa de *(on account of)*	**en vez de** *(instead of)*
a pesar de *(in spite of)*	**por causa de** *(on account of)*

Durante el concierto yo me senté **detrás de** mamá y papá **a pesar de** que ellos son más altos que yo.

- Una **conjunción** *(conjunction)* es una palabra que une o conecta. Hay conjunciones sencillas y conjunciones compuestas.

Las **conjunciones sencillas** son:

o *(or)*	**ni** *(nor, neither)*
y *(and)*	**que** *(that)*
pero, mas, sino *(but)*	**si** *(if, whether)*

Carlos Fuentes dice que **si** incluimos a otros, nos enriquecemos **y** nos mejoramos.

Para evitar la concurrencia de dos sonidos parecidos, la conjunción **y** cambia a **e** cuando precede a una palabra que empieza con **i** o **hi,** y la conjunción **o** cambia a **u** cuando precede a una palabra que empieza con **o** o **ho.**

Las lenguas oficiales de Nuevo México son español **e** inglés.

¿Quién ganó la pelea anoche? ¿Fue Sugar Ray Leonard **u** Óscar de la Hoya?

 La conjunción **y** no cambia cuando precede a palabras que empiezan con **hie** o con **y.**

Sírvamelo con limón **y** hielo.

Ella **y** yo fuimos los primeros en llegar.

La mayoría de las **conjunciones compuestas** consisten en preposiciones o adverbios seguidos de **que.** Unas de las más comunes son:

a fin de que	en caso (de) que
a menos (de) que	en cuanto
ahora que	en vez de que

antes (de) que	hasta que
aunque	mientras (que)
conque	para que
con tal (de) que	porque
dado que	según
de manera que	siempre que
de modo que	sin que
desde que	tanto que
después (de) que	ya que

P **Gramática básica.** Identifica las partes de la oración de las palabras enumeradas en las siguientes oraciones.

MODELO   *En 1985, Edward James Olmos ganó un premio "Emmy".*
¹   ²   ³   ⁴

1 <u>**preposición**</u>   3 <u>**verbo**</u>

2 <u>**sustantivo: nombre propio**</u>   4 <u>**artículo indefinido**</u>

1. Edward James Olmos es uno de los actores hispanos de más fama tanto en
el treato y el cine como en la televisión.

1 _____   3 _____

2 _____   4 _____

2. Fue nominado para un premio "Tony" por su extraordinaria actuación
en la obra teatral *Zoot Suit.*

1 _____   3 _____

2 _____   4 _____

3. ¿En qué película fue nominado por su actuación para un premio "Óscar"?

1 _____   3 _____

2 _____   4 _____

4. Él ha sido premiado por su valiosa labor en favor de la comunidad latina,
especialmente de los jóvenes.

1 _____   3 _____

2 _____   4 _____

5. Nació en 1947 en el este de Los Ángeles en California donde vivió toda su
juventud.

1 _____   3 _____

2 _____   4 _____

6. ¿Cómo se llama el teniente que Olmos representó en la popular serie de
televisión *Miami Vice*?

1 _____   3 _____

2 _____   4 _____

Composición: *descripción*

Q **Película favorita.** De todas las películas que has visto, ¿cuál consideras la que
más te ha gustado y fácilmente podrías ver una y otra vez? ¿Qué tipo de
película es? ¿Por qué es superior a todas las demás? En una hoja en blanco,
escribe una breve descripción de esa película.

Nombre _____ Fecha _____

Sección _____

¡A escuchar!
Gente y cultura del mundo 21

A **Esperando a Rosie Pérez.** Ahora vas a tener la oportunidad de escuchar a dos comentaristas de la radio en español que asisten a la ceremonia de la entrega de los premios "Óscar". Escucha con atención lo que dicen y luego marca si cada oración que sigue es **cierta** (**C**) o **falsa** (**F**).

C F **1.** Los comentaristas de la radio están en la entrada del Teatro Chino, en Hollywood, donde va a tener lugar la entrega de los premios "Óscar".

C F **2.** Rosie Pérez ha sido nominada para un premio "Óscar" por su actuación en la película titulada *Fearless*.

C F **3.** La actriz nació en San Juan de Puerto Rico, pero su familia se mudó a Los Ángeles.

C F **4.** Rosie Pérez estudió biología marina en la Universidad Estatal de California en Los Ángeles.

C F **5.** Un actor latino acompaña a Rosie Pérez a la entrega de premios.

C F **6.** Lo que más le sorprendió a uno de los comentaristas es su elegante vestido negro.

Cuaderno de actividades **17**

B   **Una profesional.** Escucha la siguiente descripción y luego haz una marca (**X**) sobre las palabras que completan correctamente la información. Escucha una vez más para verificar tus respuestas.

1. La persona que habla es...

   a. socióloga.   **b.** psicóloga.   **c.** enfermera.

2. Tiene...

   a. veintisiete años.   **b.** diecisiete años.   **c.** treinta y siete años.

3. Su lugar de nacimiento es...

   a. Nueva Jersey.   **b.** Puerto Rico.   **c.** Nueva York.

4. En su práctica profesional atiende a...

   a. jóvenes.   **b.** niños.   **c.** ancianos.

5. En sus horas libres, para distraerse, a veces...

   a. juega al béisbol.   **b.** mira la televisión.   **c.** practica el tenis.

Acentuación y ortografía

Sonidos y deletreo problemático. Muchos sonidos tienen una sola representación al escribirlos. Otros, como los que siguen, tienen varias representaciones y, por lo tanto, palabras con estos sonidos presentan problemas al deletrearlas.

El sonido /b/. La letra **b** y la **v** representan el mismo sonido. Por eso, es necesario memorizar el deletreo de palabras con estas letras. Repite los siguientes sonidos y palabras que va a leer la narradora.

/b/		/b/	
ba	**ba**ca	va	**va**ca
bo	**bo**tar	vo	**vo**tar
bu	**bu**rro	vu	**vu**lgar
be	**be**so	ve	**ve**rano
bi	**bi**llar	vi	**ví**bora

Los sonidos /k/ y /s/. La **c** delante de las letras **e** o **i** tiene el sonido /s/, que es idéntico al de la letra **s** y al de la **z**, excepto en España donde se pronuncia como *th* en inglés. Delante de las letras **a, o, u** tiene el sonido /k/. Para conseguir el sonido /k/ delante de las letras **e** o **i**, es necesario deletrearlo **que, qui.** Repite los siguientes sonidos y palabras que va a leer el narrador.

/k/	
ca	**ca**sa
co	**co**bre

cu   **cu**chara

que **que**so

qui **qui**nto

/s/		/s/		/s/
ce **ce**ntro	se **se**ñal	ze **ze**ta
ci **ci**dra	si **si**lencio	zi **zi**gzag

C **Deletreo con las letras b, v, q, c y s.** Escucha al narrador leer las siguientes palabras y escribe **b, v, q, c** o **s** que falta en cada una.

1. ____ o n c h a

2. d e f e n ____ i v a

3. ____ u i e t o

4. ____ a t i r

5. ____ e v e r o

6. ____ e i n t e

7. ____ e m á f o r o

8. ____ i n t a

9. r i ____ u e z a

10. ____ e n i z a

D **Repaso de la acentuación.** Escucha a los narradores leer las siguientes palabras, divídelas en sílabas y subraya la sílaba que lleva el "golpe" según las reglas de pronunciación. Luego coloca el acento escrito donde sea necesario.

MODELOS   *Miguel* **Mi-guel**   *arbol* **ár-bol**

1. Victor   _____

2. actriz   _____

3. depresion _____

4. cultural   _____

5. direccion _____

6. suroeste   _____

7. Velazquez _____

8. acentuan   _____

9. simbolo   _____

10. realidad _____

11. diaspora _____

12. mutuo   _____

13. garantia   _____

14. aguacate   _____

15. ultimas   _____

16. atraer   _____

E   **Dictado.** Escucha el siguiente dictado e intenta escribir lo más que puedas. El dictado se repetirá una vez más para que revises tu párrafo.

Los puertorriqueños en EE.UU.

_____

_____

_____

_____

_____

_____

_____

_____

_____

_____

Mejoremos la comunicación
Vocabulario activo

F **Lógica.** Completa estas oraciones con el vocabulario activo que aprendiste en **Mejoremos la comunicación** de la *Unidad 1, Lección 2.*

1. En mi opinión, los dramas de Shakespeare son _____ , la poesía del poeta chicano Francisco X. Alarcón es _____ y las novelas de Cervantes son _____ .

2. No entendí el _____ de esa _____ de teatro del todo.

3. Hemingway es uno de mis _____ favoritos. Escribió varias _____ y varios libros de _____ .

4. No me gustó esa comedia del todo porque los _____ fueron terribles, en particular el _____ .

G **Escritores y sus obras.** Indica con qué autor o escritor de la segunda columna se identifica cada tipo de obra de la primera columna.

_____ **1.** comedia

_____ **2.** cuento

_____ **3.** drama   **a.** dramaturgo

_____ **4.** ensayo   **b.** novelista

_____ **5.** novela   **c.** poeta

_____ **6.** guión   **d.** escritor

_____ **7.** obra de teatro

_____ **8.** poesía

Gramática en contexto

H **Después del desfile.** Tú y tus amigos van a almorzar a un restaurante. Completa la siguiente conversación eligiendo el verbo apropiado entre los que figuran al principio de cada sección.

CAMARERO: Muy buenas tardes, ¿una mesa para cuatro?

TÚ: Sí, por favor.

(Al llegar a la mesa.)

incluye / tienen / pueden / vuelvo / recomiendo / tiene

CAMARERO: Aquí _____ (1) Uds. el menú. Les

_____ (2) el menú del día.

_____ (3) seleccionar sopa o ensalada y un

plato principal; _____ (4) también postre y

café. Y _____ (5) un precio fijo muy ra-

zonable. _____ (6) en seguida.

(El grupo decide qué va a pedir.)

voy / pido / tengo / creo / pienso

TERESA: _____ (7) que _____ (8)

a comer un sándwich con una bebida. No

_____ (9) mucha hambre.

MAURICIO: Yo _____ (10) pedir lo que

_____ (11) siempre en un restaurante puer-

torriqueño: arroz con pollo. Y un refresco.

quiero / sigue / convence

TÚ: Mauricio _____ (12) con su plato favorito;

nadie lo _____ (13) de cambiar de menú.

Yo _____ (14) el menú del día.

UNIDAD 1
LECCIÓN 2

agrada / hacen / sé / entiendo / sugieren

CAROLINA: Yo no _____ (15) qué pedir. ¿Qué me

_____ (16) ?

MAURICIO: Si te _____ (17) el lechón,

_____ (18) que aquí lo

_____ (19) muy bien.

I **Presentación.** Un amigo puertorriqueño a quien sólo conoces por correspondencia te pide que le hables brevemente de ti. ¿Qué le escribes?

_____ (1. Ser) estudiante. Todavía no

_____ (2. tener) veinte años. Cuando termine mis

estudios _____ (3. querer) ser dentista. Ahora, me

_____ (4. satisfacer) la vida simple que llevo. Por

las mañanas _____ (5. ir) a mis clases y por las

tardes _____ (6. hacer) mis tareas,

_____ (7. salir) con mis amigos o me

_____ (8. distraer) en casa escuchando música o

leyendo. Un par de días por semana y los fines de semana

_____ (9. conducir) hasta un restaurante donde

_____ (10. tener) un empleo de tiempo parcial.

_____ (11. Estar) contento con la vida que llevo.

J **Gran actriz.** Sara ha escrito un párrafo acerca de Jennifer López y quiere que tú corrijas cualquier uso que no sea apropiado para la lengua escrita.

Jennifer López nace en 1970 en Nueva York. Su carrera artística empeza a los

viente años en un show de televisión, donde actúa como bailarina. Cinco años

más tarde consege un buen papel en una película dirigida por Gregory Navas.

Dos años más tarde, en 1997, se converte en una gran actriz con la película

Selena. Sus éxitos continúan y actualmente se distinge como la actriz latina

más reconocida de Hollywood.

Cuaderno de actividades **23**

Lengua en uso

Repaso básico de la gramática: signos de puntuación

Los signos de puntuación representan por escrito las pausas y las inflexiones de voz que se hacen al hablar. Estos signos facilitan la lectura y la comprensión de los textos escritos. En general, la puntuación en inglés y español es similar con unas cuantas excepciones.

Hay tres categorías de signos de puntuación: los que indican pausas, los que indican distribución u ordenamiento y los que indican entonación.

- **Signos de puntuación que indican pausas**

  (,)   **La coma** *(comma)* indica una pausa corta.

  (.)   **El punto (y) seguido** *(period)* indica pausa entre oraciones dentro de un párrafo.

- **Signos de puntuación que indican distribución u orden**

  (.)   **El punto (y) aparte** o **punto final** *(period)* separa, en dos párrafos, conceptos que no tienen relación inmediata.

  (;)   **El punto y coma** *(semicolon)* indica una pausa entre dos ideas completas que están relacionadas de alguna manera.

  (:)   **Los dos puntos** *(colon)* introducen una lista, un ejemplo, un saludo o una cita textual. También se usan para introducir texto entre comillas.

  (...)   **Los puntos suspensivos** *(ellipsis)* indican la omisión de algo.

  ( )   **El paréntesis** *(parenthesis)* se utiliza para indicar que cierta información es de menor importancia o suplementaria.

  (*)   **El asterisco o la estrellita** *(asterisk)* se usa para indicarle al lector que debe referirse al pie de la página para conseguir más información.

- **Signos de puntuación que indican entonación**

  (¡!)   **Los signos de exclamación** *(exclamation marks)* se escriben al principio y al final de una exclamación.

  (¿?)   **Los signos de interrogación** *(question marks)* se escriben al principio y al final de una pregunta.

  ("")   **Las comillas** *(quotation marks)* se usan para las citas y con títulos de cuentos, artículos y poemas. **Las comillas europeas** (**«/»**) cumplen la misma función, aunque su uso ha disminuido bastante en los últimos años.

  (-)   **El guión** *(hyphen)* se usa para separar las sílabas de una palabra.

  (—)   **El guión largo** o **la raya** *(dash)* se usa para indicar el inicio de diálogo o para expresar una idea completa dentro de una oración. En español se agrega un espacio —antes y después— de su uso.

  (')   **El apóstrofo** *(apostrophe)* se utiliza para indicar la omisión de letras.

K   **Puntuación.** En el siguiente trozo del cuento de Sabine Ulibarrí, "Hombre sin nombre", coloca los signos de puntuación donde creas necesario.

Al fin me tocó brindar a mí Ya me encontraba bastante alegre y mis aprensiones anteriores se empezaban a disipar Tomé la copa de vino y la levanté con un gesto muy turriasguesco y exclamé Bebamos al monumento de mi padre al monumento que amasé en estas páginas con cariño respeto y admiración Bebamos pues el brindis favorito de mi padre que mirándose en su copa de vino solía decir Bebámonos cada quien a sí mismo y así viviremos para siempre Y tomando la copa con las dos manos como tantas veces había visto a mi padre me miré en el vino.

Composición: *descripción*

L   **Mi lectura favorita.** De las muchas novelas, cuentos, leyendas, poesías y hasta tiras cómicas que has leído, ¿cuál es tu favorita? ¿Qué tipo de lectura es? ¿Por qué te gusta más que todas las otras? En una hoja en blanco, escribe una breve composición describiendo esa lectura.

Page 26 Blank

Nombre _____ Fecha _____

Sección _____

¡A escuchar!
Gente y cultura del mundo 21

A **Actor cubanoamericano.** Ahora vas a tener la oportunidad de escuchar la conversación que tienen dos amigas cubanoamericanas después de ver una película de Andy García en un teatro de Miami. Escucha con atención lo que dicen y luego marca si cada oración que sigue es **cierta** (**C**) o **falsa** (**F**).

C   F   **1.** Las amigas fueron juntas al cine a ver la película *El Padrino, Parte III*.

C   F   **2.** A una de las amigas no le gustó la actuación de Andy García.

C   F   **3.** Ambas amigas están de acuerdo en que este actor es muy guapo.

C   F   **4.** Las amigas se sorprenden de que el actor cobre un millón de dólares por actuar en una película.

C   F   **5.** Una de las amigas comenta que Andy García ha hecho únicamente papeles de personajes hispanos.

C   F   **6.** Una de las amigas dice que Andy García es más cubano que cualquiera y que su cultura es la base de su éxito.

    Cuaderno de actividades 27

B **Niños.** Vas a escuchar descripciones de varios niños. Basándote en la descripción que escuchas, haz una marca (**X**) antes de la oración correspondiente. Escucha una vez más para verificar tus respuestas.

1. ☐ Nora es buena. ☐ Nora está buena.
2. ☐ Pepe es interesado. ☐ Pepe está interesado.
3. ☐ Sarita es lista. ☐ Sarita está lista.
4. ☐ Carlitos es limpio. ☐ Carlitos está limpio.
5. ☐ Tere es aburrida. ☐ Tere está aburrida.

Acentuación y ortografía

C **Triptongos.** Un triptongo es la combinación de tres vocales: una vocal fuerte (**a, e, o**) en medio de dos vocales débiles (**i, u**). Los triptongos pueden ocurrir en varias combinaciones: **iau, uai, uau, uei, iai, iei,** etcétera. Los triptongos se pronuncian como una sola sílaba en las palabras donde ocurren. Escucha al narrador pronunciar las siguientes palabras con triptongos.

financi**iái**s   g**uau**   desafi**iái**s   m**iau**

La **y** tiene valor de vocal **i**, por lo tanto cuando aparece después de una vocal fuerte precedida por una débil forman un triptongo. Escucha a la narradora pronunciar las siguientes palabras con una **y** final.

b**uey**   Urug**uay**   Parag**uay**

Ahora escucha a los narradores leer algunos verbos, en la segunda persona del plural (**vosotros**), junto con algunos sustantivos. En ambos casos, las palabras presentan triptongo. Luego, escribe las letras que faltan en cada palabra.

1. desaf _i á i_ s   5. anunc _i á i_ s
2. Parag _u a y_   6. b _u e y_
3. denunc _i á i_ s   7. inic _i á i_ s
4. renunc _i á i_ s   8. averig _u á i_ s

D **Separación en sílabas.** El triptongo siempre se pronuncia en una sola sílaba. Ahora, al escuchar a los narradores pronunciar las siguientes palabras con triptongo, escribe el número de sílabas de cada palabra.

1. _____   3. _____   5. _____   7. _____

2. _____   4. _____   6. _____   8. _____

E **Repaso.** Escucha al narrador pronunciar las siguientes palabras y ponles un acento escrito si lo necesitan.

1. filosofo   3. diptongo   5. examen   7. faciles   9. ortografico

2. diccionario   4. numero   6. carcel   8. huesped   10. periodico

Nombre _____ Fecha _____

Sección _____

F **Dictado.** Escucha el siguiente dictado e intenta escribir lo más que puedas. El dictado se repetirá una vez más para que revises tu párrafo.

Miami: una ciudad hispanohablante

_____

_____

_____

_____

_____

_____

_____

_____

_____

_____

_____

_____

_____

_____

Mejoremos la comunicación
Vocabulario activo

G   **Lógica.** Completa estas oraciones con el vocabulario activo que aprendiste en **Mejoremos la comunicación** de la *Unidad 1, Lección 3.*

1. Los cantantes principales de una ópera generalmente son la

    _____ , la _____ , el _____ y

    el _____ .

2. Mis músicos favoritos son los _____ , los

    _____ y los _____ .

3. Mi cantante favorito(a) es _____ porque tiene una voz

    _____ , _____ y _____ .

4. Un conjunto de jazz casi siempre toca los siguientes instrumentos: la

    _____ , la _____ , el _____ y

    el _____ .

5. A mí me gusta el jazz porque es _____ y

    _____ pero mi esposa prefiere la música tejana porque es

    _____ y _____ .

H   **Definiciones.** Indica qué frase de la segunda columna describe correctamente cada palabra de la primera.

____ **1.** bailable	**a.** persona que canta sola
____ **2.** concierto	**b.** música de los vaqueros
____ **3.** fuerte	**c.** música para bailar
____ **4.** solista	**d.** música delicada y sin ruido
____ **5.** ópera	**e.** agradable a los sentidos
____ **6.** poderoso	**f.** cantante con voz muy baja
____ **7.** ranchera	**g.** gala musical
____ **8.** sensual	**h.** teatro musical
____ **9.** barítono	**i.** vigoroso
____ **10.** suave	**j.** con alto volumen

Nombre _____   Fecha _____

Sección _____

Gramática en contexto

I   **Estados de ánimo.** ¿Cómo se sienten estas personas al ver al profesor Pedro Gutiérrez, de la historia *Las canas,* con lustroso pelo negro?

MODELO

Su esposa Gertrudis

<u>Su esposa</u>
<u>Gertrudis se siente</u>
<u>muy satisfecha.</u>

Vocabulario útil	
contento	preocupado
enojado	satisfecho
furioso	sorprendido
orgulloso	triste

**Su amigo
Walterio Rivas**

**Una vecina
de Pedro**

**Una sobrina
de Pedro**

1. _____

_____

2. _____

_____

3. _____

_____

Pedro Gutiérrez

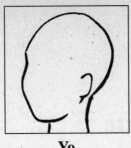

Yo

4. _____

_____

_____

5. _____

_____

J   **Información errónea.** Completa la segunda oración de los siguientes diálogos para corregir las afirmaciones erróneas de tu compañero(a). Usa los adjetivos que aparecen en el cuadro **Vocabulario útil** u otros que conozcas.

Vocabulario útil

bueno	innegable
cierto	malo
deprimente	positivo
increíble	sorprendente
indiscutible	terrible

MODELO   —*En 1980 la República Dominicana gozaba de una excelente situación económica.*

—*No, _____ es que la economía andaba muy mal.*

—**No, lo cierto / lo terrible es que la economía andaba muy mal.**

1.   —En la década de los 80 pocos dominicanos llegaron a EE.UU.

—No, _____ es que más de 250.000 dominicanos entraron en EE.UU.

2.   —Los dominicanos están distribuidos por todo EE.UU.

—No, _____ es que la gran mayoría vive en Nueva York.

3.   —Yo creo que hay pocos dominicanos indocumentados en EE.UU.

—No, _____ es que hay más de 300.000 dominicanos indocumentados.

4. —Los dominicanos abusan del sistema de Bienestar Social.

—No, _____ es que la mayoría de los dominicanos nunca han usado los beneficios del Bienestar Social.

5. —Afortundamente, los dominicanos de ascendencia africana no son discriminados.

—No, _____ es que ellos también sufren la misma discriminación que los afroamericanos.

K **Mujer de negocios.** Completa la siguiente descripción de la madre de Pilar, usando la forma apropiada del **presente de indicativo** de los verbos **ser** o **estar.**

Mi mamá _____ (1) una mujer de negocios que siempre

_____ (2) muy ocupada. _____ (3) muy

lista para los negocios. Tiene una pastelería en Nueva York, y hoy

_____ (4) lista para inaugurarla. _____

(5) muy activa, siempre _____ (6) haciendo cosas; de vez en

cuando, noto que _____ (7) un poco cansada. Ella dice que

_____ (8) una mujer feliz; con la vida que lleva nunca

_____ (9) aburrida.

L **Resistencia a la tiranía.** Viviana te ha pedido que leas lo que ha escrito acerca de la escritora Julia Álvarez y que corrijas cualquier uso que no sea apropiado para la lengua escrita.

Julia Álvarez es uno de mis escritoras favoritos. Me gustó mucho su novela *How the García Girls Lost Their Accent.* Ahora acabo de leer *In the Time of the Butterflies* y estoy muy emocionada. Es extraordinaria el valor demostrada por las protagonistas, las tres hermanas Maraval. La novela cuenta una historia basado en hechos reales. Las tres hermanas Maraval, conocidas como las mariposas, conspiran contra el tirano Rafael Leónidas Trujillo, el dictador dominicano. El precio que tienen que pagar por su lucha contra la tiranía es altísima: pierden su vida. Recomiendo este libro a todos las personas que gozan leyendo buenos historias de coraje y valentía.

Lengua en uso

Repaso básico de la gramática: partes de una oración

Toda oración requiere dos elementos: un sujeto y un verbo. Además, muchas oraciones tienen objetos o complementos directos e indirectos.

- El **sujeto** *(subject)* de la oración es la persona, cosa, lugar o abstracción de lo que se habla.

    1. El sujeto puede ser sustantivo o pronombre o una frase sustantivada.

        Elías Miguel Muñoz va a leer sus cuentos. ¿**Tú** piensas ir?

        El memorizar diálogos largos no es difícil para actores como Luis Valdez.

    2. Con frecuencia en español, el sujeto no se expresa ya que queda implícito en la terminación del verbo.

        Roberto G. Fernández es un escritor cubanoamericano. (sujeto: *Roberto G. Fernández*)

        Vive en Miami, en la Florida. (sujeto implícito: *él*)

    3. Puede haber uno o varios sujetos.

        Rebeca y Daniel van a ver *The Godfather Part III* con Andy García esta noche.

- El **verbo** es la parte de la oración que expresa la acción o estado del sujeto.

    Cristina Saralegui **nació** en La Habana, Cuba. El show de Cristina **ganó** un premio "Emmy". Yo **lloré** de alegría cuando **supe** de su "Emmy".

- El **objeto (complemento) directo** *(direct object)* es la persona o cosa que recibe la acción directa del verbo. La manera más fácil de identificar el objeto directo es buscar el sujeto y el verbo y preguntar **¿qué?** o **¿a quién?**

    Gloria Estefan escribe **canciones** en inglés y en español. (¿Qué escribe Gloria?)

    Gloria Estefan respeta mucho a **Jon Secada,** su amigo. (¿A quién respeta Gloria?)

    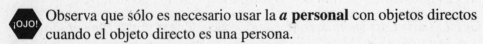 Observa que sólo es necesario usar la *a personal* con objetos directos cuando el objeto directo es una persona.

- El **objeto (complemento) indirecto** *(indirect object)* es la persona o cosa *para quién, a quién, para qué* o *a que* se hace, se da o se dice algo. La manera más fácil de identificar el objeto indirecto es buscar el sujeto y el verbo y preguntar **¿para quién?**, **¿a quién?**, **¿para qué?** o **¿a qué?**

    Walterio le dijo **al profesor Gutiérrez** que se pintara las canas. (¿A quién le dijo eso Walterio?)

    Walterio le compra el tinte **a Pedro Gutiérrez.** (¿Para quién compra el tinte Walterio?)

Nombre _____ Fecha _____

Sección _____

UNIDAD 1
LECCIÓN 3

 ¡OJO! Observa que siempre es necesario usar la *a* **personal** con objetos indirectos.

Los **pronombres de objeto (complemento) directo e indirecto** *(direct and indirect object pronouns)* sustituyen a los objetos directos e indirectos en una oración. Mira cómo las formas de estos pronombres son idénticas con la excepción de las de la tercera persona singular y plural.

Pronombres: Objetos directos		Pronombres: Objectos indirectos	
Singular	Plural	Singular	Plural
me	nos	me	nos
te	os	te	os
la, lo	**las, los**	**le**	**les**

Luis Valdez **le** dedicó su última obra a su mamá.
Necesito dos entradas para hoy. ¿Dónde **las** podemos comprar?
¿**Me** prestas tu copia?

M **Sujetos y objetos.** Identifica las partes de la oración según se indica. Reemplaza los objetos directos e indirectos con sus respectivos pronombres. Indica con una **X** si no hay objetos.

MODELO *Gloria Estefan dedicó el álbum* Mi tierra *a los cubanos que tuvieron que abandonar la isla.*

sujeto	**Gloria Estefan**	verbo	**dedicó**
objeto directo	**álbum**	objeto indirecto	**cubanos**
pronombre	**lo**	pronombre	**les**

1. La cantante de *Miami Sound Machine* escribe canciones en inglés y en español.

sujeto	_____	verbo	_____
objeto directo	_____	objeto indirecto	_____
pronombre	_____	pronombre	_____

2. A Gloria Estefan le encanta ser bilingüe.

sujeto _____   verbo _____

objeto directo _____   objeto indirecto _____

pronombre _____   pronombre _____

3. En 1993 salió el álbum *Gloria Estefan's Greatest Hits* en inglés.

sujeto _____   verbo _____

objeto directo _____   objeto indirecto _____

pronombre _____   pronombre _____

4. Julia Álvarez escribió una obra para los jóvenes hispanos norteamericanos.

sujeto _____   verbo _____

objeto directo _____   objeto indirecto _____

pronombre _____   pronombre _____

5. El padre de Cristina le enseñó el oficio de ser editora a su hija.

sujeto _____   verbo _____

objeto directo _____   objeto indirecto _____

pronombre _____   pronombre _____

6. *Cristina la revista* llega a más de 150.000 lectores cada mes.

sujeto _____   verbo _____

objeto directo _____   objeto indirecto _____

pronombre _____   pronombre _____

N **Las partes de la oración.** Subraya las partes de las siguientes oraciones,
indicando el sujeto (**S**), el verbo (**V**) y el objeto directo (**OD**) e indirecto (**OI**).
Escribe la abreviación apropriada sobre cada parte de la oración.

                      S   **V**   **OD**

MODELO   El profesor quiere encontrar trabajo en una universidad.

1. Le pide ayuda a su amigo Walterio.

2. Walterio sabe qué hacer.

3. Walterio quiere ayudar a su amigo.

4. Le compra un tinte para las canas.

5. Al profesor le duele mucho perder sus canas.

6. El profesor decide salir a buscar empleo ya sin las canas.

UNIDAD 1
LECCIÓN 3

7. Al día siguiente, le dan empleo en una casa comercial como tenedor de libros.

8. El profesor lloró al contemplar el ébano en lugar de la nieve.

Composición: *entrevista*

O **Ayudante de productor.** Trabajas para el productor de un programa de entrevistas y comentarios muy popular en la televisión hispana de EE.UU. En un futuro programa va a hacer un reportaje sobre los cubanoamericanos. Tu tarea es identificar a la persona que van a entrevistar y preparar en una hoja en blanco preguntas apropiadas para esa persona. Debe haber suficientes preguntas para una entrevista de quince minutos. Es mejor que sobren preguntas antes de que falten. ¡Suerte en tu nueva carrera de ayudante de productor!

Page 38 Blank

¡A escuchar!
Gente y cultura del mundo 21

A   **Actor centroamericano.** Ahora vas a tener la oportunidad de escuchar la conversación que tienen dos amigas centroamericanas después de ver un episodio de José Solano en la televisión. Escucha con atención lo que dicen y luego marca si cada oración que sigue es **cierta** (**C**) o **falsa** (**F**).

C   F   **1.** Las amigas acaban de ver el último episodio de *Baywatch*.

C   F   **2.** Una de las amigas dice que José Solano se ganó una medalla de oro en las Olimpiadas del año 2002 en Salt Lake City.

C   F   **3.** José Solano se ganó una Medalla de Honor en la Guerra del Golfo Pérsico.

C   F   **4.** También se ganó un *Nosotros Golden Eagle Award*.

C   F   **5.** Una de las amigas se lamenta de nunca haber visto un solo episodio de *Baywatch*.

C   F   **6.** La semana próxima las amigas van juntas al cine a ver la película *On Edge*.

Cuaderno de actividades   **39**

B   **Algunos datos sobre los centroamericanos.** Vas a escuchar datos sobre la población de los centroamericanos en algunos lugares de EE.UU. Escucha con atención y luego indica si las siguientes oraciones son **ciertas** (**C**) o **falsas** (**F**). Escucha una vez más para verificar tus respuestas.

   C   F   **1.** Nueva York tiene menos centroamericanos que Los Ángeles.

   C   F   **2.** En Los Ángeles hay dos mil centroamericanos más que en Nueva York.

   C   F   **3.** En Los Ángeles viven más salvadoreños que guatemaltecos.

   C   F   **4.** Los Ángeles tiene tantos hondureños como nicaragüenses.

   C   F   **5.** En Los Ángeles hay unos 66.000 nicaragüenses.

Acentuación y ortografía

C   **Repaso de acentuación.** Al escuchar a la narradora pronunciar las siguientes palabras: (1) divídelas en sílabas, (2) subraya la sílaba que debiera llevar el golpe según las reglas de acentuación y (3) coloca el acento ortográfico donde se necesite.

    MODELO *politica*
               po/lí/<u>ti</u>/ca

1. h e r o e   **14.** p e n i n s u l a

2. i n v a s i o n   **15.** p r o s p e r o

3. R e c o n q u i s t a   **16.** i m p e r i o

4. a r a b e   **17.** i s l a m i c o

5. j u d i o s   **18.** h e r e n c i a

6. p r o t e s t a n t i s m o   **19.** e x p u l s i o n

7. e f i c a z   **20.** t o l e r a n c i a

8. i n f l a c i o n

9. a b d i c a r

10. c r i s i s

11. s e f a r d i t a s

12. e p i c o

13. u n i d a d

D   **Acento escrito.** Ahora escucha a los narradores leer las siguientes oraciones
y coloca el acento ortográfico sobre las palabras que lo requieran.

1. El sabado tendremos que ir al medico en la Clinica Lujan.

2. Mis examenes fueron faciles, pero el examen de quimica de Monica fue
   muy dificil.

3. El joven de ojos azules es frances, pero los otros jovenes son puertorriqueños.

4. Los Lopez, los Garcia y los Valdez estan contentisimos porque se sacaron
   la loteria.

5. Su tia se sento en el jardin a descansar mientras el comia.

E   **Dictado.** Escucha el siguiente dictado e intenta escribir lo más que puedas. El
dictado se repetirá una vez más para que revises tu párrafo.

Los centroamericanos en EE.UU.

_____

_____

_____

_____

_____

_____

_____

_____

_____

_____

_____

_____

_____

_____

Mejoremos la comunicación

Vocabulario activo

F

Lógica. En cada grupo de palabras que aprendiste en la *Unidad 1, Lección 4,* subraya aquélla que no esté relacionada con las otras. Luego explica brevemente por qué no está relacionada.

1. róbalo   camarón   almeja   cangrejo   ostión

   _____

2. cordero   puerco   res   venado   pavo

   _____

3. chaya   aves   chile   pepita   hoja de plátano

   _____

4. trucha   róbalo   langosta   pescado   bacalao

   _____

5. boxito   pibxcatic   tsic   huevo   tsotolbichay

   _____

G

A categorizar. Indica a qué categoría de la segunda columna pertenece cada palabra de la primera.

_____ 1. pepita

_____ 2. escalope

_____ 3. trucha   **a.** marisco

_____ 4. cordero   **b.** pescado

_____ 5. chaya   **c.** carne

_____ 6. róbalo   **d.** ave

_____ 7. almeja   **e.** condimento

_____ 8. hoja de maíz

_____ 9. res

_____ 10. pavo

Gramática en contexto

H **Ficha personal.** Basándote en la información que aparece a continuación, haz comparaciones entre tu hermana y tú.

	Mi hermana	Yo
Edad	22 años	17 años
Estatura	1,50 m	1,65 m
Peso	45 kilos	52 kilos
Trabajo	40 horas por semana	15 horas por semana
Vestidos	elegantes	informales
Ir al cine	dos veces por semana	dos veces por semana

MODELO *joven*
Soy más joven que mi hermana. o
Mi hermana es menos joven que yo.

1. alto(a): _____

2. elegante: _____

3. trabajar: _____

4. pesar: _____

5. ir al cine: _____

I **Entrevista.** Un(a) periodista entrevista a un centroamericano que vive desde hace unos años en EE.UU. Escribe las respuestas según el modelo.

MODELO *¿El inglés es fácil para sus hijos?*
Sí, es facilísimo.

1. ¿Sus vecinos son amables?

_____

2. ¿Los trabajos son escasos?

_____

3. ¿Los conductores en las autopistas son locos?

_____

4. ¿El período de adaptación es largo?

_____

5. ¿La burocracia aquí en EE.UU. es eficaz?

_____

J   **Juicios exagerados.** Usa los fragmentos dados para expresar lo que dicen unos centroamericanos acerca de algunos compatriotas suyos. Sigue el modelo.

MODELO   _Imna Arroyo / pintora / creativo / los artistas guatemaltecos de EE.UU._
Imna Arroyo es la pintora más creativa de los artistas guatemaltecos de EE.UU.

1. José Solano / actor / atlético / Hollywood

_____

2. Mary Rodas / mujer de negocios / calificado / la industria de los juguetes

_____

3. Claudia Smith / abogada / dedicado / California

_____

4. Jorge Argueta / poeta / compasivo / los artistas salvadoreños americanos

_____

5. Mauricio Cienfuegos / futbolista / hábil / su equipo

_____

K   **Mujer de talento.** Completa la siguiente información sobre Mary Rodas con la selección apropiada.

(Esta / Está) mujer de negocios nació en Nueva Jersey. Sus padres nacieron

en El Salvador, pero abandonaron (este / éste) país a causa de la guerra civil.

(Ésta / Esta) causó miles de muertos. La pequeña Mary a los cuatro años ya

daba consejos al presidente de una compañía de juguetes. (Éste / Este) la

contrató de inmediato. Cuando Mary tenía trece años diseñó la pelota Balzac.

(Esta / Ésta) pelota se vendió muy bien. Los éxitos de Mary han continuado y

ella (esta / está) muy contenta con su vida.

Lengua en uso

Signos de puntuación: la coma (,)

- La coma es un signo que indica una pausa corta y, como en inglés, se usa principalmente para separar la enumeración de conceptos o palabras.

  En los años 80, grandes números de centroamericanos inmigraron a EE.UU., incluyendo salvadoreños, guatemaltecos, nicaragüenses y hondureños.

  La comunidad más grande de guatemaltecos reside en Los Ángeles, pero también hay grandes números en Houston, Nueva York, Washington, D.C. y Chicago.

  Nótese que a diferencia del inglés, en español no se escribe una coma antes de la **y** o la **o** que precede a la última palabra o frase en una enumeración.

- La coma separa el nombre en **vocativo,** es decir, el nombre de la persona con quien se habla directamente. El vocativo puede ir al principio, en medio o al final de la oración.

  Señor Ferrer, agradezco su ayuda con esta lectura.

  Agradezco su ayuda, **señor Ferrer,** con esta lectura.

  Agradezco su ayuda con esta lectura, **señor Ferrer.**

- Se usa la coma para separar una **frase explicativa,** o sea una expresión incidental que puede suprimirse sin alterar o modificar el significado del contexto.

  José Solano, **actor nicaragüense,** fue el primer personaje latino que apareció en Baywatch.

  El actor, **nacido en 1970,** ha sido atleta desde niño.

  Si la frase explicativa da información esencial que especifica, la coma no se usa.

  Hizo el papel de un salvadoreño **llamado Manny Gutiérrez** por cuatro años.

- También se separan con comas las **agregaciones,** es decir, las frases o palabras que repiten de otra manera lo ya dicho en la oración.

  Los Ángeles, **la ciudad más grande de California,** se ha convertido en un gran centro de inmigrantes centroamericanos.

- La coma se usa para separar las **expresiones ilativas,** es decir, las expresiones que denotan conexión entre dos conceptos. A continuación hay una lista de expresiones ilativas comunes.

además	no obstante	por último
en consecuencia	por consiguiente	pues
en fin	por lo tanto	sin duda
es decir	por otro lado	sin embargo
esto es	por otra parte	vale decir

Los guatemaltecos se han visto forzados a aceptar puestos mal remunerados, **sin embargo,** sus esfuerzos por mejorarse los llevan a un futuro mejor.

- La coma también puede indicar la omisión de un verbo o de otras palabras sobrentendidas.

    La prima del poeta Jorge Argueta murió en Los Ángeles, lejos de El Salvador. (**murió**)

    Primero llegaron los salvadoreños y después, los nicaragüenses. (**llegaron**)

- La coma se usa después de las palabras **sí** y **no** en una respuesta afirmativa o negativa al principio de una oración.

    Sí, me gustó mucho el poema de Argueta, "Esperanza muere en Los Ángeles".

    No, no he leído otros de sus poemas.

- Al escribir números, se usa la llamada coma decimal para separar los números enteros de los decimales.

    Hay 39,37 pulgadas en un metro.

L **Centroamérica.** Al repasar varios hechos interesantes e importantes en la historia de los centroamericanos, escribe las comas que faltan según su uso en cada oración.

1. Esperanza la prima del poeta salvadoreño Jorge Argueta murió en Los Ángeles el 26 de mayo de 1990.

2. El juguete que diseñó Mary Rodas a los 13 años la pelota Balzac alcanzó 30 millones en ventas en su primer año.

3. Por otro lado a los 14 fue nombrada vicepresidenta a los 15 ya ganaba $200,000 y a los 22 fue nombrada presidenta.

4. Su determinación de ayudar a los trabajadores tuvo un gran impacto en la vida de Claudia Smith es decir dejó los hábitos y estudió derecho en la Universidad de San Diego.

5. La presencia hispana en las universidades estadounidenses es más elevada en Lenguas Extranjeras Estudios Interdisciplinarios Educación y Psicología.

6. La década de los 80 vio el éxodo primero de los guatemaltecos y los salvadoreños luego de los nicaragüenses y los hondureños.

7. El poema de Jorge Argueta dice que al llegar Esperanza a Los Ángeles en el baúl de un carro la mató la explotación.

8. Al llegar a EE.UU. grandes números de nicaragüenses pudieron conseguir puestos bien remunerados pero los guatemaltecos han tenido que aceptar puestos mal remunerados.

Composición: *comparación*

M   **Centroamericanos en EE.UU.** En una hoja en blanco compara los cuatro grupos principales de centroamericanos en EE.UU. ¿Cuál es el más numeroso? ¿el menos numeroso? ¿el que más dificultad ha tenido en asimilarse? ¿el que menos problemas ha tenido? Menciona dónde se han alojado y qué dificultades tuvieron al llegar a EE.UU.

Page 48 Blank

¡A escuchar!
Gente y cultura del mundo 21

A **Antes de entrar al cine.** Escucha con atención lo que discute una pareja de jóvenes novios antes de entrar a un cine de Sevilla para ver *Tacones lejanos,* una película de Pedro Almodóvar. Luego marca si cada oración que sigue es **cierta** (C) o **falsa** (F).

C   F   **1.** La pareja de novios decide finalmente alquilar una película de Pedro Almodóvar en una tienda de videos.

C   F   **2.** Los novios discuten también la serie de televisión que Almodóvar hará para la televisión española.

C   F   **3.** *Mujeres al borde de un ataque de nervios* ganó el premio "Óscar" otorgado a la mejor película en lengua extranjera en 1988.

C   F   **4.** Al novio no le gustan las películas de Pedro Almodóvar.

C   F   **5.** En vez de ir al cine, el novio prefiere alquilar los videos de las películas para verlas en casa.

C   F   **6.** A la novia le gustan mucho las películas de Almodóvar.

B **Pérez Galdós.** Escucha los siguientes datos acerca de la vida del novelista Benito Pérez Galdós. Luego indica qué opción completa mejor cada oración. Escucha una vez más para verificar tus respuestas.

> *Vocabulario útil*
>
> a través de: *durante*   novelada: *contada*
> derecho: *ciencia legal*   residir: *vivir*
> exponente: *ejemplo*   teatrales: *del teatro*

1. Benito Pérez Galdós es considerado...

   a. un novelista más grande que Cervantes.

   b. un novelista tan grande como Cervantes.

   c. el novelista más grande desde Cervantes.

2. Nació en...

   a. Las Palmas.

   b. Madrid.

   c. el sur de España.

3. Estudió...

   a. filosofía y letras.

   b. sociología.

   c. derecho.

4. *Episodios nacionales* es una historia novelada en...

   a. seis volúmenes.

   b. cuarenta volúmenes.

   c. cuarenta y seis volúmenes.

5. También escribió una gran cantidad de...

   a. obras de teatro.

   b. cuentos de niños.

   c. poesía.

6. *Doña Perfecta* y *Fortunata y Jacinta* son dos de sus...

   a. novelas más conocidas.

   b. obras teatrales más conocidas.

   c. artículos periodísticos más conocidos.

UNIDAD 2
LECCIÓN 1

Acentuación y ortografía

Para sentir más confianza en cuanto al uso de los acentos escritos, es importante practicar, practicar y seguir practicando. El siguiente ejercicio intenta darte esa oportunidad.

C **Repaso de acentuación.** Al escuchar a la narradora leer las siguientes oraciones, coloca cuidadosamente los acentos donde se necesiten.

1. La Peninsula Iberica llego a ser parte del Imperio Romano.

2. Despues de la invasion musulmana se inicio la Reconquista.

3. Los judios salieron de España, llevandose consigo el idioma castellano.

4. ¿Que efecto tuvieron los musulmanes en la religion, la politica, la arquitectura y la vida cotidiana?

5. Durante esa epoca se realizaron muchos avances en areas como las matematicas, las artesanias y las ciencias.

6. Sin duda, existen raices del arabe en la lengua española.

7. El profesor aseguro que de la costa mediterranea surgieron heroes y heroinas epicos quienes, con sus hazañas historicas, cambiaron el mundo.

8. La caida del Imperio Español tuvo lugar en el siglo XVII cuando la inflacion causo el colapso de la economia.

D **Dictado.** Escucha el siguiente dictado e intenta escribir lo más que puedas. El dictado se repetirá una vez más para que revises tu párrafo.

La España musulmana

_____
_____
_____
_____
_____
_____
_____
_____
_____
_____
_____
_____
_____
_____

Nombre _____ Fecha _____

Sección _____

UNIDAD 2
LECCIÓN 1

Mejoremos la comunicación
Correspondencia práctica

Nota formal. De vez en cuando se presentan situaciones con nuestros mejores amigos o con parientes cuando es necesario enviarles una nota formal para invitarlos a una fiesta familiar, agradecerles un regalo, felicitarlos en el día de su santo o de su cumpleaños, de su graduación, del nacimiento de un niño, etc. Estas notas tienden a ser más formales, mostrando la debida cortesía. A continuación hay unas fórmulas de cortesía para empezar notas formales.

- **Para invitar**

  El 17 del próximo mes vamos a celebrar el cumpleaños de papá y nos encantaría que nos acompañes...

  Cuánto nos gustaría a mis papás, a mis hermanos y a mí, por supuesto, que vinieras a pasar Navidad con nosotros...

- **Para aceptar**

  No sabes cuánto agradezco tu amable invitación y qué gusto me dará celebrar con ustedes...

  Imagina la alegría que sentí al recibir tu invitación. ¿Cómo podría no aceptar?...

- **Para no aceptar**

  Acabo de recibir tu amable invitación, pero lamentablemente no podré aceptar...

  Imagina la tristeza que me dio al saber que no podré asistir a tu fiesta...

- **Para agradecer**

  Te escribo para darte las gracias por el precioso collar que me regalaste...

  Te envío estas líneas para expresar mi profundo agradecimiento por todas tus atenciones la semana pasada...

- **Para felicitar**

  Me permito felicitarte hoy en el día de tu santo...

  No te imaginas la alegría que sentí al saber de tu ascenso...

  Te deseo muchas felicidades en ocasión de tu graduación y espero que tengas mucho éxito en tu nueva profesión...

Cuaderno de actividades 53

E   **Graduación.** Una semana más y ¡te gradúas! En agradecimiento por todo lo que tu profesor(a) favorito(a) ha hecho por ti, decides escribirle una nota formal dándole las gracias. En una hoja en blanco, escribe esa carta.

Vocabulario activo

F   **Lógica.** En cada grupo de palabras que aprendiste en la *Unidad 2, Lección 1*, subraya aquélla que no esté relacionada con las otras. Luego, explica brevemente por qué no está relacionada.

1. artista   pintor   escultor   rotulador   dibujante

_____

2. acuarelas   tinta china   barroco   tiza   tubos de óleo

_____

3. llamativo   sombrío   opaco   borroso   nebuloso

_____

4. exhibición   salón   presentación   exposición   cartón

_____

5. pintura   panorama   gótico   retrato   paisaje

_____

G   **Crucigrama.** Completa este crucigrama a base de las claves verticales y horizontales.

El arte y los artistas

Claves horizontales

1. arte antiguo de los griegos y romanos

5. arte que representa una impresión de la realidad

8. arte que representa las cosas tales como son

9. artista que se dedica a la escultura

11. arte de pintar una pared reciente-mente preparada

12. arte que representa escenas de la Biblia o actos de la iglesia

Claves verticales

2. galería donde se exponen obras de arte

3. colores llamativos como un diamante

4. una pintura

6. arte que representa la figura de una persona o un animal

7. hoja seca fabricada que sirve para escribir, imprimir y pintar

10. tela o material sobre el cual se pinta con óleo

Gramática en contexto

H **Habitantes de la Península Ibérica.** Completa los siguientes datos acerca de los primeros pobladores del país que hoy conocemos como España.

Los pobladores que _____ (1. habitar) la Península

Ibérica en tiempos prehistóricos _____ (2. dejar)

extraordinarias pinturas en diversas cuevas de la península. En tiempos

históricos, cuando _____ (3. llegar) los primeros

invasores, los pueblos y tribus de la península _____

(4. recibir) el nombre de iberos. Diversos invasores se

_____ (5. establecer) en diferentes zonas de la

península y _____ (6. aportar) elementos de su civi-

lización. Entre estos invasores se _____ (7. destacar)

los fenicios, famosos navegantes que _____ (8. inventar)

el alfabeto. Los griegos _____ (9. fundar) varias

ciudades en la costa mediterránea. Los celtas _____

(10. incorporar) en la península el uso de metales. Pero finalmente

_____ (11. predominar) los romanos, de quienes la

península _____ (12. recibir) el nombre de Hispania así

como la lengua, cultura, tecnología y gobierno romanos.

I Alfonso X el Sabio. Completa los siguientes datos acerca de las contribuciones de este rey.

Alfonso X el Sabio _____ (1. vivir) durante el siglo XIII.

_____ (2. Nacer) en 1221 y _____ (3. fallecer) en

1284. _____ (4. Gobernar) el reino de Castilla y de León por más

de treinta años. _____ (5. Subir) al trono en 1252 y su reinado

_____ (6. terminar) con su muerte en 1284.

_____ (7. Favorecer) el desarrollo de las leyes, las ciencias y las

artes en su reino. _____ (8. Reunir) en su palacio a especialistas

cristianos, árabes y judíos que _____ (9. realizar) obras de

leyes, historia y astronomía. _____ (10. Escribir) sobre la

historia de España y la historia universal. _____ (11. Ayudar)

al desarrollo de la arquitectura, ya que durante su reinado se _____

(12. edificar) la catedral de León.

J Lectura. Completa la siguiente narración acerca de la historia que leyó un(a) estudiante.

Ayer después de cenar, yo _____ (1. abrir) mi libro de español e

_____ (2. iniciar) mi lectura. _____ (3. Leer) la aventura

de los molinos de don Quijote. Este caballero andante _____

_____ (4. creer) ver unos gigantes en el campo, pero su escudero

Sancho Panza sólo _____ (5. percibir) unos molinos de viento y

_____ (6. tratar) de corregir a su amo. Don Quijote no

_____ (7. escuchar) las palabras de Sancho. Montado en su caballo

Rocinante, don Quijote _____ (8. correr) hacia los molinos y los

_____ (9. atacar). Pero el viento _____ (10. agitar) las

aspas de los molinos y éstas _____ (11. derribar) al caballero. La

aventura me _____ (12. parecer) algo cómica, pero también me

_____ (13. causar) un poco de pena por el sufrimiento del caballero.

K **Trabajo de investigación.** Selecciona la forma verbal apropiada para completar el siguiente diálogo entre dos compañeros.

BETTY: Oye, Enrique, ¿ _1_ (terminastes / terminaste) el trabajo sobre la guerra civil española?

ENRIQUE: No, todavía no porque sólo ayer _2_ (comencé / comenzé) a buscar información.

BETTY: ¿_3_ (Buscaste / Buscastes) información en la Red? Seguro que hay mucha allí.

ENRIQUE: Sí, _4_ (averigüé / averigué) muchos datos interesantes. Pero qué guerra más terrible; ¡_5_ (caeron / cayeron) tantos muertos!

BETTY: Y nadie _6_ (creyó / creó) que al terminar esa guerra vendría una dictadura. Sí, muy terrible.

Lengua en uso

Signos de puntuación: los puntos (.), (;), (:), (...)

- **El punto (.)** indica una pausa entre oraciones. Además, la pausa del punto siempre es más prolongada que la de la coma. Los usos más comunes del punto se llaman: **punto (y) seguido** cuando el punto ocurre dentro de un párrafo, **punto (y) aparte** cuando termina un párrafo y **punto (y) final** cuando se pone al final de un escrito (carta, dictado, artículo) o de una de sus partes (lección, capítulo, etc.).

  El **punto millar** separa unidades de mil al escribir números.

  La población de España ahora es más de 40.000.000.

- **El punto y coma (;)** representa una pausa más larga que la de la coma, pero menos prolongada que la del punto. Su uso más frecuente es separar dos ideas completas que están relacionadas de alguna manera. Con frecuencia, el punto y coma puede ser reemplazado por **y** o por un punto.

  España se ha transformado con una rapidez increíble en las últimas dos décadas; evidencia de esto es la aparición de una gran clase media.

  También se utiliza el punto y coma antes de palabras o expresiones adversativas como **mas, aunque, por eso, sin embargo, o sea, es decir, pero** y otras más, cuando éstas se encuentran entre dos cláusulas independientes.

  El gobierno de Franco prohibió todos los partidos políticos y estableció la censura; **sin embargo,** España pasó a ser un país industrializado.

Franco permitió el bárbaro bombardeo aéreo del pueblo más antiguo de los vascos, Guernica; **por eso** Picasso no permitió que su obra estelar se mostrara en España durante el gobierno de Franco.

Otro uso del punto y coma es la separación de enumeración de cláusulas largas y complejas cuando interviene ya alguna coma.

Teresa, Ricardo y Ana María hicieron sus presentaciones orales sobre España: Teresa habló de la Guerra Civil Española; Ricardo, sobre el franquismo; y Ana María, sobre el retorno a la democracia.

- **Los dos puntos** (:) representan una pausa intermedia como la del punto y coma. Este signo de puntuación se utiliza en los siguientes casos:

  1. Antes de una enumeración.

     En el Siglo de Oro sobresalen tres poetas místicos: Santa Teresa de Jesús, Fray Luis de León y San Juan de la Cruz.

  2. Después de una palabra o frase que expresa ejemplificación.

     por ejemplo: entre otros: modelo:

     Los siguientes son los dramaturgos españoles más importantes: Lope de Vega, Tirso de Molina y Pedro Calderón de la Barca.

  3. Después del saludo en una carta o una nota.

     Estimados editores: Mi muy querida amiga:

  4. Antes de una cita textual.

     Mi obra favorita de Lope de Vega es Fuenteovejuna y mi cita favorita: "Ovejas sois, bien lo dice de Fuenteovejuna el nombre".

- **Los puntos suspensivos** (...) indican una pausa casi igual a la del punto, al establecer una suspensión del discurso. Su función es expresar varios estados de ánimo: duda, temor, emoción o expectación. También puede señalar algo no acabado.

  Roberto creía que era muy inteligente, pero...

  Depués de tantos años separados, por fin estarían unidos, para luchar siempre juntos...

  En otras ocasiones, los puntos suspensivos indican la omisión de palabras o líneas de un texto.

  Al acabar la guerra, ... se convirtió a la fe islámica.

  El resultado, al crear un país unido ... una transición a ser un poder mundial.

  ¡OJO! Cuando los puntos suspensivos aparecen al final de una oración, no se usa el punto y seguido.

L ***Don Quijote de la Mancha.*** Para restaurar estos fragmentos al original,
coloca los signos de puntuación donde se necesiten.

1. ves allí amigo Sancho Panza donde se descubren treinta o pocos más
   monstruosos gigantes con quienes pienso hacer batalla y quitarles la vida

   —Qué gigantes —dijo Sancho Panza
   — Aquéllos que allí ves —respondió su amo— de los brazos largos

2. aquéllos que allí se parecen no son gigantes sino molinos de viento y lo
   que en ellos parecen brazos son aspas

   —Bien parece —respondió don Quijote— que no sabes nada de las
      aventuras ellos son gigantes y si

   Y diciendo esto dio de espuelas a su caballo Rocinante sin prestar atención
   a la voz que su escudero Sancho le daba Pero él iba tan convencido en que
   eran gigantes que no oía la voz de su escudero Sancho ni dejaba de ver
   aunque estaba ya bien cerca lo que eran

3. atacó al primer molino que estaba delante y dándole una lanzada en el aspa
   la volvió el viento con tanta furia que hizo la lanza pedazos

Composición: *descripción imaginaria*

M **Una carta de Cervantes.** En una hoja en blanco, escribe una breve carta
imaginaria en la que Miguel de Cervantes Saavedra le describe a un amigo, un
escritor de Toledo, la aventura de los molinos de viento que acaba de escribir
como parte de su novela *El ingenioso hidalgo don Quijote de la Mancha.*
Imagina el estado de ánimo de Cervantes al escribir esta carta. ¿Cómo
explicaría lo que acaba de escribir?

Page 60 Blank

¡A escuchar!
Gente y cultura del mundo 21

A   **Elena Poniatowska.** Una pareja de jóvenes estudiantes mexicanos de la Universidad Nacional Autónoma de México (U.N.A.M.) asiste a un acto en conmemoración de la masacre de Tlatelolco. Escucha con atención lo que dicen y luego marca si cada oración que sigue es **cierta** (**C**) o **falsa** (**F**).

C   F   1. Lo que más les impresionó del acto a Manuel y a Angélica fue la lectura que hizo Elena Poniatowska de su libro *La noche de Tlatelolco.*

C   F   2. Elena Poniatowska es una escritora francesa que nació en Polonia y que visita frecuentemente México.

C   F   3. Se han vendido más de 100.000 ejemplares de su libro *La noche de Tlatelolco.*

C   F   4. La masacre de Tlatelolco ocurrió el 2 de octubre de 1968, unos días antes de los Juegos Panamericanos en México.

C   F   5. Aunque no se sabe realmente cuántas personas murieron aquella noche, muchos testigos calculan que fueron más de trescientas, la mayoría estudiantes.

B   **Hernán Cortés.** Escucha la siguiente narración acerca de Hernán Cortés y luego indica qué opción mejor completa cada oración. Escucha una vez más para verificar tus respuestas.

1. Hernán Cortés llegó a México en 1519, en el mes de...

    a. junio.

    b. abril.

    c. agosto.

2. Cuando llegó a México, Cortés tenía...

    a. veinticuatro años de edad.

    b. cuarenta y cuatro años de edad.

    c. treinta y cuatro años de edad.

3. Cortés llevaba...

    a. cañones.

    b. vacas.

    c. cinco mil soldados.

4. Cortés llegó a Tenochtitlán por primera vez en...

    a. 1519.

    b. 1520.

    c. 1521.

5. Tenochtitlán cayó en poder de Cortés a fines de...

    a. noviembre de 1521.

    b. junio de 1521.

    c. agosto de 1521.

Acentuación y ortografía

Palabras que cambian de significado. En la *Unidad 2, Lección 2,* aprendiste que hay palabras parecidas que tienen distintos significados según dónde va el golpe y si requieren acento ortográfico. En la actividad que sigue, presta atención al significado de las palabras subrayadas al decidir si necesitan acento escrito o no.

C   **Carta de una editorial.** El joven escritor, Luis Pérez, acaba de recibir una carta de una importante editorial española en la que recibe comentarios sobre la novela que había enviado hacía unos meses. Al escuchar a la narradora leer la carta, pon un acento escrito en las palabras subrayadas donde sea necesario.

Estimado Sr. Pérez:

Aqui le envio esta breve nota sobre su manuscrito titulado "Las aventuras de Sancho Panza". El humor de su narracion me levanto mucho el animo, por eso con esta carta me animo a decirle que estamos considerando seriamente su publicacion. Personalmente me gusto mucho el ultimo dialogo donde Sancho aparece como un filosofo y un comico a la vez. Un editor que leyo su manuscrito encontro el final de su novela un poco equivoco y cree que Ud. se equivoco al escribir que Sancho Panza vendio el caballo Rocinante para comprarse una motocicleta. Yo pienso que Ud. calculo muy bien la reaccion de los lectores frente a esta situacion ironica. Espero recibir pronto comunicacion suya.

D **Dictado.** Escucha el siguiente dictado e intenta escribir lo más que puedas. El dictado se repetirá una vez más para que revises tu párrafo.

México: tierra de contrastes

_____

_____

_____

_____

_____

_____

_____

_____

_____

_____

_____

Mejoremos la comunicación
Vocabulario activo

E   **Lógica.** Completa estas oraciones con el vocabulario activo que aprendiste en **Mejoremos la comunicación** de la *Unidad 2, Lección 2*.

1. Si tengo que comer verduras, prefiero _____ , _____ o _____ .

2. Hay ciertas verduras que simplemente me rehuso a comer, por ejemplo _____ , _____ o _____ .

3. Tres frutas o verduras que tal vez me gusten pero que nunca he probado son _____ , _____ y _____ .

4. A mi abuela le encantaban las verduras. Tenía una manera muy especial de preparar _____ , _____ y _____ .

F   **Sinónimos.** Indica qué palabra de la segunda columna es el sinónimo de cada palabra de la primera columna.

____	**1.** ejote	**a.**	choclo
____	**2.** betabel	**b.**	porotos
____	**3.** chile	**c.**	guisantes
____	**4.** maíz	**d.**	remolacha
____	**5.** cacahuate	**e.**	batata
____	**6.** chícharos	**f.**	habichuelas
____	**7.** papa	**g.**	palta
____	**8.** frijoles	**h.**	maní
____	**9.** camote	**i.**	patata
____	**10.** aguacate	**j.**	ají

Gramática en contexto

G   **Octavio Paz.** Usando el pretérito, escribe los siguientes datos acerca de este importante escritor mexicano.

MODELOS   *Los mexicanos / admirar / Octavio Paz*
Los mexicanos admiraron a Octavio Paz.

Los lectores / admirar / el libro El laberinto de la soledad
Los lectores admiraron el libro *El laberinto de la soledad.*

1. Octavio Paz / recibir / el Premio Nobel de Literatura en 1990

_____

2. Octavio Paz / conocer / otros poetas distinguidos como Pablo Neruda y Vicente Huidobro

_____

3. Octavio Paz / escribir / artículos en diversas revistas y periódicos

_____

4. La Fundación Cultural Octavio Paz / ayudar / escritores con premios y becas

_____

5. Los críticos / apreciar mucho / este escritor extraordinario

_____

H **Preguntas.** Contesta las siguientes preguntas acerca del cuento de Guillermo Samperio "Tiempo libre".

MODELO *¿Entendiste el cuento?*
Sí, lo entendí perfectamente. o
No, no lo entendí muy bien.

1. ¿Leíste el cuento sin ayuda del diccionario?

_____

2. ¿Buscaste las palabras desconocidas en el diccionario?

_____

3. ¿Contestaste las preguntas?

_____

4. ¿Buscaste otros cuentos de Samperio?

_____

5. ¿Alcanzaste a terminar el cuento?

_____

6. ¿Le contaste el cuento a alguna compañera?

_____

7. ¿El profesor te explicó el final del cuento a tu satisfacción?

_____

Los gustos de la familia. Di lo que le gusta hacer a cada uno de los miembros de tu familia.

MODELO

<u>**A mi abuela le encanta coser.**</u>

Vocabulario útil		
encantar	**gustar**	**fascinar**
coser	dormir en el sofá	armar rompecabezas
el biberón	correr	tocar el piano
comida china	mirar programas deportivas	

1. _____

   _____

2. _____

   _____

3. _____
   _____

4. _____
   _____

5. _____
   _____

6. _____
   _____

J   **Son leístas, ¿no?** Dos turistas españoles llaman la atención de los pasajeros mexicanos en el metro en la Ciudad de México. Selecciona los pronombres que usarían los madrileños.

MARISOL: ¿Viste a Tomás ayer?

RODRIGO: Sí, __1__ (lo / le) saludé y __2__ (le / lo) hablé por unos minutos.

MARISOL: ¿ __3__ (Le / Lo) pediste el disco compacto que __4__ (le / lo) presté?

RODRIGO: Sí, __5__ (se le / se lo) pedí, pero me dijo que no te preocuparas, que __6__ (lo / le) tiene en casa y que va a __7__ (devolvértele / devolvértelo) pronto.

MARISOL: Es que ya van tres meses que __8__ (se le / se lo) pido. Yo creo que __9__ (le / lo) perdió.

RODRIGO: No seas pesimista; mañana __10__ (le / lo) iré a ver a su casa. Te traeré tu disco.

Lengua en uso

Signos de puntuación que indican entonación

- Los **signos de interrogación** (¿?) se utilizan al hacer preguntas. A diferencia del inglés, en español se ponen **signos de interrogación** al principio de la oración o cláusula así como al final. De esta manera, los signos de interrogación en español le ofrecen de antemano al lector o lectora una idea de cómo modular su voz.

    ¿Cómo estuvo?

    ¿Están aquí los manuscritos?

    En tu opinión, ¿por qué mató a su esposo?

  Los signos de interrogación no se utilizan en preguntas indirectas.

    ¿Con quién fuiste? (Directa)

    Necesito saber con quién fuiste. (Indirecta)

    Pregúntales cuándo llegó. (Indirecta)

  ¡OJO! No olvides que las palabras interrogativas siempre llevan acento escrito, aun en preguntas indirectas.

- Los **signos de exclamación** (¡!) expresan sorpresa, ironía, emoción o intensidad. Los signos de exclamación siguen las mismas reglas que los de interrogación. Se utilizan al principio de la oración o cláusula así como al final para ofrecerle de antemano al lector o lectora una idea de cómo modular su voz.

    ¡Eso es increíble!

    ¡Qué experiencia tan horrible!

Los signos de exclamación también se usan al principio y al final de interjecciones (¡ay! ¡eh! ¡oh! ¡ah! ¡caramba! ¡Dios mío!).

¡Ay! No sé qué voy a hacer.

¡Dios mío! ¿Qué hora es?

- El **paréntesis** [( )] se emplea para encerrar o señalar palabras o cláusulas intercaladas que aclaran o amplían la comprensión del texto.

    La entrada al estreno de la nueva película de Salma Hayek me costó cincuenta dólares ($50).

    Salma Hayek (como era bien sabido) ya había firmado con Arturo Ripstein.

    Como agua para chocolate (título de una de las más reconocidas películas mexicanas) se tradujo al inglés palabra por palabra como *Like Walter for Chocolate*.

- El **paréntesis** también se utiliza para señalar datos numéricos que aclaran, en particular los años de nacimiento y muerte de personajes.

    El muralista José Clemente Orozco (1883–1949) dejó su sello personal en el orfanato Cabanas en Guadalajara.

    El libro de ensayos de mayor importancia de Octavio Paz es sin duda *El laberinto de la soledad* (1950).

- **Las comillas (" ") (« »)*** se emplean en los casos siguientes:

    1. Para las citas directas.

    "Me siento muy cercana de los hombres que no pueden vivir sin una mujer", afirmó en una entrevista la escritora Elena Poniatowska, al responder sobre el enamoramiento masculino.

    2. Con títulos de cuentos y artículos.

    No cabe duda que el cuento "Tiempo libre" del mexicano Guillermo Samperio es pura fantasía.

    ¿Leíste el artículo "Librerías en México, pocas y mal distribuidas" en *El Universal*?

    3. Para llamar atención deliberadamente a ciertas palabras o para señalar que se usa una palabra o frase en un sentido especial.

    Cuando hablo en "caló" en México, todo el mundo me entiende.

*En español se utilizan tanto las comillas inglesas (" ") como las europeas (« »).

En español, el punto y la coma usualmente se escriben después, no antes de las comillas.

Elena Poniatowska señala la importancia del estudio de las lenguas extranjeras al decir "Un idioma te acerca a la manera de vivir y a la manera de ser de la gente".

- **El guión (-)** se usa para separar palabras en sílabas al final de un renglón.

  "La gente desconfía de alguien muy grande, como que alguien chiqui-to cae bien", revela la encantadora Elena Poniatowska.

- **El guión largo o raya (—)** señala el inicio de diálogo y cuando, dentro de un diálogo, se hace referencia al hablante. Se usa el guión largo con mucha frecuencia en obras literarias: comedias, novelas, cuentos y poesía ... como se ve en este trocito sacado del cuento "Anacleto Morones" de Juan Rulfo:

  —No, gracias —dijeron—. No venimos a darte molestias.

 Fíjate cómo la puntuación, el punto y coma en este caso, va inmediata-mente después del guión largo.

En el ejemplo anterior se puede ver que el guión largo se usa al comenzar a hablar una persona. También se usa antes y después de cualquier referencia a la persona que habla. Nunca se utiliza al final de un párrafo.

El guión largo también se usa para encerrar palabras o frases incidentales en una oración.

El muralista Diego Rivera dejó un sello personal por toda la ciudad—en edificios de gobierno, en teatros públicos como el Palacio de Bellas Artes y hasta en algunos cines.

- **El asterisco (*)** se utiliza para indicarle al lector o a la lectora la presencia de una nota o información adicional al pie de la página. Su uso es igual al uso del asterisco en inglés para referirse a una nota al pie de la página.

- **El apóstrofo (')** se utiliza para señalar la omisión de ciertas letras o sílabas en el habla coloquial.

  M'ijo llega esta noche. (**mi hijo**)

  Voy **pa'** su casa a las tres. (**para**)

 En español el apóstrofo nunca se usa para señalar posesión, como en inglés.

K *Como agua para chocolate.* Unos estudiantes hablan de la película que acaban de ver en la clase de español. Para saber lo que dicen, coloca los signos de puntuación donde sean necesarios.

1. Tan pronto como la profesora dijo La película de hoy es *Como agua para chocolate* de la novela de Laura Esquivel me sentí muy emocionada

2. Pero qué catástrofe Mamá Elena no permitió a Tita casarse con Pedro

3. *Como agua para chocolate* 1992 es mi película favorita de Alfonso Arau

4. Supiste que publicaron un libro de recetas titulado *Como agua para chocolate* Qué encanto

5. No entendí por qué Tita simplemente no abandonó a Mamá Elena

6. Lo más dramático fue cuando Pedro entró en el cuarto de Tita y dijo Te amo

7. El diálogo que más me gustó fue cuando hablaban Tita y Mamá Elena

> Y de qué me tiene que venir a hablar ese señor
>
> Yo no sé
>
> Pues más vale que le informes que si es para pedir tu mano no lo haga Perdería su tiempo y me haría perder el mío

Composición: *descripción de semejanzas*

L

Tu nombre en náhuatl. En el mundo azteca, antes de la llegada de los españoles, era una práctica común que los nombres de las personas incluyeran el nombre de uno de los veinte *tonalli* o espíritus solares que simbolizaban los veinte días del calendario azteca. Escoge el *tonalli* con el que mejor te identifiques y en una hoja en blanco escribe las cualidades que consideres propias de ese símbolo. ¿Qué semejanzas encuentras entre el símbolo que elegiste y tu personalidad?

Los veinte *tonalli*

cipactli: cocodrilo	*océlotl:* jaguar
ehécatl: viento	*cuauhtli:* águila
calli: casa	*cozcazcuauhtli:* zopilote
cuetzpalin: lagartija	*ollin:* movimiento
cóatl: serpiente	*ozomatli:* mono
máztl: venado	*malinalli:* hierba
miquiztli: muerte	*técpatl:* pedernal
tochtli: conejo	*ácatl:* caña
atl: agua	*quiáhuitl:* lluvia
itzcuintli: perro	*xóchitl:* flor

Page 72 Blank

Nombre _____ Fecha _____

Sección _____

¡A escuchar!
Gente y cultura del mundo 21

A   **Luis Muñoz Marín.** En una escuela secundaria de San Juan de Puerto Rico, una maestra de historia les hace preguntas a sus alumnos. Escucha con atención lo que dicen y luego marca si cada oración que sigue es **cierta (C)** o **falsa (F)**.

C   F   **1.** Luis Muñoz Marín fue el primer gobernador de Puerto Rico elegido directamente por los puertorriqueños.

C   F   **2.** Luis Muñoz Marín fue elegido gobernador por primera vez en 1952.

C   F   **3.** Su partido político era el Partido Popular Democrático.

C   F   **4.** Luis Muñoz Marín fue elegido gobernador de Puerto Rico cuatro veces.

C   F   **5.** El gobierno de Luis Muñoz Marín nunca aprobó que Puerto Rico se tranformara en Estado Libre Asociado de EE.UU.

B **Elecciones dominicanas.** Escucha lo que dice un profesor de la Universidad de Santo Domingo a un grupo de estudiantes extranjeros que están estudiando en República Dominicana y luego marca si cada oración que sigue es **cierta** (**C**) o **falsa** (**F**).

C F **1.** Aunque tiene el nombre de República Dominicana, en este país no se celebran regularmente elecciones.

C F **2.** Rafael Leónidas Trujillo duró más de treinta años en el poder.

C F **3.** Joaquín Balaguer fue nombrado presidente por primera vez en 1966.

C F **4.** En la República Dominicana el presidente no se puede reelegir.

C F **5.** Las elecciones presidenciales de 1994 causaron mucha controversia debido a que desapareció casi un tercio de los votos.

Pronunciación y ortografía

Guía para el uso de la letra *c*. En la *Unidad 2, Lección 3,* aprendiste que la **c** en combinación con la **e** y la **i** tiene el sonido /**s**/ y frente a las vocales **a, o** y **u** tiene el sonido /**k**/. La actividad que sigue te ayudará a reconocer esta relación entre los sonidos de la letra **c** y el deletreo.

C **Deletreo con la letra** *c*. Ahora, escucha a los narradores leer las siguientes palabras y escribe las letras que faltan en cada una.

1. ___ ___ n e x i ó n   **6.** f r a ___ ___ s a r

2. ___ ___ r o   **7.** ___ ___ v i l i z a d o

3. p a l a ___ ___ o   **8.** a ___ ___ l e r a d o

4. b r o n ___ ___ a r s e   **9.** e n r i q u e ___ ___ r

5. ___ ___ l t i v o   **10.** o ___ ___ p a d o

UNIDAD 2
LECCIÓN 3

D

Dictados. Escucha los siguientes dictados e intenta escribir lo más que puedas. Los dictados se repetirán una vez más para que revises tus párrafos.

La cuna de América

_____
_____
_____
_____
_____
_____
_____
_____
_____
_____
_____
_____

Estado Libre Asociado de EE.UU.

_____
_____
_____
_____
_____
_____
_____
_____
_____
_____
_____
_____
_____

Mejoremos la comunicación
Vocabulario activo

E   **Lógica.** Completa estas oraciones con el vocabulario activo que aprendiste en **Mejoremos la comunicación** de la *Unidad 2, Lección 3*.

1. Mis deportes favoritos de verano son _____,

    _____ y _____ .

2. Tres deportes de verano que no me interesan del todo son

    _____ , _____ y _____ .

3. En la televisión, me gusta mirar los deportes de _____ ,

    _____ y _____ .

4. Tres deportes que nunca he probado pero que me gustaría jugar son

    _____ , _____ y _____ .

F   **Asociaciones.** Indica qué palabra o frase de la segunda columna se relaciona con cada palabra o frase de la primera.

____ 1. bateador   **a.** dejarse caer al correr
____ 2. lanzador   **b.** deporte para dos personas
____ 3. natación   **c.** hace un cuadrangular
____ 4. básquetbol   **d.** se hace en un lago, río u océano
____ 5. deslizar   **e.** requiere caballo
____ 6. lucha libre   **f.** requiere tubo de respiración
____ 7. pescar   **g.** tira la pelota
____ 8. bucear   **h.** requiere bate
____ 9. montar   **i.** requiere canasta
____ 10. navegar   **j.** piscina

Gramática en contexto

G   **Fue un día atípico.** ¿Qué le dices a un amigo para explicarle que ayer tu hermana tuvo un día atípico?

MODELO   *Generalmente se despierta temprano.*
         Pero ayer se despertó muy tarde.

1. Siempre consigue un lugar para estacionar el coche cerca del trabajo.

    _____

2. Generalmente se siente bien.

_____

3. Nunca se duerme en el trabajo.

_____

4. Por lo general se concentra en su trabajo y no se distrae.

_____

5. Siempre tiene tiempo para almorzar.

_____

6. Normalmente resuelve rápidamente los problemas de la oficina.

_____

7. Generalmente vuelve a casa tarde.

_____

H   **El sueño de una vida.** Completa la siguiente narración acerca de un jugador dominicano de las Grandes Ligas.

De muchachito en San Francisco de Macorís, César siempre

_____ (1. soñar) con convertirse en una estrella de las Grandes

Ligas de EE.UU. Cuando _____ (2. obtener) su primer bate,

_____ (3. ir) a un campo de béisbol y _____ (4. jugar)

con otros niños de su edad. Él se _____ (5. dar) cuenta de la

necesidad de practicar regularmente porque ese día nada le

_____ (6. salir) muy bien. Las prácticas y los juegos se

_____ (7. repetir) a través de toda su infancia. A los diez años

_____ (8. tener) la oportunidad de entrar en un equipo y se

_____ (9. poner) muy contento. Poco a poco se

_____ (10. convertir) en un buen jugador. Ya de adulto,

_____ (11. andar) con suerte porque _____ (12. poder)

probar en un equipo profesional norteamericano y ¡_____ (13. ser)

aceptado!

I **Extraterrestres.** Selecciona las formas verbales apropiadas en la siguiente narración.

Me __1__ (gustó / gusté) mucho "El diario inconcluso" que __2__ (leemos / leímos) hace unos días en esta lección. Tengo un tío que nos asegura que lo __3__ (raptaron / raptó) los extraterrestres. Él cuenta su historia así. «__4__ (Jué / Fue) una noche sin luna. Yo volvía a casa cuando __5__ (vi / vió) un objeto brillante que se __6__ (detuve / detuvo) cerca de mí. No __7__ (sentí / sintí) miedo. __8__ (Andé / Anduve) en dirección al objeto, pero pronto una luz me __9__ (cegué / cegó). Unos seres que no __10__ (reconocí / reconocieron) me __11__ (dijieron / dijeron) que debía seguirlos. Parece que en ese momento __12__ (pierdí / perdí) el conocimiento, pero estoy seguro de que __13__ (estuve / estuvo) entre extrate-rrestres. Como estaba inconsciente no __14__ (traje / truje) ningún recuerdo para probarlo. Me __15__ (despierté / desperté) mucho más tarde en el lugar en que había visto el objeto, pero ya no estaba.» Nosotros no le creemos mucho, porque este mismo tío se ha ganado la lotería dos veces y las dos veces ha perdido el billete.

Lengua en uso

Adjetivos y pronombres demostrativos

Los adjetivos demostrativos nunca llevan acento escrito. En cambio, el acento es optativo en los pronombres demostrativos, aunque la mayoría de los escritores lo usan. Los pronombres **esto, eso** y **aquello** nunca llevan acento escrito por ser neutros (no requieren sustantivo). Estudia estos ejemplos.

Adjetivos demostrativos	**Pronombres demostrativos**
Estos libros son míos.	**Éstos** son los tuyos.
Esa falda es hermosa.	**¿Ésa?** ¡No me gusta!
Ese puesto es el mejor.	Sí, pero **éste** paga más.
Aquellos muchachos hablan inglés.	Sí, pues **aquéllos** de allá, no. **Esto** es muy importante. ¡**Eso** es imposible!

J **Demostrativos.** Ahora, escucha al narrador leer las siguientes oraciones y escribe los **adjetivos** o **pronombres demostrativos** que escuches. Recuerda que sólo los pronombres llevan acento escrito.

1. _____ disco de Luis Miguel es mío y _____ es tuyo.

2. _____ pintura de Frida refleja más dolor y sufrimiento que _____ .

3. _____ periódico se edita en México; _____ se edita en Nueva York.

4. Compramos _____ libros en el Museo del Templo Mayor y _____ en el Museo Nacional de Antropología.

5. No conozco _____ murales de Diego Rivera; yo sé que _____ está en el Palacio Nacional.

Composición: *informar*

K **Colón y Puerto Rico.** Selecciona uno de los siguientes temas y escribe una breve composición, según las indicaciones.

El diario de Cristóbal Colón. Imagina que tú eres el famoso almirante Cristóbal Colón. En el diario que escribes para la reina Isabel la Católica, le informas que el 6 de diciembre de 1492 llegaste a una hermosa isla. Los indígenas la llaman Quisqueya, pero tú le has dado el nuevo nombre de La Española. En una hoja en blanco, dirige el informe a la Reina y explícale brevemente lo sucedido ese día.

Tres alternativas. En una hoja en blanco, escribe una composición en la que das los argumentos a favor y en contra de cada una de las tres alternativas que tiene Puerto Rico para su futuro político: (1) continuar como Estado Libre Asociado de EE.UU., (2) convertirse en otro estado de EE.UU. o (3) lograr la independencia.

Page 80 Blank

Nombre _____ Fecha _____

Sección _____

¡A escuchar!

Gente y cultura del mundo 21

A **Reconocido artista cubano.** Escucha lo que dicen dos estudiantes cubanos al visitar un museo de arte de La Habana y luego marca si cada oración que sigue es **cierta** (**C**) o **falsa** (**F**).

C   F   **1.** La única razón por la cual Wifredo Lam es el artista favorito de Antonio es que es originario de la provincia de Las Villas.

C   F   **2.** Wifredo Lam vivió en Sevilla durante trece años.

C   F   **3.** El artista cubano nunca conoció al artista español Pablo Picasso.

C   F   **4.** En la década de los 40, Wifredo Lam regresó a Cuba y pintó cuadros que tenían como tema principal las calles de París.

C   F   **5.** Su cuadro *La selva*, pintado en 1943, tiene inspiración afrocubana.

C   F   **6.** Desde la década de los 50, este artista cubano vivió el resto de su vida en Cuba, donde murió en 1982.

B

Robo. Escucha el siguiente diálogo y luego completa las oraciones que siguen.
Escucha una vez más para verificar tus respuestas.

1. Ramiro caminaba...

   a. por el centro de la ciudad.

   b. por algunos lugares oscuros.

   c. por el parque.

2. Una señora se cayó al suelo porque...

   a. alguien chocó contra ella.

   b. chocó contra un árbol.

   c. tropezó con Ramiro, accidentalmente.

3. La señora gritaba porque...

   a. conocía al muchacho.

   b. nadie llamaba al médico.

   c. le habían robado la cartera.

4. La policía...

   a. no llegó nunca.

   b. llegó pero no detuvo a nadie.

   c. interrogó al esposo y a Ramiro.

5. Ramiro piensa que el paseo...

   a. fue una mala idea.

   b. fue agradable a pesar de todo.

   c. fue una experiencia que tranquiliza a cualquiera.

Pronunciación y ortografía

En la *Unidad 2, Lección 4*, aprendiste que el deletreo de los sonidos /k/ y /s/
con frecuencia resulta problemático al escribir debido a que varias consonantes
pueden representar cada sonido según la vocal que las sigue. Estas actividades
te ayudarán a diferenciar entre el deletreo de estos sonidos.

C **Deletreo del sonido /k/.** Como sabes, por escrito el sonido **/k/** tiene varias representaciones: **ca, que, qui, co** y **cu.** Para practicar el deletreo, escucha a los narradores leer estas palabras y escribe las letras que faltan.

1. m a r a ____ ____

2. c o n ____ ____ ____ s t a

3. ____ ____ n t a m i n a d o

4. c h e ____ ____ ____ r e

5. ____ ____ e v a

6. e s ____ ____ ____ n a

7. ____ ____ ____ j a

8. d é ____ ____ d a

9. ____ ____ e c a

10. ____ ____ s t e ñ o

D **Deletreo del sonido /s/.** Por escrito, el sonido **/s/** tiene varias representaciones: **sa/za, se/ce, si/ci, so/zo** y **su/zu.** Ten esto presente al escuchar a los narradores leer estas palabras y escribir las letras que faltan.

1. e m p o b r e ____ ____ r

2. d e ____ ____ f í o

3. ____ ____ n t i m i e n t o

4. t r a i ____ ____ o n a r

5. a l c a n ____ ____ r

6. c o l o n i ____ ____ d o r e s

7. e n t u ____ ____ a s m o

8. s u c e ____ ____ r

9. r e d u ____ ____ r

10. s o b r e ____ ____ l i r

E **Dictado.** Escucha el siguiente dictado e intenta escribir lo más que puedas. El dictado se repetirá una vez más para que revises tu párrafo.

El proceso de independencia de Cuba

_____

_____

_____

_____

_____

_____

_____

_____

_____

_____

_____

_____

Nombre _____ Fecha _____

Sección _____

UNIDAD 2

LECCIÓN 4

Mejoremos la comunicación
Vocabulario activo

F **Lógica.** En cada grupo de palabras que aprendiste en la *Unidad 2, Lección 4,* subraya aquélla que no esté relacionada con el resto. Luego explica brevemente por qué no está relacionada.

1. apasionado   cautivante   palpitante   romántico   chequere

_____

2. cueca   cumbia   merengue   güiro   pregón

_____

3. salado   cadencia   compás   ritmo   paso

_____

4. rico   sabroso   maracas   salado   acelerado

_____

5. vals   guaracha   salsa   sabroso   samba

_____

G **Descripciones.** Indica qué frase de la segunda columna describe correctamente cada palabra de la primera.

_____ 1. conga   **a.** campana pequeña

_____ 2. paso   **b.** rápido

_____ 3. movimiento   **c.** dos palos

_____ 4. cencerro   **d.** baile cubano

_____ 5. acelerado   **e.** ritmo

_____ 6. embrujar   **f.** acción de mover

_____ 7. palpitante   **g.** tambor largo como un barril

_____ 8. claves   **h.** emocionante

_____ 9. habanera   **i.** cautivar

_____ 10. compás   **j.** movimiento de los pies

Cuaderno de actividades   **85**

Gramática en contexto

H **Exageraciones paternas.** ¿Cómo era la vida del padre de tu mejor amigo cuando asistía a la escuela primaria? Para saberlo, completa este párrafo con el **imperfecto** de los verbos indicados entre paréntesis.

Cuando yo _____ (1. ser) pequeño,

_____ (2. vivir / nosotros) en una granja en las afueras del

pueblo. Yo _____ (3. levantarse) todos los días a las cinco y

media de la mañana, _____ (4. alimentar) a las gallinas que

_____ (5. tener / nosotros), _____ (6. arreglarse),

_____ (7. tomar) el desayuno y _____ (8. salir)

hacia la escuela. La escuela no _____ (9. estar) cerca de la casa

y en ese entonces no _____ (10. haber) autobuses; yo

_____ (11. deber) caminar para llegar a la escuela. En los días

de invierno, _____ (12. ser) más difícil todavía, porque

_____ (13. hacer) un frío enorme. ¡Ah!, y cuando

_____ (14. nevar), _____ (15. necesitar / yo)

mucho tiempo para llegar a la escuela. Hoy en día, todo es demasiado fácil.

Ustedes son una generación de niños mimados.

Nombre _____   Fecha _____

Sección _____

I   **Actividades de verano.** Di lo que hacían las siguientes personas el domingo pasado por la tarde.

MODELO

Pedrito
Pedrito pescaba.

Vocabulario útil

acampar en las montañas
andar a caballo
bañar al perro
dar un paseo
escalar montañas
ir de compras
levantar pesas
montar en bicicleta
nadar en la piscina
practicar esquí acuático
tomar sol

Lola y Arturo

1. _____
_____

Los hijos de Benito

2. _____
_____

Marcela y unos amigos

3. _____
_____

Carlitos

4. _____
_____

Gloria

5. _____
_____

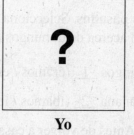

Yo

6. _____
_____

J **Discrepancias.** Tú eres una persona positiva pero tu compañero(a) es muy negativo(a) y siempre te contradice. ¿Cómo reacciona a tus comentarios sobre la cultura cubana?

MODELO *Siempre me ha interesado viajar.*
Nunca me ha interesado viajar.

Vocabulario útil

algo	nada	no / ni... ni	siempre
alguien	nadie	nunca	también
alguno	ninguno	o	tampoco

---

1. Me gustaría visitar Guantánamo o Pinar del Río.

   _____

   _____

2. Me gustaría visitar La Habana también.

   _____

   _____

3. Quiero aprender algo acerca de la música cubana.

   _____

   _____

4. Siempre me ha interesado la música cubana.

   _____

   _____

5. He leído algunos artículos interesantes acerca de Ibrahim Ferrer y el Buena Vista Social Club.

   _____

   _____

K **Tiempos pasados.** Selecciona las formas verbales apropiadas en la siguiente narración acerca de domingos de otros tiempos.

Los domingos __1__ (éramos / eran) para nosotros los niños un día especial.

Por la mañana __2__ (íbamos / íbanos) a escuchar la misa que daba el padre

Ignacio. Antes de volver a casa __3__ (dábanos / dábamos) un paseo por la plaza

principal del pueblo; allí __4__ (veíanos / veíamos) a todos nuestros amigos. __5__

(Almorzábanos / Almorzábamos) tarde, cerca de las dos de la tarde. Casi

siempre uno de los tíos o tías __6__ (venía / veníamos) a almorzar con la
familia y a menudo nos __7__ (traían / traiban) un regalo. Esos almuerzos a
nosotros los niños nos __8__ (parecían / parecíamos) interminables. Algunas
tardes nos __9__ (quedábanos / quedábamos) en casa o __10__ (salíamos / salíanos)
a pasear con los amigos. Los domingos nos __11__ (gustábamos / gustaban)
mucho.

Lengua en uso

Palabras interrogativas, exclamativas y relativas

Todas las palabras interrogativas y exclamativas llevan acento escrito para
distinguirlas de palabras parecidas que se pronuncian igual pero que no tienen
significado ni interrogativo ni exclamativo. Escucha y estudia cómo se escriben
las palabras interrogativas, exclamativas y relativas mientras los narradores leen
las siguientes oraciones. Observa que las oraciones interrogativas empiezan con
signos de interrogación inversos y las oraciones exclamativas con signos de
exclamación inversos.

1. ¿**Qué** libro?

   El libro **que** te presté.

   ¡Ah! ¡**Qué** libro!

2. ¿Contra **quién** lucha Marcos hoy?

   Contra el luchador a **quien** te presenté.

   ¡Increíble contra **quién** lucha!

3. ¿**Cuánto** dinero ahorraste?

   Ahorré **cuanto** pude.

   ¡**Cuánto** has de sufrir, hombre!

4. ¿**Cómo** lo hiciste?

   Lo hice **como** quise.

   ¡**Cómo** me voy a acordar de eso!

5. ¿**Cuándo** vino?

Vino **cuando** terminó de trabajar.

Sí, ¡y mira **cuándo** llegó!

L **Interrogativas, exclamativas y relativas.** Ahora escucha a los narradores leer las oraciones que siguen y decide si son **interrogativas, exclamativas** o si simplemente usan una palabra **relativa.** Pon los acentos escritos y la puntuación apropiada (signos de interrogación, signos de exclamación y puntos) donde sea necesario.

1. Quien llamó

   Quien   El muchacho a quien conocí en la fiesta

2. Adonde vas

   Voy adonde fui ayer

3. Cuanto peso   Ya no voy a comer nada

   Que exagerada eres, hija   Come cuanto quieras

4. Quien sabe donde viven

   Viven donde vive Raúl

5. Que partido más interesante

   Cuando vienes conmigo otra vez

6. Lo pinté como me dijiste

   Como es posible

7. Trajiste el libro que te pedí

   Que libro   El que estaba en la mesa

8. Cuando era niño, nunca hacía eso

   Lo que yo quiero saber es   cuando aprendió

Composición: *expresar opiniones*

M **El bloqueo de EE.UU. contra Cuba.** En una hoja en blanco, escribe una composición argumentando una posición a favor o en contra del embargo comercial decretado por el gobierno de EE.UU. contra Cuba desde 1961.

Nombre _____ Fecha _____

Sección _____

¡A escuchar!
Gente y cultura del mundo 21

A **La expresidenta de Nicaragua.** Escucha lo que dice un comentarista de una estación de televisión centroamericana al presentar a la expresidenta de Nicaragua. Luego marca si cada oración que sigue es **cierta** (**C**) o **falsa** (**F**).

C   F   **1.** Después del asesinato de su esposo, doña Violeta Barrios de Chamorro vendió el periódico *La Prensa* y se mudó a Miami.

C   F   **2.** De julio de 1979 a abril de 1980, Violeta Barrios de Chamorro formó parte de la Corte Suprema de la Justicia.

C   F   **3.** Violeta Barrios de Chamorro llegó a la presidencia en 1990 después de triunfar en las elecciones libres.

C   F   **4.** El gobierno de Chamorro logró la reconciliación de las fuerzas contrarrevolucionarias.

C   F   **5.** En 1997 Violeta Barrios de Chamorro volvió a ser directora de *La Prensa*.

B   **Un presidente aventurero.** Escucha la siguiente narración acerca de William Walker. Luego selecciona la opción correcta para completar las oraciones que aparecen a continuación. Escucha una vez más para verificar tus respuestas.

1. William Walker era ciudadano...

   a. estadounidense.

   b. nicaragüense.

   c. británico.

2. William Walker apoyó a los miembros del partido...

   a. conservador.

   b. democrático.

   c. liberal.

3. Los eventos que aparecen en esta narración ocurrieron en...

   a. el siglo XVIII.

   b. 1955.

   c. el siglo XIX.

4. William Walker llegó a ser presidente de Nicaragua...

   a. porque tomó el poder por la fuerza.

   b. porque ganó las elecciones.

   c. el ejército lo nombró presidente.

5. La presidencia de William Walker duró...

   a. más de diez años.

   b. un corto tiempo.

   c. más de cinco años.

Pronunciación y ortografía

En esta lección aprendiste que el deletreo con el sonido /s/ resulta dificultoso porque tres letras: la **z,** la **c** o la **s** representan el mismo sonido. El siguiente ejercicio y el dictado te ayudarán a diferenciar entre estas tres letras.

C   **Deletreo con las letras z, c y s.** Escucha al narrador leer las siguientes palabras de la primera columna y escribe la **z,** la **c** o la **s** que falta en cada una. Luego escribe el plural de cada palabra en la segunda columna.

MODELO *fran<u>c</u>és*   <u>franceses</u>

1. farma <u>c</u> ia   <u>farmacias</u>
2. raí <u>z</u>   <u>raíces</u>
3. cru <u>z</u>   <u>cruces</u>
4. descono <u>c</u> ido   <u>desconocidos</u>
5. gimna <u>c</u> io   <u>gimnacios</u>
6. lu <u>z</u>   <u>luces</u>
7. rique <u>z</u> a   <u>riquezas</u>
8. inglé <u>s</u>   <u>ingleses</u>
9. gra <u>c</u> ioso   <u>gracisicsos</u>
10. andalu <u>z</u>   <u>andaluzes</u>

D **Dictado.** Escucha el siguiente dictado e intenta escribir lo más que puedas. El dictado se repetirá una segunda vez para que revises tu párrafo.

El proceso de la paz en Nicaragua

_____

_____

_____

_____

_____

_____

_____

_____

_____

_____

_____

_____

_____

_____

_____

_____

Mejoremos la comunicación
Correspondencia práctica

Una carta comercial. La comunicación escrita en los negocios es un poco más formal en español que en inglés. En el mundo de los negocios se espera que el escritor se exprese no sólo con claridad y exactitud, sino también con cortesía. Desde el punto de vista norteamericano esa cortesía puede parecer exagerada, sin embargo, es la norma en el mundo comercial hispano. A continuación se explica el estándar de una carta comercial y se presentan algunas fórmulas de cortesía frecuentemente usadas.

- La **fecha** generalmente se sitúa en la parte superior derecha de la hoja de papel y sigue uno de estos dos modelos:

    el 16 de mayo de 2001 o **16 de mayo de 2001**

- El **destinario** incluye el nombre y apellido de la persona, su título o cargo, el nombre de la empresa y domicilio, ciudad, provincia, estado y país, si es en el extranjero. Si un sobre se dirige a un matrimonio con el mismo apellido, se escribe:

    Sr. Tomás Chacón Moreno y Sra. o **Sres. Chacón Moreno**

- Las abreviaturas de títulos profesionales y grados militares:

Lic.	licenciado o licenciada	**Ing.**	ingeniero o ingeniera
Arq.	arquitecto o arquitecta	**Prof.**	profesor
Dr.	doctor	**Profra.**	profesora
Dra.	doctora	**Gral.**	general

    ¿Viste el nuevo letrero en la oficina de la **doctora** Alemán? Dice "**Dra.** Alemán e hija: cirujanas".

 Estas denominaciones se escriben con minúsculas cuando no están abreviadas.

- **El** saludo **siempre se cierra con dos puntos.**

Muy señor(es) mío(s):	Distinguida señorita + *apellido:*
Muy señor(es) nuestro(s):	Distinguido Sr. + *apellido:*
Muy distinguido(a) señor(a) + *apellido:*	Sr. Director:
Muy estimado(a) señor(a) + *apellido:*	Srta. Administradora:
Muy estimada señorita + *apellido:*	Sr. Secretario:
Muy estimada Sra. + *apellido:*	Srta. Ingeniera + *apellido:*
Muy apreciable señor(a) + *apellido:*	Sr. Arquitecto + *apellido:*

Si no se sabe a quién se envía la carta, se puede encabezar con lo siguiente:

A quien corresponda:

A quien pueda interesar:

Muy señores míos (nuestros):

- El **cuerpo** es el texto principal de la carta. Debe ser claramente redactado y cortés. A continuación hay algunas maneras de empezar y terminar.

Para empezar una carta comercial

Tenemos el gusto de comunicar a Ud(s). que...

Tengo el gusto de avisar a Ud(s). que...

Nos tomamos la libertad de escribir a Ud(s). para...

Sentimos mucho tener que informarle(s) a Ud(s). que...

Para contestar una carta comercial

En respuesta (contestación) a su amable carta / correo electrónico *(email)* / fax de (fecha)...

Acusamos recibo de su muy atenta carta de (fecha)...

Les agradecemos su estimable carta de (fecha)...

Tengo el gusto de acusar recibo de su atenta carta de (fecha)...

- La **despedida** y la **antefirma** es la última cortesía. Generalmente consiste de una oración de despedida muy cortés seguida por la firma.

Muy atentamente le saludamos y quedamos suyos afmos. y Ss.Ss.

Quedo de Ud. su más atto(a). S.S.

Esperando su grata respuesta me reitero de Ud. S.S.

Sin otro particular por el momento me reitero su afmo(a)., atto(a). y S.S.

- La **firma** aparece a la derecha de la hoja de papel debajo de la oración que termina la carta.

- Cuando **anexo,** cualquier documento, folleto o material se incluye con una carta, se escribe debajo de la firma al margen izquierdo una de las siguientes palabras:

Adjunto(s)

Anexo(s)

Incluso(s)

- **Abreviaturas comunes**

S.S. o **Ss.Ss.**	seguro servidor *o* seguros servidores
afmo. o **afmos.**	afectísimo *o* afectísimos
atto. o **attos.**	atento *o* atentos
S.A. de **C.V.**	Sociedad Anónima de Capital Variable
Apdo.	apartado postal
C.P.	código postal
D.F.	Distrito Federal
Cía.	compañía
Hnos.	hermanos
No. o **Núm.**	número
c/14	calle 14

---

5 de julio de 2004

Lic. Gerardo Cruz
Editorial KISKA, S.A. de C.V.
Apdo. 2019
Managua
Nicaragua
América Central

Muy distinguido señor licenciado Cruz:

Me dirijo a Ud. para que me dé el nombre
del dueño de los derechos de publicación de su
hermosísimo cuento "El hombre de mármol". Mi
editorial en EE.UU. se interesa en sacar un
video del cuento para utilizar con propósito
pedagógico en clases de lengua a nivel de
escuelas primarias y secundarias.

¿Podría hacerme el favor de enviarme el
nombre e indicaciones de cómo comunicarme con el
dueño de tales derechos? Es preferible que se
comuniquen conmigo por el Internet. Mi correo
electrónico es bcalvo@hmco.com.

Esperando su grata respuesta me reitero de
Ud. su S.S.

Bartolomé Calvo

E   **¡A redactar!** En un hoja en blanco, escribe una carta a la escritora salvadoreña Claribel Alegría, pidiéndole permiso para usar unas de las narraciones de su último libro *Luisa en el país de la realidad,* en un proyecto de publicación que tienen tú y unos amigos. Explícale qué proyecto tienen ustedes.

Vocabulario activo

F   **Lógica.** Completa estas oraciones con el vocabulario activo que aprendiste en **Mejoremos la comunicación** de la *Unidad 3, Lección 1.*

1. Tres medios de transporte público que se encuentran en las grandes metrópolis son _____ , _____ y

   _____ .

2. Se puede viajar de California a Nueva York por tierra o por

   _____ , _____ o _____ .

3. En un lago yo puedo divertirme en _____ ,

   _____ o en _____ .

4. Las personas que prefieren no viajar por avión generalmente se ponen muy

   neviosas cuando el avión _____ , _____ o

   _____ .

5. Para evitar el costo de moteles y hoteles, muchos estadounidenses prefieren

   viajar en sus propias _____ o _____ .

G   **Relación.** Indica qué palabra o frase de la segunda columna está relacionada con cada palabra o frase de la primera.

_____ **1.** estribo   **a.** neumático

_____ **2.** llanta   **b.** canoa

_____ **3.** sin escalas   **c.** aterrizar

_____ **4.** bulevar   **d.** casa rodante

_____ **5.** de ida   **e.** avión pequeño

_____ **6.** bote de remo   **f.** directo

_____ **7.** vehículo   **g.** pasajeros

_____ **8.** avioneta   **h.** pedal

_____ **9.** despegar   **i.** sencillo

_____ **10.** transbordador   **j.** avenida

Gramática en contexto

H **Datos sobre Nicaragua.** Una estudiante nueva de Nicaragua llegó a tu escuela. Ahora ella está contando algo sobre la historia y la cultura de su país. Para saber qué dice, completa cada oración con el **pretérito** o el **imperfecto** del verbo indicado.

1. Antes de la llegada de los españoles, los nicaraos eran la tribu que _____ (vivir) en el territorio que hoy es Nicaragua.

2. Los arqueólogos _____ (descubrir) huellas prehistóricas en Acahualinca, a orillas del lago Managua.

3. Los indígenas de la región _____ (ser) forzados a trabajar en las minas de Perú.

4. El patriota César Augusto Sandino luchó contra las tropas estadounidenses que _____ (ocupar) el país.

5. Dicen que el poeta Rubén Darío escribió sus primeros versos cuando apenas _____ (tener) once años de edad.

6. Daniel Ortega _____ (gobernar) Nicaragua entre 1984 y 1990.

7. Violeta Barrios de Chamorro _____ (derrotar) a Daniel Ortega en las elecciones presidenciales de 1990.

I **Fuimos al cine.** ¿Qué hicieron tú y tus amigos ayer? Para saberlo, completa la siguiente narración con la forma apropiada del **pretérito** o del **imperfecto** de los verbos indicados entre paréntesis.

Ayer _____ (1. estar / nosotros) un poco aburridos y

_____ (2. decidir) ir al cine. En el Cine Imperio

_____ (3. estar) exhibiendo *Como agua para chocolate,* basada

en la novela de Laura Esquivel, y _____ (4. ir) a ver esa película.

A mí me _____ (5. gustar) mucho la actuación de Lumi Cavazos,

quien _____ (6. hacer) el papel de Tita, la que

_____ (7. preparar) platos deliciosos, y de Marco Leonardi, quien

_____ (8. interpretar) a Pedro, su enamorado. El director Alfonso

Arau, pienso yo, _____ (9. respetar) el espíritu de la novela de

Laura Esquivel y nos _____ (10. entregar) una película excelente

y bastante divertida. Después, todos nosotros _____ (11. ir) a un

café para hablar de la película. Cada uno _____ (12. decir) qué

parte de la película le _____ (13. gustar) más.

Nombre _____   Fecha _____

Sección _____

J   Un poema musical. Selecciona la forma verbal apropiada para saber cómo reaccionó Joaquín cuando estudiaron en clase el poema de Darío "A Margarita Debayle".

Ayer _1_ (leemos / leímos) en clase el poema de Darío dedicado a la niña Margarita. Me pareció que _2_ (era / fue) un poema muy musical. _3_ (Pensé / Piensé) que la historia que cuenta el poema no era difícil sino que _4_ (fue / era) fácil de entender. Mientras el profesor _5_ (recitó / recitaba) el poema, mis compañeros y yo _6_ (pudíamos / podíamos) seguir la historia sin problemas. Al final de la lectura, yo me _7_ (sentía / sintía) bastante emocionado.

Lengua en uso

"Cognados falsos"

Los "cognados falsos" son palabras de una lengua que son similares o a veces hasta idénticas a palabras de otra lengua. Se les llama "amigos falsos" porque a pesar de su forma reconocible, su significado siempre es diferente.

K   Amigos falsos. A continuación hay un grupo de "cognados falsos". Da su significado en español; si es necesario, usa un diccionario. Luego escribe una oración con la palabra en español. El primero ya está hecho.

1. realizar: _hacer real una cosa, cumplir_
   Si estudio mucho, puedo realizar mi sueño de ser doctora.
   to realize: _darse cuenta_

2. sentencia: _____
   _____
   sentence: _____

3. largo: _____
   _____
   large: _____

4. faltar: _____

_____

to fault: _____

5. estimar: _____

_____

to estimate: _____

6. marco: _____

_____

mark: _____

7. sano: _____

_____

sane: _____

L **Nicaragua.** Traduce las siguientes oraciones poniendo atención especial a la traducción de los "cognados falsos" que se presentaron anteriormente.

1. We hope to attend the lecture by Ernesto Cardenal next week.

_____

_____

_____

2. The most important event of the '80s was the forced relocation of more than ten thousand peasants by the Sandinistas.

_____

_____

_____

3. The poet priest Ernesto Cardenal did not support the violence against the poor of Nicaragua, and he faulted the military.

_____

_____

_____

4. No one realized that the poet's success would result in the government's prohibition of his community of brothers.

_____

_____

_____

5. The Sandinista representative estimated that the road to peace would be very long and difficult.

_____

_____

_____

6. I realized that the Nicaraguan situation was more complex than a struggle between leftists and rightists.

_____

_____

_____

Composición: *opiniones personales*

M **Editorial.** Imagina que trabajas para un diario nicaragüense y tu jefe te ha pedido que escribas un breve editorial sobre el conflicto, a fines del siglo pasado, entre los "contras" y los sandinistas. En una hoja en blanco, desarrolla por lo menos tres puntos sobre los que quieres que reflexionen tus lectores.

Page 102 Blank

Nombre _____ Fecha _____

Sección _____

¡A escuchar!
Gente y cultura del mundo 21

A **Lempira.** Escucha con atención lo que dicen dos estudiantes y luego marca si cada oración que sigue es **cierta** (**C**) o **falsa** (**F**).

C   F   **1.** La moneda nacional de Honduras se llama colón.

C   F   **2.** El lempira tiene el mismo valor monetario que el dólar.

C   F   **3.** Lempira fue el nombre que le dieron los indígenas a un conquistador español.

C   F   **4.** Lempira significa "señor de las sierras".

C   F   **5.** Lempira organizó la lucha de los indígenas contra los españoles en el siglo XIX.

C   F   **6.** Según la leyenda, Lempira murió asesinado por un soldado español cuando negociaba la paz.

B

Los mayas. Escucha el siguiente texto acerca de la civilización maya y luego indica si la información que figura a continuación aparece en el texto (**Sí**) o no (**No**). Escucha una vez más para verificar tus respuestas.

Sí	No	**1.**	Hasta hace poco todos creían que los mayas constituían un pueblo tranquilo.
Sí	No	**2.**	Los mayas se dedicaban a la agricultura.
Sí	No	**3.**	Ahora se sabe que los mayas practicaban sacrificios humanos.
Sí	No	**4.**	Las ciudades mayas tenían pirámides fabulosas.
Sí	No	**5.**	Se han encontrado nuevos datos con respecto a los mayas en libros sagrados.
Sí	No	**6.**	En la actualidad se han descubierto nuevas ciudades mayas.
Sí	No	**7.**	Hasta ahora no se ha podido descifrar la escritura jeroglífica de los mayas.

Pronunciación y ortografía

En la *Unidad 3, Lección 2,* aprendiste que el deletreo con el sonido /s/ resulta dificultoso porque la **z**, la **c** y la **s** representan el mismo sonido. El siguiente ejercicio y el dictado te ayudarán a diferenciar entre estas tres letras.

C

Honduras y Nicaragua. Aplica tus conocimientos sobre las letras **s, c** y **z** al escuchar a la narradora leer las siguientes oraciones para completar los datos sobre estos dos países centroamericanos.

1. Los antropólogos que exploraron las ruinas de Copán _____ que

   los templos de los primeros pobladores hondureños son un

   _____ testamento a su _____ cultural.

2. La _____ de los mayas se refleja en su _____

   arquitectura.

3. Al llegar a territorio hondureño/_____ , los españoles

   encontraron _____ y muy _____ grupos étnicos.

4. Las trabajadoras hondureñas informaron por _____ que su

   _____ era _____ y que sus jefes habían

   _____ de su muy _____ personalidad.

5. Es muy sabido que a _____ del _____ XX

   grandes compañías norteamericanas controlaban la _____

   _____ de plátanos en Honduras.

6. Este producto se convirtió en una _____ de _____

_____ que _____ no _____ a la mayoría

de los hondureños.

D **Dictado.** Escucha el siguiente dictado e intenta escribir lo más que puedas.
El dictado se repetirá una vez más para que revises tu párrafo.

La independencia de Honduras

_____

_____

_____

_____

_____

_____

_____

_____

_____

_____

_____

_____

Mejoremos la comunicación
Vocabulario activo

E **Lógica.** Completa estas oraciones con este vocabulario activo que aprendiste en **Mejoremos la comunicación** de la *Unidad 3, Lección 2.*

accionistas	anfitriona	aporte	aumentar	bienestar
compañía	desempleo	economistas	empleos	extranjeras
multinacionales	recursos	tasa	ventajas	

1. Para mejorar la economía es esencial detener la _____ de

   _____ .

2. Por lo general, se puede decir que las compañías _____ sólo

   hacen inversiones en el extranjero para _____ las ganancias de

   sus _____ .

3. Es triste cuando una _____ extranjera se aprovecha de los

   _____ naturales de la nación _____ olvidando el

   _____ de los humildes.

4. La mayoría de los _____ tienen razón al insistir que el

   _____ de capitales extranjeros tiene ciertas _____ .

5. La preocupación más grande de las compañías _____ no es

   crear _____ en nuestro país.

**UNIDAD 3
LECCIÓN 2**

F   **La economía global.** Encuentra las siguientes palabras en la sopa de letras. Luego, para encontrar la respuesta a la pregunta que sigue, pon en los espacios en blanco las letras restantes, empezando de izquierda a derecha y de arriba hacia abajo.

ACCIÓN
AUMENTAR
BENEFICIO
BOLSA
CONTRATAR
CONTROLAR
CRÉDITO
DESEMPLEO
EMPLEO
EMPRESA
EXPORTAR
IMPORTAR
INCREMENTAR
INGRESO
INVERSIÓN
INVERSIONISTA
INVERTIR
OBRERA
PAÍS
PRESUPUESTO
PROVEER
TASA

```
¡  B  U  C  O  N  T  R  A  T  A  R  A  E
C  O  N  T  R  O  L  A  R  N  O  T  B  S
S  A  U  M  E  N  T  A  R  A  S  A  E  L
I  C  R  E  D  I  T  O  S  I  A  R  N  P
I  N  G  R  E  S  O  L  N  E  E  D  E  R
N  E  C  P  O  I  O  O  M  X  E  F  E
V  M  P  R  S  B  I  Y  N  P  P  S  I  S
E  P  A  O  E  S  R  U  E  R  O  E  C  U
R  L  I  V  R  M  A  E  V  E  R  M  I  P
T  E  S  E  A  T  E  C  R  S  T  P  O  U
I  O  V  E  E  C  N  N  C  A  A  L  O  E
R  N  L  R  T  A  S  A  T  I  R  E  O  S
I  I  M  P  O  R  T  A  R  A  O  O  G  T
I  I  N  V  E  R  S  I  O  N  R  N  A  O
```

¿Cuáles son algunas ventajas de las compañías multinacionales?

Las compañías multinacionales traen:

___ ___

___ !

Gramática en contexto

G **Tormenta.** Los estudiantes cuentan lo que estaban haciendo cuando comenzó una tormenta en la ciudad. Para saber lo que dicen, observa los dibujos que aparecen a continuación y utiliza los pronombres **yo** o **nosotros,** según corresponda.

MODELO

Yo hablaba por teléfono cuando empezó a llover.

1. _____

   _____

2. _____

   _____

3. _____

   _____

4. _____

   _____

UNIDAD 3
LECCIÓN 2

5. _____

_____

H **Tiempo loco.** Usando los dibujos que figuran a continuación, indica qué actividades hiciste y cómo estaba el tiempo cada día.

MODELO

lunes / salir / casa

El lunes, cuando salí de casa, hacía

buen tiempo (había sol).

Vocabulario útil

buen tiempo	estar nevando	frío	nevar
calor	estar nublado	llover	sol
estar lloviendo	fresco	mal tiempo	viento

martes / llegar / casa

1. _____

_____

miércoles / llegar / universidad

2. _____

_____

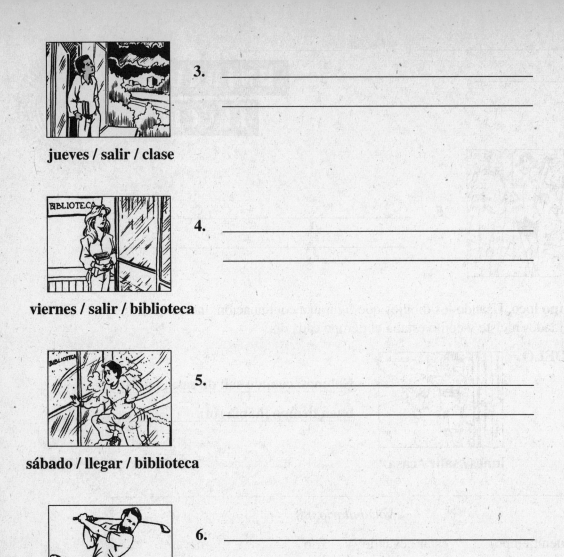

3. _____

_____

jueves / salir / clase

4. _____

_____

viernes / salir / biblioteca

5. _____

_____

sábado / llegar / biblioteca

6. _____

_____

domingo / jugar / golf

Las compañías multinacionales, ¿prosperidad o catástrofe? Lee lo que ha escrito Rebeca acerca de las compañías multinacionales y corrige cualquier forma verbal que no sea apropiada para la lengua escrita.

Antes mis amigos y yo estábanos en contra de las compañías multinacionales. Sosteníanos que eran una catástrofe para nuestra economía. Pensábanos que sólo se interesaban en sus ganancias y en sus accionistas. Nosotros queríanos que los industriales nacionales, no los extranjeros, controlaran nuestra economía. Los productos nacionales, decíanos, deben quedarse en nuestro país, no deben exportarse. Teníanos opiniones muy seguras y categóricas. Sin embargo, ahora vemos que la situación es más compleja porque estas compañías sí han traído beneficios al país. Antes veíanos sólo lo negativo; ahora vemos que también hay aspectos positivos.

Nombre _____ Fecha _____

Sección _____

Lengua en uso

El uso excesivo de la palabra cosa

Al escribir ensayos u otros escritos es muy importante ser preciso y escoger las palabras o vocablos que indican con exactitud lo que quieres decir. Para muchos hispanohablantes en EE.UU. es muy común el uso excesivo o abuso de la palabra **cosa.** Este abuso puede indicar una falta de vocabulario o una tendencia del escritor o escritora de escribir tal como habla. A veces el empleo excesivo se debe simplemente a una interferencia del inglés, ya que para los hispanohablantes en EE.UU. es muy común el uso de *things* en la jerga inglesa y tiene como resultado la imposición de la palabra **cosa** en español.

Iban un poco mejor las cosas en la escuela.	*Things were going a little better at school.*

Para evitar el abuso de esta palabra, considera bien de qué estás hablando y trata de describir más concretamente a lo que se refiere **cosa** o **cosas.** En el ejemplo anterior, **cosas** se puede interpretar de diferentes maneras. Sólo el escritor o escritora de esta oración sabe el significado exacto de la palabra. Algunas posibilidades para mejorar y clarificar lo que el escritor o escritora quería comunicar serían:

Iban un poco mejor **mis estudios** en la escuela.

Iban un poco mejor **las clases** en la escuela.

Iban un poco mejor **mis amistades** en la escuela.

J   **Veracruz.** Ayuda a este joven estudiante a modificar el uso excesivo de **cosa(s)** en las siguientes oraciones tomadas de una composición que había escrito. A veces podrás reemplazar **cosa** con una sola palabra; a veces necesitarás más de una palabra.

1. Mis padres son españoles que inmigraron a Veracruz y han trabajado duro para conseguir todas las **cosas** que tienen.

_____

_____

2. Mis hermanos siempre me apoyan en mi educación y **cosas** personales.

_____

_____

3. Con el tiempo, aprendí que la familia es una **cosa** valiosa.

_____

_____

4. En una excursión a las reservas biológicas costarricenses mis amigos y yo estuvimos expuestos a muchas **cosas** nuevas.

_____

_____

5. Una **cosa** que yo no sabía era el ambiente ecológico de esa especie de pájaro lapa.

_____

_____

6. Aunque era nuestra primera visita a un bosque, nuestra investigación en el parque nacional fue una **cosa** de mucho éxito.

_____

_____

Composición: *la solicitud*

K **Solicitud de empleo.** En una hoja en blanco, escribe una breve carta de solicitud de trabajo a una compañía multinacional. En tu carta, explica por qué quieres trabajar con esta compañía. Trata de impresionar al gerente de personal con todo lo que sabes de los negocios de la compañía en el extranjero.

¡A escuchar!
Gente y cultura del mundo 21

A **Arzobispo asesinado.** Escucha lo que dice la madre de un estudiante "desaparecido", en un acto en homenaje al arzobispo asesinado de San Salvador. Luego marca si cada oración que sigue es **cierta** (**C**) o **falsa** (**F**).

C   F   **1.** La oradora habla en un acto para conmemorar otro aniversario del nacimiento de monseñor Óscar Arnulfo Romero.

C   F   **2.** Monseñor Romero fue arzobispo de San Salvador durante tres años.

C   F   **3.** Durante ese tiempo, monseñor Romero decidió quedarse callado y no criticar al gobierno.

C   F   **4.** Monseñor Romero escribió un libro muy importante sobre la teología de la liberación.

C   F   **5.** Fue asesinado cuando salía de su casa, el 24 de marzo de 1990.

C   F   **6.** Al final del acto, la madre del estudiante "desaparecido" le pide al público un minuto de silencio en memoria de monseñor Romero.

Cuaderno de actividades   113

B ¿**Nicaragüense o salvadoreña?** Escucha la siguiente narración acerca de Claribel Alegría y luego indica qué opción completa mejor cada oración. Escucha una vez más para verificar tus respuestas.

1. Claribel Alegría se considera...

   a. salvadoreña, aunque nació en Nicaragua.

   b. nicaragüense, aunque nació en El Salvador.

   c. nicaragüense porque nació en Estelí, Nicaragua.

2. Claribel Alegría dice que es salvadoreña porque...

   a. vivió desde muy pequeña en una ciudad salvadoreña.

   b. sus padres son salvadoreños.

   c. nació en El Salvador.

3. Claribel Alegría se casó con...

   a. un profesor de la Universidad George Washington.

   b. un joven de la ciudad de Santa Ana.

   c. un escritor estadounidense.

4. El número total de obras que ha escrito Claribel Alegría es superior a...

   a. quince.

   b. cuarenta.

   c. cincuenta.

5. Su obra *Sobrevivo*...

   a. es un libro para niños.

   b. recibió el Premio de la Casa de las Américas.

   c. es una novela que no ha sido traducida al inglés.

UNIDAD 3
LECCIÓN 3

Pronunciación y ortografía

En la *Unidad 3, Lección 3,* aprendiste que el deletreo con los sonidos /g/ y
/x/ con frecuencia resulta problemático al escribir porque la **g** y la **j** pueden
representar el mismo sonido. Los siguientes ejercicios y el dictado te ayudarán
a diferenciar entre estas dos letras.

C **Deletreo con la *g* y la *j*.** Escucha a los narradores leer las siguientes palabras y
escribe la **g** o la **j** que falta en cada una.

1. e s c o ____ e r

2. p o r c e n t a ____ e

3. p r o t e ____ i m o s

4. c o r r i ____ e n

5. c o n t a ____ i o

6. t r a d u ____ o

7. m a n e ____ é

8. e x á ____ e r a s

9. r e c o ____ i ó

10. t e ____ í a n

D **Terremotos.** Escucha a los narradores leer estos comentarios sobre El Salvador
y completa los espacios en blanco en las siguientes oraciones usando las letras
g o **j.**

1. En 1839, San Salvador lle____ó a ser nombrada capital de El Salvador.

2. En 1854, pe____ó un ____ran terremoto que de____ó la ciudad capital en
   ruinas.

3. El ____obierno volvió a establecer la ciudad ____unto al sitio ori____inal.

4. Viéndose otra vez ba____o ruinas debido al terremoto de 1873, la ____ente
   volvió a reconstruir la capital en el mismo sitio.

5. Dos ____randes terremotos en 1917 y 1919 de nuevo redu____eron la ciudad
   a ruinas y otra vez volvió a levantarse.

6. A pesar de nueva tecnolo____ía, un ____i____ante terremoto que se
   re____istró el 10 de octubre de 1986, tra____o graves daños a la ciudad.

Cuaderno de actividades **115**

E **Dictado.** Escucha el siguiente dictado e intenta escribir lo más que puedas. El dictado se repetirá una segunda vez para que revises tu párrafo.

El proceso de la paz en El Salvador

_____

_____

_____

_____

_____

_____

_____

_____

_____

_____

_____

_____

_____

Mejoremos la comunicación
Vocabulario activo

F   **Lógica.** Completa las siguientes oraciones con el vocabulario activo que aprendiste en **Mejoremos la comunicación** de la *Unidad 3, Lección 3*.

1. Seis partidos políticos son…

_____   _____   _____

_____   _____   _____

2. Los puestos políticos más altos en una ciudad, estado y nación son:

_____   _____   _____

3. Puestos políticos que existen tanto a nivel estatal como federal son:

_____   _____   _____

_____

4. Tres temas que aparecen en la plataforma de la mayoría de los candidatos a la presidencia son:

_____   _____   _____

5. Tres temas que no son muy populares con los candidatos presidenciales son:

_____   _____   _____

G **Palabras cruzadas.** Completa este juego de palabras con nombres de distintos cargos y partidos políticos.

Cargos y partidos políticos

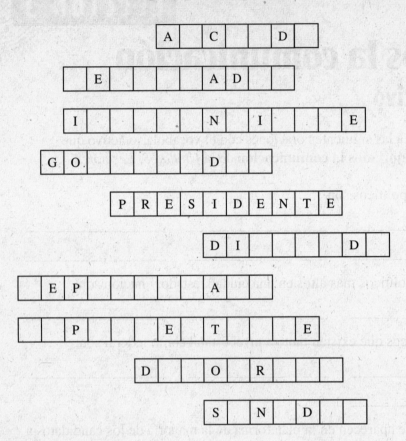

Gramática en contexto

H **Hechos recientes.** ¿Qué dicen estos estudiantes acerca de lo que hicieron ayer por la tarde? Usa las preposiciones **por** o **para,** según convenga.

MODELO *Hacer / viaje / tren*
        Hice un viaje por tren.

1. Cambiar / estéreo / bicicleta

   _____

2. Estudiar / examen de historia

   _____

3. Caminar / parque central

   _____

4. Llamar / amigo Rubén / teléfono

   _____

UNIDAD 3
LECCIÓN 3

5. Comprar / regalo / novio(a)

_____

6. Leer / libro interesante / dos horas

_____

7. Ir / biblioteca / consultar una enciclopedia

_____

I **De prisa.** Un amigo quiere invitarte a una fiesta. Para saber los detalles, completa el siguiente diálogo con las preposiciones **por** o **para,** según convenga.

AMIGO: ¿ _____ (1) qué vas tan apurado(a)?

YO: Estoy atrasado(a) _____ (2) mi clase de química.

AMIGO: Necesito hablar contigo _____ (3) invitarte a una fiesta que tenemos mañana _____ (4) la noche.

YO: _____ (5) cierto que me gustaría mucho ir, pero llámame, _____ (6) favor, esta tarde después de las cuatro _____ (7) confirmar.

AMIGO: Está bien. Hasta pronto.

J **Atleta.** Este atleta está muy satisfecho con su progreso. Para saber por qué, completa la siguiente narración con las preposiciones **por** o **para,** según convenga.

Ayer, _____ (1) hacer ejercicio, salí a correr _____ (2) un parque que queda cerca de mi casa. Noté que, _____ (3) un corto tiempo, pude mantener una velocidad de seis millas _____ (4) hora. _____ (5) alguien que no corre regularmente es un buen tiempo. Voy a seguir entrenándome, y creo que _____ (6) el próximo mes, voy a estar mucho mejor.

K **Mis intereses políticos.** Irene, quien no se siente muy segura con el uso de **por** y **para,** te ha pedido que le revises lo que ha escrito acerca de su interés en la política.

Mis amigos dicen que, por ser mujer, mi interés para la política es poco común.

Sí, para mí, la política es muy importante. En todas las elecciones siempre

pienso cuidadosamente para quién voy a votar. Estos son algunos de los temas

por los cuales me intereso. Estoy para los derechos de la mujer; creo que

debemos tener medidas por controlar las armas de fuego; un seguro universal

de salud debe ser estudiado bien por los legisladores. Y algo muy importante:

por las próximas elecciones la gente debiera poder votar para una mujer por

presidenta.

Lengua en uso

Lectura en voz alta: sinalefa

El español es una lengua muy amigable donde realmente no existen pausas entre las palabras más allá de las indicadas por los signos de puntuación. Es decir,
en la lengua hablada las distintas palabras se van enlazando. Por ejemplo, la
consonante o vocal final de una palabra por lo general se une a la vocal inicial
de la palabra que la sigue. Un enlazamiento entre palabras o frases se llama
sinalefa y ocurre en el siguiente caso.

Enlace de vocal final con vocal inicial:

    he ganado_el silencio

Proceso de enlace: sinalefa. El proceso de enlace ha sido reconocido desde el
principio por los poetas que escriben en español. Al determinar el número de
sílabas de un verso en la métrica de la poesía escrita en español, hay que tener
presente cada enlace. Por ejemplo, el siguiente verso tiene catorce sílabas en la
métrica española:

    Tengo sueño, he_amado, he ganado_el silencio.

    Ten/go/sue/ño,/**he**a/ma/do,/he/ga/na/d**oe**l/si/len/cio.
     1   2   3   4   5   6   7   8   9 10 11 12 13 14

Al leer poesía, es esencial tener presente este proceso de enlace. Por falta de
práctica, muchos estudiantes cuando leen en voz alta no siguen las reglas de
enlace y leen palabra por palabra en vez de enlazar, como es natural en español.

L   **Poema salvadoreño.** Los versos del siguiente poema del poeta salvadoreño
Roque Dalton (1935–1975) son Alejandrinos, o sea, tienen catorce sílabas.
Dalton es considerado un verdadero poeta revolucionario. Debido a sus actividades políticas, se vio obligado a vivir en el exilio en México, España, Cuba y
hasta Vietnam. Murió asesinado por la fuerzas del gobierno salvadoreño. Lee en
voz alta la primera estrofa del poema tratando de evitar las pausas innecesarias
entre las palabras. Luego marca los enlaces que faltan en las estrofas que restan
y lee en voz alta el poema completo varias veces hasta que logres una fluidez
natural.

Alta hora de la noche

Cuando sepas que‿he muerto no pronuncies mi nombre

porque se detendrá la muerte‿y el reposo.

Tu voz, que es la campana de los cinco sentidos,

sería el tenue faro buscado por mi niebla.

Cuando sepas que he muerto di sílabas extrañas.

Pronuncia flor, abeja, lágrima, pan, tormenta.

No dejes que tus labios hallen mis once letras.

Tengo sueño, he amado, he ganado el silencio.

No pronuncies mi nombre cuando sepas que he muerto

desde la oscura tierra vendría por tu voz.

No pronuncies mi nombre, no pronuncies mi nombre.

Cuando sepas que he muerto no pronuncies mi nombre.

Composición: *expresar opiniones*

M   **Editorial.** En una hoja en blanco, escribe tus opiniones personales sobre los
personajes principales del cuento de Manlio Argueta "Los perros mágicos de
los volcanes": los cadejos, don Tonio y sus trece hermanos, los soldados de
plomo y los volcanes Chaparrastique y Tecapa.

Page 122 Blank

¡A escuchar!
Gente y cultura del mundo 21

A   **Miguel Ángel Asturias.** Un estudiante habla con una profesora de literatura latinoamericana para que le recomiende a un escritor guatemalteco del siglo XX. Escucha con atención lo que dicen y luego indica si cada oración que sigue es **cierta** (**C**) o **falsa** (**F**).

C   **F**   **1.** La profesora recomienda que el estudiante lea *Cien años de soledad,* de Gabriel García Márquez.

C   **F**   **2.** Miguel Ángel Asturias ganó el Premio Nobel de Literatura en 1967.

C   **F**   **3.** Asturias nunca demostró interés por los ritos y creencias indígenas de su país.

C   **F**   **4.** Su novela *Hombres de maíz* hace referencia al mito mesoamericano que dice que los hombres fueron hechos de maíz.

C   **F**   **5.** Como muchos escritores latinoamericanos, vivió en el barrio latino de París.

C   **F**   **6.** Entre 1966 y 1970 fue embajador de Guatemala en Francia.

B **Una vida difícil.** Escucha la siguiente narración acerca de la vida de Rigoberta Menchú y luego indica si cada oración que sigue es **cierta** (**C**) o **falsa** (**F**). Escucha una vez más para verificar tus respuestas.

C F **1.** Rigoberta Menchú y Elizabeth Burgos son guatemaltecas.

C F **2.** La persona que escribió el libro *Me llamo Rigoberta Menchú y así me nació la conciencia* fue Elizabeth Burgos.

C F **3.** Según el libro, un hermano suyo murió porque era partidario de los terratenientes.

C F **4.** Su padre murió carbonizado en España.

C F **5.** Unos grupos paramilitares son responsables de la muerte de su madre.

C F **6.** En 1981 Rigoberta abandonó Guatemala y se fue a México.

Pronunciación y ortografía

En la *Unidad 3, Lección 4,* aprendiste que el deletreo con la **b** o la **v** con frecuencia resulta problemático al escribir porque ambas letras tienen el mismo sonido y el sonido varía en relación al lugar de la palabra en donde ocurra. Los siguientes ejercicios y el dictado te ayudarán a diferenciar entre estas dos letras.

C **Deletreo con la *b* y la *v*.** Escucha a los narradores leer las siguientes palabras y escribe la **b** o la **v** que falta en cada una.

1. ____ isemanal

2. ad ____ ertencia

3. o ____ sesión

4. ____ ioquímica

5. o ____ scuro

6. su ____ le ____ ar

7. o ____ ligación

8. tro ____ ador

9. ____ izco

10. ____ eis ____ olista

11. ____ igote

12. o ____ jetivos

13. ad ____ ersario

14. ____ iografía

15. inter ____ ención

16. perse ____ erancia

Nombre _____ Fecha _____

Sección _____

D   **Dictado.** Escucha el siguiente dictado e intenta escribir lo más que puedas. El dictado se repetirá una vez más para que revises tu párrafo.

La civilización maya

_____

_____

_____

_____

_____

_____

_____

_____

_____

_____

_____

_____

_____

Mejoremos la comunicación
Vocabulario activo

E **Lógica.** Completa las siguientes oraciones con el vocabulario activo que aprendiste en **Mejoremos la comunicación** de la *Unidad 3, Lección 4*.

1. Tres derechos humanos o civiles que yo considero sumamente importantes son:

   _____   _____

   _____

2. Pero el derecho humano que yo valoro más que cualquier otro es:

   _____

3. En mi opinión, tres condiciones sociales que tienen que mejorarse en Latinoamérica antes de que haya democracia son:

   _____   _____

   _____

4. Pero la condición social en Latinoamérica que más me preocupa a mí es:

   _____

F **Derechos básicos.** Completa estas oraciones con este vocabulario activo que aprendiste en el **Mejoremos la comunicación** de la *Unidad 3, Lección 4*.

básicos	democracia	detención arbitraria
discriminación	humanos	libertad
libertad de reunión	libre pensamiento político	raza

1. Los derechos _____ son los derechos básicos como la

   protección de la _____ a base de _____ .

2. En una _____ , todo ciudadano debe tener derechos

   _____ como el derecho a libertad de reunión y el derecho contra la _____ .

3. En algunos países del mundo no existe el derecho al

   _____ .

4. El problema de los indígenas de Guatemala es que no tienen ni el derecho a

   la _____ ni la _____ .

Gramática en contexto

G   **Mi familia.** Completa el siguiente párrafo con los **adjetivos posesivos** apropiados para que Elena nos cuente cómo es su familia.

_____ (1) nombre es Elena y el de _____ (2) hermana es Magaly. Vivimos con _____ (3) padres. _____ (4) hermanos son mayores y ya no viven en casa. _____ (5) hermano Jorge Miguel es casado y _____ (6) hijita todavía está en la escuela primaria. Ella tiene un perrito. _____ (7) perrito, totalmente blanco, es muy juguetón.

H   **Preferencias.** Usando **pronombres posesivos,** escribe la pregunta que debes hacerle a tu amigo(a) para saber sus preferencias.

MODELO   *Mi autor guatemalteco favorito es Miguel Ángel Asturias.*
                     ¿Y el tuyo?

1. Mi escritora guatemalteca favorita es Delia Quiñónez.

   _____

2. Mis poetas guatemaltecas favoritas son Ana María Rodas y Aída Toledo.

   _____

3. Mis pintores guatemaltecos favoritos son Carlos Mérida y Luis González Palma.

   _____

4. Mi cantante guatemalteco favorito es Ricardo Arjona.

   _____

5. Mi cuentista guatemalteca favorita es Ana María Rodas.

   _____

Resoluciones. Di lo que empezaron a hacer las siguientes personas para mantenerse en forma.

MODELO

Manuel / empezar
Manuel empezó a hacer ejercicio.

Vocabulario útil

caminar	levantar pesas
escalar rocas	montar en bicicleta
hacer ejercicios aeróbicos	nadar
jugar al golf	ponerse a régimen

1. Papá / volver

   _____

   _____

2. Mamá / decidirse

   _____

   _____

3. Mi hermanita / aprender

   _____

   _____

4. Los mellizos / aprender

_____

_____

5. Yo / ...

_____

_____

J **Tarea inminente.** Federico ha escrito un párrafo acerca de una tarea que tiene en una de sus clases y quiere que tú le eches un vistazo porque no está seguro acerca del empleo de las preposiciones delante de los infinitivos.

Acabo darme cuenta de que en una semana debo presentar un trabajo escrito

para mi clase de literatura hispanoamericana. Creo que voy escribir acerca de

Miguel Ángel Asturias. Aprendí conocer mejor Guatemala y sus problemas

leyendo a ese autor. Debo volver mirar los apuntes que tomé en clase porque

eso me ayudará orientarme. Además, trataré leer libros de críticos que estudian

a Asturias. La profesora insiste recibir los trabajos a tiempo y yo cuento

terminar antes de siete días.

Lengua en uso

Interferencia del inglés

Una manera de controlar la interferencia del inglés en el deletreo es llegar a conocer los patrones que siguen los sufijos en una gran cantidad de palabras en inglés y español. Por ejemplo, si estudias los sufijos de estas palabras pronto te das cuenta que el equivalente del sufijo *-ty* en inglés es **-dad** en español.

universidad	*university*
comunidad	*community*
sociedad	*society*

Piensa ahora en otras palabras en español que terminan en **-dad** y en sus equivalentes en inglés. ¿Tienen todas el sufijo *-ty* en inglés? Piensa en tres palabras en inglés que terminan en *-ty* y en sus equivalentes en español. ¿Usan el sufijo **-dad**?

K **Patrones en los sufijos.** Establece el patrón en los sufijos de las siguientes palabras. Luego añade dos palabras más a cada lista.

1. **Patrón:** _____

   Español romántico democrático sarcástico

   _____ _____

   Inglés _____ _____ _____

   _____ _____

2. **Patrón:** _____

   Español urgencia farmacia aristocracia

   _____ _____

   Inglés _____ _____ _____

   _____ _____

3. **Patrón:** _____

   Español insistir resistir persistir

   _____ _____

   Inglés _____ _____ _____

   _____ _____

4. **Patrón:** _____

   Español _____   _____   _____

   _____   _____   _____

   Inglés *distance*   *abundance*   *elegance*

   _____   _____

5. **Patrón:** _____

   Español _____   _____   _____

   _____   _____

   Inglés *famous*   *ambicious*   *religious*

   _____   _____

6. **Patrón:** _____

   Español _____   _____   _____

   _____   _____   _____

   Inglés *posible*   *variable*   *incredible*

   _____   _____

Composición: *comparación*

L   **Un día en la vida de Rigoberta Menchú.** Imagina todas las actividades que
Rigoberta Menchú realizaba a tu edad en un día. Compara estas actividades con
las que tú realizas en un día de tu vida y en una hoja en blanco escribe una
composición señalando las semejanzas y las diferencias.

Page 132 Blank

Nombre _____ Fecha _____

Sección _____

¡A escuchar!
Gente y cultura del mundo 21

A **Político costarricense.** Escucha con atención lo que les pregunta un maestro de historia a sus estudiantes de una escuela secundaria de San José de Costa Rica. Luego marca si cada oración que sigue es **cierta** (**C**) o **falsa** (**F**).

C F **1.** Óscar Arias Sánchez era presidente de Costa Rica cuando recibió el Premio Nobel de la Paz.

C F **2.** Óscar Arias Sánchez recibió un doctorado honorario de la Universidad de Harvard en el año 1993.

C F **3.** Óscar Arias Sánchez recibió el Premio Nobel de la Paz en 1990.

C F **4.** Recibió este premio por su participación en negociaciones por la paz en Centroamérica.

C F **5.** Estas negociaciones llevaron a un acuerdo de paz que los países de la región firmaron en Washington, D.C.

B

Un mes de desastres ecológicos. Escucha al narrador leer los titulares del mes pasado de *La Nación,* un periódico costarricense. Coloca una **X** debajo del dibujo que corresponda a cada titular. Escucha una vez más para verificar tus respuestas.

1.

A. _____   B. _____

2.

A. _____   B. _____

3.

A. _____   B. _____

4.

A. _____   B. _____

5.

A. _____   B. _____

Pronunciación y ortografía

En esta lección aprendiste que la **x** representa varios sonidos según en qué lugar
de la palabra ocurra. Normalmente representa el sonido **/ks/** como en **existir.**
Frente a ciertas consonantes se pierde la **/k/** y se pronuncia simplemente **/s/**
(sibilante) como en **excavar.** En otras palabras se pronuncia como la **j.** Es el
sonido fricativo **/x/** como en **México** o **Oaxaca.** Ten esto presente al escuchar
al narrador leer las siguientes oraciones.

C   **Zonas protegidas en Costa Rica.** Para saber algo de los parques nacionales y
las zonas protegidas de Costa Rica, escucha al narrador leer estas oraciones y
completa los espacios en blanco con palabras con las letras **x** o **s.**

1. ¿Has _____ la _____

   _____ de libros sobre la ecología en San José?

2. En los territorios protegidos han _____ los bosques

   siempre verdes y _____ la _____ de la

   llamada "ranita salpicada".

3. Después de mucha _____ , el gobierno costarricense por

   fin decidió detener la acelerada _____ de las selvas.

4. ¿Qué _____ hay entre la acelerada

   _____ de las selvas y el hecho de que en Costa Rica

   actualmente _____ zonas protegidas en el veintiséis por

   ciento del país?

5. En comparación, EE.UU. ha _____ que menos del 3,2 por

ciento de su _____ está dedicado a parques nacionales.

6. La familia del político _____ Arias Sánchez ha apoyado

el estable-cimiento de zonas protegidas _____ de dedicarse

a la _____ del café.

D **Dictado.** Escucha el siguiente dictado e intenta escribir lo más que puedas. El
dictado se repetirá una vez más para que revises tu párrafo.

Costa Rica: país ecologista

_____

_____

_____

_____

_____

_____

_____

_____

_____

_____

_____

Mejoremos la comunicación
Correspondencia práctica

Cartas de solicitud de empleo. Las cartas de solicitud de empleo tienden a ser breves y formales. En ellas generalmente se menciona cómo se dio cuenta el o la solicitante del puesto vacante, se indica que en un adjunto están todos los datos personales y se agradece de antemano una rápida respuesta. A continuación se presentan algunas fórmulas de cortesía usadas en cartas de solicitud de empleo.

Para explicar por qué escribe

En respuesta a su anuncio del día 9 de agosto en El Mercurio, solicito el puesto de...

Según solicitan en su aviso de fecha 22 de febrero en El País,...

La presente responde a su anuncio en Excélsior del día 2 de mayo, donde solicitan jefe de...

Para indicar lo anexo

Les adjunto mis datos personales que hacen constar que estoy muy capacitado(a) para...

Adjunto tengo el gusto de enviarles mi expediente / hoja de vida / currículum (vitae) / CV y unas cartas de recomendación, por las cuales podrán ver que estoy capacitado(a) para...

Adjunto les envío mi expediente y una foto...

Para agradecer una rápida respuesta

En espera de su pronta respuesta, les saluda su S. S.

Les agradezco su atención a esta carta y quedo de Uds. muy atto(a) su afmo(a). S. S.

En espera de su grata respuesta a la mayor brevedad posible, quedo siempre su afmo(a). S. S.

MODELO

15 de marzo de 2004

Sr. Miguel Otero Rodríguez
Gerente de Informática
Computadoras JNC
Edificio JNC
Avenida Jiménez No. 123
San José, Costa Rica

Muy estimado señor:

La presente responde a su anuncio en El Diario de
fecha 13 de marzo, donde solicitan una programadora
de HTML para que se encargue y mantenga su página en
Internet. Adjunto tengo el gusto de enviarle mi
expediente y unas cartas de recomendación por las
cuales podrá ver que estoy capacitada para tal cargo.
Como Ud. puede ver, estoy en mi último año universi-
tario, y estaré disponible para empezar a trabajar el
primero de junio. Si llegara a necesitar cualquier
otra información, no deje de comunicarse con su S.S.,
al teléfono 256 66 46 o por correo electrónico:
ccleyva@tufts.edu.

Le agradezco su atención a esta carta y quedo de Ud.
muy atta.

                              Cristina Castillo Leyva

Adjuntos

E **Solicito empleo.** Vas a necesitar trabajar este verano y, por eso, empiezas a revisar los anuncios comerciales de un periódico virtual. Encuentra un puesto que te atraiga y para el cual te sientes capacitado(a). En una hoja en blanco, escribe una carta de solicitud a la empresa.

Nombre _____   Fecha _____

Sección _____

UNIDAD 4

LECCIÓN 1

Vocabulario activo

F **Costa Rica.** El gobierno costarricense tiene tres departamentos distintos encargados de preservar los bosques tropicales. Pon las letras en orden para saber cuáles son. Luego pon las letras indicadas según los números para formar las palabras que contestan la pregunta final.

1. QAPRESU   NENOLASICA

2. VESRASER   SAGÓLICIOB

3. SAZNO   DREPAITSOG

¿Qué tiene Costa Rica que deberían tener todos los países del mundo?

G **Relación.** Indica qué palabra o frase de la segunda columna se relaciona mejor con cada palabra o frase de la primera.

_____ **1.** derrame de petróleo

_____ **2.** causa peligro de los rayos ultravioleta

_____ **3.** reciclaje

_____ **4.** reserva biológica

_____ **5.** deforestación

_____ **6.** sequía

_____ **7.** contaminación del aire

_____ **8.** ambiente

_____ **9.** peligro

_____ **10.** lluvia ácida

a. reutilización de objetos o productos

b. falta de agua

c. atmósfera

d. dificultad para respirar

e. disminución de la capa de ozono

f. deteriora monumentos

g. amenaza

h. contaminación de la tierra o agua

i. zona protegida

j. quema de los árboles

Gramática en contexto

H **Obligaciones pendientes.** Tú y tus amigos hablan de las cosas que debían hacer esta semana y que todavía no han hecho.

> **MODELO** *Todavía no _____ _____ (llevar) el coche al mecánico.*
>
> **Todavía no he llevado el coche al mecánico.**

1. Yo todavía no _____ _____ (hablar) con el profesor de biología.

2. Carlos todavía no _____ _____ (ir) al supermercado.

3. Marla y yo todavía no _____ _____ (escribir) el informe para la clase de historia.

4. Ustedes todavía no _____ _____ (resolver) el problema con mi jefe.

5. Nosotros todavía no _____ _____ (organizar) nuestra próxima fiesta.

6. Elena todavía no _____ _____ (ver) las fotos de nuestra última excursión.

7. Rita y Alex todavía no _____ _____ (hacer) el experimento para la clase de química.

I **Datos sobre Costa Rica.** Con los elementos dados, construye oraciones acerca de Costa Rica usando el **se** pasivo.

> **MODELO** *La cultura costarricense / caracterizar (presente) / por una preocupación ecológica*
>
> **La cultura costarricense se caracteriza por una preocupación ecológica.**

1. La creación de parques nacionales / iniciar (pretérito) / en Costa Rica en 1970

   _____

2. Muchas investigaciones ecológicas / hacer (presente) / en Costa Rica

   _____

3. El medio ambiente / respetar (presente) / en Costa Rica

   _____

4. El ejército / disolver (pretérito) / en 1949

   _____

5. El presupuesto militar / dedicar (pretérito) / a la educación

   _____

J **Historia de Costa Rica.** Expresa los siguientes hechos acerca de la historia temprana de Costa Rica, usando el estilo periodístico.

MODELO *Cristóbal Colón visitó Costa Rica en 1502.*
Costa Rica fue visitada por Cristóbal Colón en 1502.

1. Tres colonias militares aztecas recogieron muchos tributos en Costa Rica en 1502.

_____

_____

2. En 1574, los españoles integraron Costa Rica a la Capitanía General de Guatemala.

_____

_____

3. Los colonos españoles en Costa Rica no sufrieron las pronunciadas desigualdades sociales de otros países centroamericanos.

_____

_____

4. En 1821, el capitán general español Gabino Gaínza proclamó la independencia de la Capitanía General de Guatemala.

_____

_____

5. Los costarricenses proclamaron su independencia absoluta el 31 de agosto de 1848.

_____

_____

K   **Posible viaje.** Selecciona las formas apropiadas para completar esta narración acerca de un posible viaje a Costa Rica.

Yo nunca 1. (he veído / he visto) los paisajes de Costa Rica, pero tengo muchos amigos que 2. (han hecho / han hacido) un viaje a ese país y 3. (han volvido / han vuelto) encantados. 4. (Se respetan / Se respeta) mucho la belleza natural allá y eso les ha gustado a todos. Yo espero ir el próximo verano si para esa fecha ya 6. (he resuelto / he resolvido) el problema de la falta de dinero. Me 7. (han decido / han dicho) que la vida en ese país no es muy cara. Veremos qué pasa.

Lengua en uso

Los usos de se

El pronombre **se** tiene diversos usos en español, algunos que ya se han presentado.

- Como **pronombre reflexivo.**

  Los costarricenses **se** dedican a proteger el medio ambiente.

  Con la constitución de 1949, **se** disolvió el ejército y **se** dedicó el presupuesto militar a la educación.

- Como **pronombre recíproco.**

  Muchas familias costarricenses en EE.UU. y en Centroamérica **se** comunican por teléfono.

  El presidente José Figueres y los jefes de la *United Fruit Company* **se** juntaron para renegociar contratos de forma beneficiosa para Costa Rica.

- Como **pronombre (complemento) de objeto indirecto** para reemplazar **le** y **les** cuando hay un pronombre de objeto directo de tercera persona.

  Costa Rica le quitó el monopolio de los ferrocarriles a la *United Fruit Company.*

  Costa Rica **se** lo quitó a la *United Fruit Company.*

- Como **pronombre impersonal o indefinido** para expresar acciones o ideas impersonales y objetivas sin ningún sujeto específico. En este caso el verbo se expresa en tercera persona singular.

  Con el continuo crecimiento de las zonas urbanas, no **se** sabe cuál será el futuro de Costa Rica.

  Se dice que futuros presidentes de Costa Rica tendrán que renegociar el millón de hectáreas protegidas en los parques nacionales.

UNIDAD 4
LECCIÓN 1

¡OJO! Observa que en inglés, el sujeto impersonal es expresado como *it*, *one* o *they*. Éste último no se refiere a nadie en particular, sino al "qué decir" de la gente en general.

- En construcciones **impersonales** cuando ni el agente ni el sujeto del verbo se expresa.

  Siempre comemos bien en este restaurante costarricense.

  Se come bien en este restaurante costarricense.

- En construcciones **pasivas** cuando ni el agente ni el sujeto del verbo se expresa.

  Las fuerzas militares en Costa Rica fueron disueltas en 1949.

  Se disolvieron en 1949.

- En construcciones **impersonales pasivas** donde el objeto directo es una persona. En estas construcciones el verbo del **se impersonal** siempre se mantiene en la tercera persona singular y el objeto directo requiere la preposición **a** personal para distinguirlo del **se** recíproco o reflexivo.

  En 1987 **se** galardonó a Óscar Arias con el Premio Nobel de la Paz.

  En 1994 **se** acusó al presidente Rafael Ángel Calderón Fournier de causar los problemas económicos del país.

- Para expresar que algo ocurre **accidental** o **involuntariamente.**

  A todos los costarricenses **se** les salieron las lágrimas al saber que la "Mamita Yunai" perdió su monopolio en las plantaciones de cacao y caña.

  Cuando supimos que nuestro presidente había recibido el Premio Nobel de la Paz, **se** nos escapó un grito de alegría.

- Como **pronombre reflexivo** en construcciones con objeto directo en las cuales se pone énfasis en el beneficio que el sujeto de la oración recibe de la acción.

  Se comieron el picadillo pero no tocaron los plátanos fritos.

  Mamá siempre **se** prepara la cena porque dice que nosotros comemos demasiado pesado.

  ¡OJO! No confundas la forma **sé** de los verbos **ser** y **saber** con el pronombre **se**. Observa que el verbo siempre lleva acento escrito.

  ser: sé (mandato familiar)
    No llegues tarde. **Sé** el primero en llegar.

  saber: sé (primera persona singular, presente indicativo)
    No **sé** si mis padres dejarían Costa Rica para irse a EE.UU.

L **En la cocina.** Rogelio y Leopoldo estudian y trabajan en la Universidad de Costa Rica. Ellos comparten apartamento y a veces tienen problemas comunicándose. Para saber cuáles son sus problemas, lee el siguiente párrafo. Identifica los diferentes usos de **se: reflexivo, recíproco, impersonal, voz pasiva, objeto indirecto** *le/les* o **verbo** *ser* o **verbo** *saber*. El primero ya está hecho.

Cuando se vieron (1) en la cocina, se

saludaron (2). Sin embargo, Leopoldo

parecía estar enojado pero nada se había

mencionado (3) de qué había causado su

disgusto. Se dice (4) que andaba muy

cansado, tal vez porque no durmió bien esa

noche. En los dos últimos días, Leopoldo

sólo había dormido unas cuatro horas.

Rogelio se disgustó (5) con Leopoldo y le

reclamó:

—Pero, ¿qué te pasa, Leo?

—A mí nada, ¿por qué?

—Leo, sé (6) honesto conmigo por favor.

—Mira Rogelio, yo no sé (7) lo que está

pasando, ni de lo que estás hablando.

Luego se lo admitió (8).

—Me voy a acostar porque hace dos días

que no he podido dormir nada pensando

en...

¡Buenas noches!

Y con eso, Leopoldo salió de

la cocina hacia su recámara.

Rogelio se hizo (9) una taza de

té de canela para calmar los nervios y

después se acostó (10) también.

1. _____**recíproco**_____

2. _____

3. _____

4. _____

5. _____

6. _____

7. _____

8. _____

9. _____

10. _____

M Oraciones con *se.* Escribe una oración completa utilizando las siguientes expresiones. Al lado del verbo indica qué tipo de **se** empleaste en tu oración.

MODELO *se saludaron*   **recíproco**
        Se saludaron y siguieron caminando.

1. se detuvo _____

_____

_____

2. se necesita _____

_____

_____

3. se fundó _____

_____

_____

4. se bañaban _____

_____

_____

5. se miraban _____

_____

_____

6. se buscan _____

_____

_____

7. se acusa _____

_____

_____

8. se tomó _____

_____

_____

Composición: *argumentos y propuestas*

N **Proteger las últimas selvas tropicales.** En una hoja en blanco, escribe una composición en la que das los argumentos a favor de la protección de las últimas selvas tropicales que todavía quedan en el mundo. ¿Por qué es importante salvar estas regiones de su inminente destrucción? ¿Qué beneficios traería a la humanidad? ¿Qué podemos hacer para proteger estas regiones?

Nombre _____ Fecha _____

Sección _____

¡A escuchar!
Gente y cultura del mundo 21

A **Un cantante y político.** Escucha la conversación entre dos panameños, el señor Ordóñez y su hijo Patricio, sobre un cantante que fue candidato a la presidencia de su país. Luego marca si cada oración que sigue es **cierta** (**C**) o **falsa** (**F**).

C F **1.** Patricio Ordóñez apoyaba la candidatura de Rubén Blades.

C F **2.** Antes de marcharse a Nueva York en 1974, Rubén Blades se recibió de abogado en Panamá.

C F **3.** Rubén Blades también obtuvo un doctorado en ciencias políticas de la Universidad de Princeton.

C F **4.** El partido que Rubén Blades fundó llamado *Papá Egoró* significa "Nuestra Madre Tierra".

C F **5.** El señor Ordóñez cree que Rubén Blades debe presentarse a las próximas elecciones.

Cuaderno de actividades **147**

B **Los cunas.** Escucha el siguiente texto acerca de los cunas y luego selecciona la respuesta que complete correctamente las oraciones que siguen. Escucha una vez más para verificar tus respuestas.

1. Las islas San Blas se encuentran...

   a. al oeste de Colón.

   b. al este de Colón.

   c. al norte de Colón.

2. El número total de islas es...

   a. trescientos sesenta y cinco.

   b. ciento cincuenta.

   c. desconocido.

3. Entre los grupos indígenas, los cunas sobresalen por...

   a. sus orígenes muy antiguos.

   b. su modo de trabajar el oro.

   c. su organización política.

4. Las mujeres cunas permanecen la mayor parte del tiempo...

   a. en la ciudad de Colón.

   b. en la ciudad de Panamá.

   c. en las islas.

5. Se ve la tradición artística de los cunas en...

   a. la vestimenta de las mujeres.

   b. la religión.

   c. el diseño de las casas.

Nombre _____ Fecha _____

Sección _____

Pronunciación y ortografía

En lecciones previas aprendiste que la **j** tiene sólo un sonido /**x**/, que es idéntico al sonido de la **g** en las combinaciones **ge** y **gi.** Debido a esto, también aprendiste que este sonido presenta dificultad al escribirlo cuando precede a las vocales **e** o **i.** Ten esto presente al escuchar a los narradores leer las siguientes oraciones.

C **Manuel Antonio Noriega.** Para repasar los hechos más importantes en la vida de Noriega, escucha a los narradores leer estas oraciones y completa los espacios en blanco con palabras con las letras **g** o **j.**

1. Manuel Antonio Noriega tomó la _____ de la _____ Nacional en 1983 y _____ el país.

2. Cuando el _____ Omar _____ murió en un avión, se _____ que el _____ de la _____ Nacional, Manuel Antonio Noriega, fue el responsable.

3. Esto _____ mucho descontento _____ entre la _____ de Panamá.

4. A la vez, en EE.UU. se _____ que Noriega _____ a traficantes de _____.

5. En 1989, cuando la oposición _____ las elecciones nacionales, Noriega las anuló con el apoyo del _____.

6. En diciembre de 1989, EE.UU. _____ a su _____ y marina a Panamá y capturó a Noriega.

Cuaderno de actividades 149

D   **Dictado.** Escucha el siguiente dictado e intenta escribir lo más que puedas.
El dictado se repetirá una vez más para que revises tu párrafo.

La independencia de Panamá y la vinculación con Colombia

_____

_____

_____

_____

_____

_____

_____

_____

_____

_____

_____

_____

Nombre _____ Fecha _____

Sección _____

UNIDAD 4
LECCIÓN 2

Mejoremos la comunicación
Vocabulario activo

E **Lógica.** Indica qué palabra se asocia con la primera palabra de cada lista. Luego escribe una oración original usando las dos palabras.

1. coser   tallar   llavero   puntadas   horno

_____

2. piel   cuero   tela   tijeras   vidriería

_____

3. alfarería   billetera   cerámica   maleta   tejeduría

_____

4. bordar   labrar   soplar   aguja   tallar

_____

5. alfarero   tarjetero   tallado   bordado   barro

_____

F **Crucigrama.** De acuerdo con las claves que siguen, completa este crucigrama con palabras sobre la artesanía.

Claves verticales

1. Objeto de cuero que se lleva en la cintura

3. Arte de crear objetos de vidrio

4. Acción de crear imágenes decorativas en madera

5. Instrumento que se usa para cortar tela al coser

6. Arte de crear cestos o canastas

10. Planes decorativos

Claves horizontales

2. Cristal de ventana

7. Arte de crear objetos de barro

8. Acción necesaria para crear objetos de vidrio

9. Cruzar hilos constantemente hasta crear una tela

11. Creaciones de tela típicas de los indígenas cunas

12. Unir por medio de una aguja e hilo

13. Textiles

Gramática en contexto

G

Futuras vacaciones. Planeas unas vacaciones en la Ciudad de Panamá. ¿Qué esperanzas tienes?

MODELO *no hacer demasiado calor*
Ojalá no haga demasiado calor.

1. no llover todo el tiempo

   _____

2. yo / tener tiempo para visitar Panamá Viejo y San Felipe

   _____

3. yo / conseguir boletos para el Teatro Nacional

   _____

4. yo / poder viajar por el canal

   _____

5. haber conciertos de música popular

   _____

6. yo / aprender a bailar merengue

   _____

7. yo / alcanzar a ver algunos museos

   _____

8. nosotros / visitar las islas San Blas

   _____

9. yo / encontrar unas molas hermosas

   _____

10. yo / divertirme mucho

    _____

H **Recomendaciones.** Éste es tu primer año en el equipo de básquetbol. ¿Qué recomendaciones te da tu entrenador?

MODELO *Mantenerse en forma*
Mantente en forma.

1. _____ (Entrenarse) todos los días.

2. No _____ (faltar) a las prácticas.

3. No _____ (llegar) tarde a las prácticas.

4. _____ (Concentrarse) durante los partidos.

5. _____ (Hacer) las cosas lo mejor posible.

6. _____ (Salir) a la cancha dispuesto(a) a ganar.

7. _____ (Acostarse) temprano la noche antes de un partido.

8. No _____ (desanimarse) nunca.

I **Consejos.** ¿Qué consejos les dan los profesores a los alumnos para tener un buen rendimiento académico?

MODELO *Escoger un lugar tranquilo donde estudiar*
Escojan un lugar tranquilo donde estudiar.

1. Hacer una lectura rápida del texto

_____

2. Leer el texto por lo menos dos veces

_____

3. Tomar notas

_____

4. Resumir brevemente la lección

_____

5. No hacer la tarea a medias; hacerla toda

_____

6. No dejar los estudios hasta el último momento antes de un examen

_____

7. Organizarse en grupos de estudio de vez en cuando

_____

UNIDAD 4
LECCIÓN 2

J   **Abuelita Julia.** Selecciona las formas apropiadas para completar esta
narración acerca de un ser muy querido de tu familia.

Mi abuelita Julia, quien ha vivido una vida de triunfos pero también de

tragedias, me dice que no debemos desesperarnos nunca. Es importante que

1. (sépamos / sepamos) lo que queremos y que 2. (hagamos / hágamos) todo

lo que 3. (puédamos / podamos) por conseguirlo. Quiere que todos sus nietos

4. (váyamos / vayamos) a la universidad y que 5. (obtengamos / obténgamos)

una buena educación para que 6. (consígamos / consigamos) un buen trabajo.

Ella espera que todos nosotros 7. (vivamos / vívamos) muchos años y que

8. (séamos / seamos) felices. Ojalá que ella también 9. (vive / viva) muchos

años más, porque es alguien a quien quiero mucho.

Lengua en uso

Variantes coloquiales: *haiga, váyamos, puédamos,*
sálganos, etcétera

En el mundo hispano existen variantes coloquiales de algunas formas verbales
en el presente de subjuntivo. Las siguientes son unas de las más comunes.

- En vez de las formas estandarizadas **haya, hayas, haya,** etcétera, algunos
  hispanohablantes dicen **haiga, haigas, haiga,** etcétera.

Estándar (hablado y escrito)	**Variante coloquial** (hablado, no escrito)
Es probable que **haya** elecciones democráticas.	Es probable que **haiga** elecciones democráticas.
Espero que no la **hayas** visto.	Espero que no la **haigas** visto.

- Igualmente es común en las conjugaciones de la primera persona plural,
  como, por ejemplo, **tengamos,** que el acento se mude de la penúltima sílaba
  a la antepenúltima y se diga **téngamos.**

Estándar (hablado y escrito)	**Variante coloquial** (hablado, no escrito)
Ojalá (que) **lleguemos** a tiempo.	Ojalá (que) **lléguemos** a tiempo.
Quizás **vayamos** el sábado.	Quizás **váyamos** el sábado.

- Con verbos de cambio en la raíz, la tendencia es también a hacer irregular la conjugación de la primera persona plural.

Estándar (hablado y escrito)	**Variante coloquial** (hablado, no escrito)
Tal vez **podamos** hacerlo esta tarde.	Tal vez **puédamos** hacerlo esta tarde.
Es posible que **volvamos** mañana por la noche.	Es posible que **vuélvamos** mañana por la noche.

- Algunos hispanohablantes cambian la terminación de **-mos** a **-nos**; por ejemplo, dicen **sálganos** en vez de **salgamos**.

Estándar (hablado y escrito)	**Variante coloquial** (hablado, no escrito)
Quieren que **traigamos** a los niños.	Quieren que **tráiganos** a los niños.
Dudo que **salgamos** a tiempo.	Dudo que **sálganos** a tiempo.

K **Vamos al concierto.** Las hermanas Martínez esperan ir a un concierto de Rubén Blades. Lee lo que dicen y reescribe las oraciones usando las formas estandarizadas donde ellas hayan usado formas verbales coloquiales.

1. Ojalá que puédamos conseguir boletos para el concierto de Rubén Blades.

_____

_____

2. Espero que haiga buenos asientos cerca del escenario.

_____

_____

3. Es fabuloso que ahora váyamos finalmente a conocer a este gran cantante.

_____

_____

4. Es posible que ténganos que hacer cola por horas.

_____

_____

_____

5. Papá quiere que vuélvanos temprano a casa.

_____

_____

_____

Composición: *expresar opiniones*

L　　**No permitir un segundo término.** En una hoja en blanco, escribe una breve composición sobre la decisión de los panameños de no permitir que los presidentes sean reelegidos para un segundo término. En tu opinión, ¿fue una buena decisión? ¿Por qué sí o por qué no? ¿Debería EE.UU. tener una ley semejante? Explica tu respuesta.

Page 158 Blank

Nombre _____ Fecha _____

Sección _____

¡A escuchar!
Gente y cultura del mundo 21

A   **Premio Nobel de literatura.** Escucha lo que un profesor de literatura latinoamericana les pregunta a sus alumnos sobre uno de los escritores latinoamericanos más importantes del siglo XX. Luego marca si cada oración que sigue es **cierta** (**C**) o **falsa** (**F**).

C   F   **1.** Gabriel García Márquez fue galardonado con el Premio Nobel de Literatura en 1982.

C   F   **2.** Nació en 1928 en Bogotá, la capital de Colombia.

C   F   **3.** Estudió medicina en las universidades de Bogotá y Cartagena de Indias.

C   F   **4.** Macondo es un pueblo imaginario inventado por García Márquez.

C   F   **5.** García Márquez ha vivido más de veinte años en México.

C   F   **6.** La novela que lo consagró como novelista es *Cien años de soledad,* que se publicó en 1967.

B   **El sueño del Libertador.** Escucha lo que dice Julia, una joven colombiana, y luego indica si las oraciones que siguen reflejan (**Sí**) o no (**No**) su opinión. Escucha una vez más para verificar tus respuestas.

Sí   **No**   **1.** Es verdad que Simón Bolívar es el personaje histórico favorito de Julia.

Sí   **No**   **2.** Muchos colombianos creen que Bolívar es colombiano.

Sí   **No**   **3.** Julia no cree que Bolívar deba liberar a las colonias hispanoamericanas.

Sí   **No**   **4.** Julia lamenta que el sueño de Bolívar sea difícil de realizar.

Sí   **No**   **5.** Es preferible que las repúblicas hispanoamericanas quieran estar divididas.

Sí   **No**   **6.** Es mejor que el sueño de Bolívar nunca se haga realidad.

Pronunciación y ortografía

En esta lección aprendiste que el sonido de la **g** varía según dónde ocurra en la palabra, la frase o la oración. Al principio de una frase u oración y después de la **n** tiene el sonido /g/ (excepto en las combinaciones **ge** y **gi**) como en **grabadora** o **tengo**. Este sonido es muy parecido al sonido de la *g* en inglés. En cualquier otro caso, tiene un sonido más suave /g̶/ como en **la grabadora, segunda** o **llegada** (excepto en las combinaciones **ge** y **gi**). El sonido de la **g** antes de las vocales **e** o **i** es idéntico al sonido /x/ de la **j**, como en **José** o **justo**. Ten esto presente al escuchar a los narradores leer las siguientes oraciones.

C   **Colombia hasta la independencia.** Para repasar algunos hechos en la historia de Colombia, escucha a los narradores leer estas oraciones y completa los espacios en blanco con palabras con la letra **g** y varias combinaciones de vocales y consonantes.

1. Los _____ que dejaron ídolos _____ de

   piedra fueron la _____ de la _____ de

   San _____ .

2. Los pueblos chibchas fueron _____ que

   _____ trabajar las tierras altas de la

   _____ central.

3. Aquí fue donde la leyenda de El Dorado _____ y

   _____ a su _____ .

4. Los españoles _____ a los _____

en la _____ católica y la _____

castellana.

5. El Virreinato de Nueva _____ _____ y

_____ las _____ que hoy son

Venezuela, Colombia, Ecuador y Panamá.

6. Colombia _____ su independencia el 20 de julio de 1810

cuando el último virrey español fue _____ a dejar su

_____ y a _____ a España.

D **Dictado.** Escucha el siguiente dictado e intenta escribir lo más que puedas. El
dictado se repetirá una vez más para que revises tu párrafo.

Guerra de los Mil Días y sus efectos

_____

_____

_____

_____

_____

_____

_____

_____

_____

_____

_____

_____

Mejoremos la comunicación

Vocabulario activo

E **Lógica.** En cada grupo de palabras, subraya aquélla que no esté relacionada con el resto. Luego explica por qué no está relacionada.

1. bailarín   ~~cumbia~~   cantante   músico   artista

_____

2. pasillos   porros   bambucos   boleros   cumbias

_____

3. el hard rock   el funk   el heavy metal   la música pop   la música romántica

_____

4. guitarrista   ~~bailarín~~   trompetista   músico   baterista

_____

5. concierto   orquesta   ~~bambucos~~   cantante   músicos

_____

M **Relación.** Indica qué palabra o frase de la segunda columna define cada palabra o frase de la primera.

 1. artista

 2. orquesta

 3. cantante

 4. mariachis

_____ **5.** bolero

 6. los blues

 7. el heavy metal

 8. ritmos típicos colombianos

 9. bailarín

a. conjunto pequeño de guitarristas y trompetistas

b. conjunto grande que presenta conciertos

c. música de guitarristas y baterista que aparentan estar fuera de control

d. danzante

e. vocalista

f. bambucos, porros y cumbias

g. músico

h. música de instrumentos de viento, piano y algún otro instrumento de cuerda

i. ritmo tradicional

Gramática en contexto

G

Vida de casados. Los estudiantes expresan su opinión acerca de lo que es importante para las personas casadas.

MODELO *importante / entenderse bien*
Es importante que se entiendan bien.

1. esencial / respetarse mutuamente

   Es esencial que se respeten mutuamente

2. recomendable / ser francos

   Es recomendable

3. mejor / compartir las responsabilidades

   _____

4. necesario / tenerse confianza

   _____

5. preferible / ambos hacer las tareas domésticas

   _____

6. bueno / ambos poder realizar sus ambiciones profesionales

   _____

7. normal / ponerse de acuerdo sobre asuntos financieros

   _____

8. importante / comunicarse sus esperanzas y sus sueños

   _____

H **Reacciones.** Indica tu reacción cuando te comunican estas noticias sobre tus amigos.

MODELO *Manolo es miembro del Club de Español.*
Me alegra que Manolo sea miembro del Club de Español.

Vocabulario útil		
es bueno	es sorprendente	es una lástima
es lamentable	estoy contento de que	me alegra que
es malo	es triste	siento que

1. Enrique busca trabajo.

   Me alegro que Enrique busque

2. Gabriela está enferma.

   Es una lastima que Gabriela esté enferma

3. Javier recibe malas notas.

   Es malo que reciba

4. Yolanda trabaja como voluntaria en el hospital.

   Es bueno que Yolanda trabaje

5. Lorena no participa en actividades extracurriculares.

   _____

6. Gonzalo no dedica muchas horas al estudio.

   dedique

7. A Carmela le interesa la música caribeña.

   interese

8. Marta nos consigue boletos para el concierto de los Aterciopelados.

   consiga

9. A Javier no le gusta la música de Shakira.

   guste

**UNIDAD 4
LECCIÓN 3**

I

Esperanzas, recomendaciones y sugerencias. ¿Qué esperanzas, recomendaciones o sugerencias les puedes dar a los amigos para que hagan cosas que normalmente no hacen?

Vocabulario útil

aconsejar	pedir	recomendar
decir	preferir	rogar
esperar	prohibir	sugerir

MODELO *Aníbal no está en clase hoy.*
Recomiendo que vayas a clase todos los días.

1. Sonia se duerme en clases.

Espero que no te duerma en clase naimas

2. Wifredo saca malas notas.

Recomiendo

3. Óscar no va al trabajo.

_____

4. Vicky llega tarde a clase.

_____

5. Enrique no presta atención en las clases de física.

_____

6. Irene no contesta los mensajes telefónicos.

_____

J **A Medellín.** Selecciona las formas apropiadas para completar esta narración acerca de una próxima visita a tus parientes colombianos.

Es extraño que pocas personas 1. (sepan /saben) que Medellín es la segunda ciudad en importancia en Colombia. Mi familia tiene parientes en Medellín y ellos recomiendan que yo los 2. (visito / visite) para mejorar mi español. Es mejor que 3. (vaya / voy) durante el verano y no durante uno de nuestros semestres. Así, es posible que el próximo verano yo lo 4. (pase / paso) en la ciudad de Botero, uno de mis artistas favoritos. Cuando vea a mis parientes les diré: 5. «(Dense / Densen) prisa, por favor; 6. (llévanme / llévenme) al Museo de Antioquia para ver las pinturas y esculturas del maestro Fernando Botero». Estoy seguro de que 6. (voy / vaya) a pasarlo muy bien allí.

Lengua en uso
Expresiones impersonales y el subjuntivo

- Expresiones impersonales son expresiones que no tienen un sujeto específico. Un gran número de estas frases se forman con el verbo **ser** seguido de un adjetivo. Las siguientes son unas de las más comunes.

ser bueno	ser importante	ser preciso
ser cierto	ser imposible	ser probable
ser claro	ser improbable	ser recomendable
ser curioso	ser mejor	ser seguro
ser dudoso	ser necesario	ser terrible
ser evidente	ser obvio	ser triste
ser fantástico	ser posible	

   ¿**Es recomendable** ser independiente?

   Es mejor que no votemos por la independencia.

- Con excepción de las expresiones impersonales que expresan certidumbre —**es cierto, es claro, es evidente, es obvio, es seguro, es verdad** y **no hay duda**—cuando se usa una expresión impersonal en una oración, el verbo conjugado que la sigue siempre está en el subjuntivo. Si un verbo conjugado sigue a una expresión de certidumbre, siempre está en el indicativo.

   —**Es probable** que los colombianos **controlen** a los grupos de narco-traficantes este año.

   —Sí, porque la mayoría cree que **es importante** que **termine** la violencia.

   —¡Claro! **Es obvio** que nadie **quiere** más ataques de grupos guerrilleros.

K **La reunión.** Unos vecinos colombianos están organizando una reunión para hablar a fondo de la política. Con los elementos dados, completa las siguientes oraciones que señalan la estrategia y planificación para esa reunión.

MODELO *bueno / todos Uds. estar / aquí hoy día*
Es bueno que todos Uds. estén aquí hoy día.

1. preciso / la profesora Burgos incluir / información sobre el estado económico actual del país

   _____

   _____

2. dudoso / nosotros poder / terminar los preparativos para la reunión en dos horas

   _____

   _____

3. obvio / haber / mucha gente que piensa venir a la reunión esa noche

   _____

   _____

4. necesario / los jóvenes organizar / un programa especial para entretener a los niños

   _____

   _____

5. posible / el invitado especial no llegar / a tiempo por el tráfico

   _____

   _____

6. bueno / nuestra comunidad analizar / estos asuntos de gran importancia

   _____

   _____

7. evidente / este evento ser / de gran significado para todos

   _____

   _____

Cuaderno de actividades 167

Composición: *expresar opiniones*

L **Shakira, Fernando Botero o Gabriel García Márquez.** Selecciona a uno de
estos grandes colombianos y escribe una composición explicando por qué lo
seleccionaste. ¿Por qué es importante? ¿Qué ha contribuido a la cultura
colombiana o a la cultura mundial? ¿Qué efecto ha tenido en tu vida?

¡A escuchar!
Gente y cultura del mundo 21

A   **Carolina Herrera.** Escucha el siguiente texto acerca de la modista venezolana Carolina Herrera. Luego marca si cada oración que sigue es **cierta** (**C**) o **falsa** (**F**).

C   F   **1.** El éxito de Carolina Herrera se debe principalmente al dinero de su esposo Reinaldo Herrera.

C   F   **2.** Desde niña diseñaba ropa para sus muñecas.

C   F   **3.** Carolina Herrera apareció en la Lista de las Mejor Vestidas el mismo año que fue nombrada al *Fashion Hall of Fame*.

C   F   **4.** Un par de pijamas diseñados por Carolina Herrera pueden costar más de mil dólares.

C   F   **5.** Carolina Herrera dice que es perfeccionista porque nunca está satisfecha con su trabajo.

Cuaderno de actividades   **169**

B   **Señorita Venezuela.** Escucha el siguiente texto acerca de los concursos de belleza en Venezuela y luego indica si las oraciones que siguen son **ciertas** (**C**) o **falsas** (**F**). Escucha una vez más para verificar tus respuestas.

C   F   **1.** En Venezuela los concursos de belleza no se consideran sexistas.

C   F   **2.** A todos les sorprende que un 9 por ciento de los televidentes vea la coronación de la Señorita Venezuela.

C   F   **3.** Si una joven quiere participar en esos concursos, debe tomar clases especiales.

C   F   **4.** El entrenamiento para las candidatas puede costar más de cincuenta mil dólares.

C   F   **5.** La joven que es elegida Señorita Venezuela a veces tiene dificultad para ser actriz de cine.

Pronunciación y ortografía

En esta lección aprendiste que la **h** es muda, no tiene sonido. Sólo tiene valor ortográfico. Ten esto presente al escuchar a los narradores leer las siguientes oraciones.

C   **Caracas y Maracaibo.** Para saber algo más de estos dos sitios venezolanos, escucha a la narradora leer estas oraciones y completa los espacios en blanco con palabras con **h**.

1. En el _____ vemos Caracas, una ciudad _____ de mucha

   _____ .

2. Los indígenas venezolanos creen que las _____ de sus antepasados

   son el _____ al pasado.

3. Antes de construir el metro de Caracas, _____ una planificación extensa con situaciones reales e _____ .

4. En Maracaibo, el petróleo _____ sido el mayor _____ y el

   producto principal de Venezuela.

5. La determinación de los políticos de Maracaibo de sacar más y más petróleo

   del lago frecuentemente _____ agotado la paciencia _____

   del _____ que trata de preservar el medio ambiente.

6. Por eso, los _____ , _____ y pacíficamente, varias veces

   _____ tenido que confrontar la _____ de los administradores

   petroleros.

170   **Unidad 4, Lección 4**

UNIDAD 4
LECCIÓN 4

D   **Dictado.** Escucha el siguiente dictado e intenta escribir lo más que puedas.
El dictado se repetirá una vez más para que revises tu párrafo.

El desarrollo industrial

_____

_____

_____

_____

_____

_____

_____

_____

_____

_____

_____

_____

Mejoremos la comunicación
Vocabulario activo

E   **Lógica.** Completa estas oraciones con el vocabulario activo que aprendiste en **Mejoremos la comunicación** de la *Unidad 4, Lección 4.*

1. Los seis recursos naturales principales son aire, agua, tierra,

    _____ , _____ y

    _____ .

2. Tres árboles de madera dura son el _____ , el

    _____ y el _____ .

3. Mis flores favoritas son _____ , _____

    y _____ .

4. Entre los animales que habitan el bosque y que puedo nombrar están el

    conejo, el oso, el pavo, _____ , _____

    y _____ .

5. Entre los principales minerales del mundo están _____ ,

    _____ y _____ .

6. Sin duda, mis piedras preciosas favoritas son _____ ,

    _____ y _____ .

F   **Ejemplos.** Indica qué palabras de la segunda columna son ejemplos de cada palabra o frase de la primera.

____ **1.** piedras preciosas   **a.** orquídea y oso

____ **2.** metales   **b.** lirio y margarita

____ **3.** recursos naturales   **c.** plata y oro

____ **4.** animales   **d.** jade, ópalo y rubí

____ **5.** flores   **e.** alce y zorro

____ **6.** árboles   **f.** petróleo, carbón y uranio

____ **7.** flora y fauna   **g.** hierro, estaño y cobre

____ **8.** metales preciosos   **h.** roble y abedul

Gramática en contexto

G **Explicaciones.** Una estudiante de Venezuela llegó a tu escuela. Ahora ella está contando algo sobre su país y sobre Simón Bolívar. Para saber qué dice, completa cada oración con el **pronombre relativo** apropiado.

1. Los indígenas arawak eran una tribu _____ habitaba el territorio venezolano antes de la llegada de los españoles.

2. El lago de Maracaibo es el lugar en _____ se encuentran casas puestas sobre pilotes.

3. Santa Ana de Coro y Santiago de León de Caracas son dos ciudades _____ fueron el centro de la vida colonial venezolana.

4. Simón Bolívar, _____ nació en Caracas, continuó la lucha por la independencia del país.

5. Simón Bolívar fue el primer presidente _____ gobernó Venezuela.

6. Bolívar fue también el primer presidente de la Gran Colombia, _____ incluía los territorios de Colombia, Venezuela, Ecuador y Panamá.

7. Bolívar, _____ esfuerzos por establecer La Gran Colombia fracasaron, murió desilusionado en Santa Marta, Colombia, el 17 de diciembre de 1830.

H   **Juguetes.** Tu sobrinito te muestra los diferentes juguetes que tiene. Para saber lo que dice, combina las dos oraciones en una sola usando un **pronombre relativo** apropiado.

MODELO   *Éste es el tractor. Llevo este tractor al patio todas las tardes.*
   Éste es el tractor que llevo al patio todas las tardes.

1. Éstos son los soldaditos de plomo. Mi tío Rubén me compró estos soldaditos en Venezuela.

   _____

   _____

2. Éste es el balón. Uso este balón para jugar al básquetbol.

   _____

   _____

3. Éstos son los títeres. Juego a menudo con estos títeres.

   _____

   _____

4. Éste es el coche eléctrico. Mi papá me regaló este coche el año pasado.

   _____

   _____

5. Éstos son los jefes del ejército. Mis soldaditos de plomo desfilan delante de estos jefes.

   _____

   _____

I   **El Salto de Angel.** Selecciona los pronombres relativos apropiados para completar este párrafo acerca de la cascada más alta del mundo.

El Salto de Angel, 1. (cuyo / el cual) nombre viene del apellido de un aviador

norteamericano, está situado en Venezuela, en el Parque Nacional de Canaima.

Jimmy Angel, 2. (que / quien) es el nombre del aventurero norteamericano que

dio a conocer la cascada a todo el mundo en 1937, andaba en busca de oro por

esa región. Aunque no encontró oro, 3. (lo que / lo cual) encontró sorprendió a

todo el mundo. El Salto de Angel, 4. (que / la cual) tiene una altura de 988

metros, 5. (quien / lo cual) equivale a 3.212 pies, es la cascada más alta del

mundo. Tiene mucho más altura que el Salto de Tugela en Sudáfrica, 6. (lo que

Nombre _____   Fecha _____

Sección _____

UNIDAD 4
LECCIÓN 4

/ el cual) es el segundo del mundo, 7. (quien / que) sólo tiene 948 metros

de altura. Los indios de la zona, 8. (para quienes / para la cual) el Salto de

Angel era un lugar sagrado, tenían ceremonias de carácter religioso en ese lugar.

Hoy es un paisaje de asombrosa belleza que fascina a todos los que lo visitan.

Lengua en uso

Interferencia del inglés en el deletreo: imm-, sn-, sp- o sy-

El español y el inglés tienen muchas palabras parecidas en deletreo que en
su mayoría derivan del latín. Algunos estudiantes hispanohablantes no se dan
cuenta de las diferencias en el deletreo de estas palabras y tienden a escribirlas
como se escriben en inglés y no en español. A continuación se presentan algunos
de los errores más comunes de interferencia del inglés en el español escrito.

Palabras que empiezan con *imm-* en inglés. Las palabras que empiezan con
imm- en inglés se escriben con **inm-** en español.

español	inglés
inmaduro	*immature*
inmediatamente	*immediately*
inmigrar	*immigrate*

Palabras que empiezan con *sn-* o *sp-* en inglés. Las palabras que empiezan
con *sn-* o *sp-* en inglés se escriben con **esn-** o **esp-** en español.

español	inglés
esnob	*snob*
espinoso	*spiny*
espléndido	*splendid*

Palabras que empiezan con *sy-* en inglés. Las palabras que empiezan con sy-
en inglés se escriben con si- en español.

español	inglés
símbolo	*symbol*
sinfonía	*symphony*
síntoma	*symptom*

J   **Carta de Venezuela.** Gloria Herrera, una estudiante hispana de Chicago, se ganó un viaje a Caracas, Venezuela como finalista en un concurso internacional de belleza patrocinado por la Academia Señorita Venezuela. Ahora Gloria te pide que la ayudes a revisar una carta que acaba de escribir para evitar la interferencia del inglés en el deletreo de palabras parecidas. Escribe el deletreo correcto de las diez palabras con errores.

```
Queridos Papás:

Me encanta Venezuela. ¡Caracas es una ciudad
spléndida! Immediatamente al llegar, la directora de
la academia me llevó a dar un paseo por la ciudad.
Visitamos el Pabellón Nacional, que es el symbolo de
la independencia del país. Es immenso, con siete
estrellas que representan las siete provincias que
declararon su independencia en 1810.

El sábado por la noche fuimos a escuchar la symfonía.
¡Fue excelente! Y lo que más me gustó es que los vene-
zolanos no son snobs como lo son tantas personas que
asisten a la synfonía en Chicago. Ay, mamá, si vieras
a las otras finalistas. No tienen nada de immaduras. Ya
no son jóvenes sino mujeres verdaderamente hermosas.

Bueno, se me acabó el tiempo. Tengo que empezar a
prepararme immediatamente. Esta noche vamos a ver una
nueva obra de teatro, "Los spléndidos syntomas de
Alicia Machado".

Se despide de Uds. su hija, quien los ama,

Gloria
```

1. _____   6. _____

2. _____   7. _____

3. _____   8. _____

4. _____   9. _____

5. _____   10. _____

Composición: *dar información*

K   **Falta de recursos naturales.** EE.UU. es un país dotado de recursos naturales, lo cual ha facilitado su grandeza. ¿Cuáles de esos recursos vienen de tu estado natal? ¿Qué recursos naturales tiene que importar tu estado? ¿De dónde consigue recursos esenciales como petróleo y hierro? ¿Son muy costosos? Escribe una breve composición contestando estas preguntas.

Nombre _____ Fecha _____

Sección _____

¡A escuchar!
Gente y cultura del Mundo 21

A   **Un cantante peruano.** Escucha lo que dicen estos jóvenes peruanos sobre uno de los cantantes más famosos de Perú, Gian Marco Zignago. Luego marca si cada oración que sigue es **cierta** (**C**) o **falsa** (**F**).

C   F   **1.** La pareja que habla acaba de salir de un concierto de Gian Marco.

C   F   **2.** A Antonio le encantó el concierto, pero a María le pareció tan malo que casi se puso a llorar.

C   F   **3.** La canción favorita de María fue "El último adiós" y la de Antonio fue "Mírame".

C   F   **4.** De niño, empezó su carrera como cantante en la televisión.

C   F   **5.** Gian Marco también hizo un papel importante en la obra musical *Velo negro, velo blanco*.

C   F   **6.** Gian Marco actuó en más de diez obras musicales en Perú.

Cuaderno de actividades

B   **Pequeña empresa.** Escucha lo que dice el gerente acerca de su empresa y luego determina si las afirmaciones que siguen coinciden (**Sí**) o no (**No**) con la información del texto. Escucha una vez más para verificar tus respuestas.

Sí	**No**	**1.** En la empresa hay cincuenta empleados.
Sí	**No**	**2.** Hay una sola secretaria que habla español.
Sí	**No**	**3.** Buscan secretarias bilingües.
Sí	**No**	**4.** El jefe de ventas es dinámico.
Sí	**No**	**5.** No les gusta la recepcionista que tienen.
Sí	**No**	**6.** Buscan una recepcionista que se entienda bien con la gente.

Pronunciación y ortografía

En esta lección aprendiste que la **y** tiene dos sonidos. Cuando ocurre sola o al final de una palabra tiene el sonido /i/, como en **fray** y **estoy.** Este sonido es idéntico al sonido de la vocal **i.** En todos los otros casos tiene el sonido /y/, como en **ayudante** y **yo.** (Este sonido puede variar, acercándose en algunas regiones al sonido *sh* del inglés.) Ten esto presente al escuchar a la narradora leer las siguientes oraciones.

C   **Arqueólogo.** Para saber sobre las aventuras de este arqueólogo, escucha a la narradora leer estas oraciones y completa las espacios en blanco con palabras con las letras **i** o **y.**

1. _____ regresó mi _____ de su viaje a Perú.

2. Él es un arqueólogo que estuvo en _____ y otras regiones _____ _____ civilizaciones han dejado una gran riqueza cultural.

3. Allá conoció a unos estudiantes _____ quienes _____ con _____ a su _____ .

4. Durante su _____ , en muchas ocasiones, todos se _____ , _____ poesía y contaron _____ .

5. Su gran hallazgo fue la excavación de un _____ con una cueva _____ , _____ contenido _____ no sólo artefactos de oro, sino también _____ de unas _____ medicinales.

6. En su _____ , todos se llevaban bien aunque en

una _____ , _____

_____ a unos de los jóvenes _____ .

7. Cuando esto ocurrió, _____ les _____ :

"Es mejor que no _____ discordia. Resolvamos esto antes

de que se _____ en un problema _____ ."

8. Indudablemente, el _____ _____

_____ al entendimiento de la rica

_____ histórica de nuestros antepasados.

D **Dictado.** Escucha el siguiente dictado e intenta escribir lo más que puedas.
El dictado se repetirá una vez más para que revises tu párrafo.

Las grandes civilizaciones antiguas de Perú

_____

_____

_____

_____

_____

_____

_____

_____

_____

_____

_____

_____

_____

_____

_____

_____

Mejoremos la comunicación
Correspondencia práctica

Declaración de propósitos personales. Generalmente cuando se solicita ingreso a una universidad, ya sea para empezar la licenciatura o para iniciar los estudios graduados, se requiere que los candidatos escriban una declaración personal explicando por qué quieren asistir a la universidad, qué los motiva y qué piensan lograr. Esta declaración es muy importante, ya que muchas universidades deciden a quiénes van a aceptar basándose no sólo en el promedio de notas de los solicitantes, sino también en la declaración personal. A continuación aparece una breve descripción de las partes principales de una declaración de solicitud a una universidad.

- **Introducción:** Una o dos oraciones explicando en qué piensa especializarse el (la) candidato(a) y por qué cree que esta universidad en particular le va a ayudar a alcanzar esa meta.

- **Biografía:** Un párrafo con información personal acerca del (de la) candidato(a). Aquí es bueno hacer resaltar no sólo que uno tiene la determinación para completar una carrera de estudios, sino que también tiene ciertas cualidades humanísticas e interés en ayudar a otros y/o a contribuir a la comunidad.

- **Motivación:** Uno o dos párrafos explicando cómo llegó a interesarse el (la) candidato(a) en el tema de su especialización. Aquí deben mencionarse los pasatiempos y las actividades del candidato directamente relacionados con la especialización, los premios y los reconocimientos académicos, los intereses, las habilidades y los sueños para el futuro.

- **Despedida:** Una o dos oraciones expresando agradecimiento a los lectores de la declaración personal y recordándoles la razón o la meta por la cual quiere asistir a esta universidad.

MODELO

> ### Declaración de propósitos personales
>
> Al escribir esta solicitud a la Universidad de (nombre) siento un tremendo orgullo al saber que dentro de cuatro años yo me podría graduar de tal institución. Mi intención es especializarme en lenguas, específicamente en español, la lengua de mi niñez, para enseñar en secundaria o tal vez en una universidad. Sería un verdadero honor tener un título de esta universidad dada la fama que tiene el Departamento de Español no sólo en el estado sino en todo el país.
>
> Yo soy de una familia humilde. Mi padre tuvo que dejar la escuela en el sexto grado para ayudar a mis abuelos en el rancho donde vivían. Mi madre completó la escuela secundaria antes de casarse y dedicarse a ser ama de

casa. Yo soy el menor de tres hijos y soy el primero en interesarse en asistir a la universidad. Mis padres siempre nos han enseñado a establecer metas realistas y luego a seguirlas hasta alcanzarlas. Mi meta personal siempre ha sido el aprender y saber más de mi propia cultura. Me fascina todo lo que he aprendido de mis padres y mis abuelos relacionado con nuestras raíces hispanas. Siento un verdadero deseo de saber mucho más de nuestras tradiciones, nuestra historia y de la literatura hispana. El pensar que algún día yo podría no sólo compartir esta sabiduría con jóvenes hispanos, sino también motivarlos a que se interesen en su propia herencia es mi verdadero sueño.

Desde niño siempre me han encantado todas las tradiciones de nuestra cultura: las posadas, los bautizos, los entierros, la comida, los festivales religiosos, etc. En la escuela secundaria tuve la suerte de tener una profesora que me abrió los ojos a la rica herencia que está viva en la cultura hispana: empezando con lo griego, lo romano, lo árabe y lo judío, y siguiendo con las grandes figuras históricas peninsulares y del Nuevo Mundo, tanto como los grandes artistas, escritores y músicos. Aprendimos tanto con esa profesora que, aunque no sé definitivamente en qué campo quiero concentrarme, sí sé que no hay límites a lo que puedo aprender.

Por dos años en la escuela secundaria fui presidente del Club de Español. Bajo mi dirección, organizamos muchas actividades fascinantes como cenas con temas culturales, lecciones de bailes tradicionales y un viaje a ver una obra de teatro de Federico García Lorca. En mi último año en secundaria gané un concurso académico patrocinado por "League of United Latin American Citizens" (L.U.L.A.C.). El premio fue un viaje gratis de dos semanas a México. Ese viaje ha sido el hecho más impresionante de mi vida entera. Después de escalar las pirámides mesoamericanas, caminar por pueblos coloniales, visitar catedrales majestuosas y saborear las comidas y bebidas de distintas partes del país, quedé aún más convencido de seguir la meta que siempre he tenido, el aprender y saber más de mi propia cultura.

Quedo muy agradecido a quienes lean esta declaración y espero que puedan ayudarme a lograr mi sueño de algún día poder ser mentor de jóvenes hispanos.

E   **Declaración.** En una hoja en blanco, escribe una declaración de solicitud a la universidad a la que piensas asistir o al programa graduado en que te gustaría ingresar. Ten muy presente que el ser o no ser aceptado podría depender de lo que dices en tu declaración.

Vocabulario activo

F   **El cuerpo humano.** Escribe el nombre de las partes del cuerpo señaladas aquí.

a. _____
b. _____
c. _____
d. _____
e. _____
f. _____
g. _____
h. _____
i. _____
j. _____
k. _____
l. _____
m. _____

n. _____
o. _____
p. _____
q. _____
r. _____
s. _____
t. _____
u. _____
v. _____
w. _____
x. _____
y. _____

G   **Antónimos.** Indica qué palabra o frase de la segunda columna tiene el sentido opuesto de cada palabra o frase de la primera.

____ **1.** respirar   **a.** caído

____ **2.** caminar   **b.** levantar pesas

____ **3.** erguido   **c.** contraer

____ **4.** levantar   **d.** correr

____ **5.** estirar   **e.** descansar

____ **6.** carreras   **f.** exhalar

____ **7.** hacer ejercicio aeróbico   **g.** bajar

____ **8.** hacer ejercicio   **h.** caminatas

Gramática en contexto

H **Profesiones ideales.** Los estudiantes hablan del tipo de profesión que preferirían seguir.

    MODELO *Espero tener una profesión en la que se _____ (usar) las lenguas extranjeras.*
      Espero tener una profesión en la que se usen las lenguas extranjeras.

1. Quiero tener una profesión que me _____ (permitir) viajar.

2. Deseo una profesión en la que no _____ (haber) que calcular números.

3. Voy a elegir una profesión en la cual se _____ (ganar) mucho dinero.

4. Me gustaría seguir una profesión que _____ (requerir) contacto con la gente.

5. Quiero tener un trabajo en el que yo _____ (poder) usar mi talento artístico.

I **Fiesta de disfraces.** Tú y tus amigos hablan de una fiesta de disfraces que va a tener lugar este fin de semana. Para saber qué disfraces piensa llevar cada uno, completa las siguientes oraciones con el **presente de indicativo** o de **subjuntivo,** según convenga.

1. Quiero un disfraz que _____ (ser) divertido.

2. Pues, yo tengo un disfraz que _____ (ser) muy divertido.

3. Voy a llevar una máscara con la cual nadie me _____ (ir) a reconocer.

4. Necesito un disfraz que le _____ (dar) miedo a la gente.

5. Quiero un traje que no _____ (parecer) muy ridículo.

6. Busco un disfraz que _____ (tener) originalidad.

J **Deseos y realidad.** Di primeramente qué tipo de gobernantes pide la gente de Perú. Luego di si, en tu opinión, la gente elige o no ese tipo de gobernante.

MODELO *crear empleos*
La gente pide gobernantes que creen empleos.
La gente elige a gobernantes que (no) crean empleos.

1. reducir la inflación

_____

_____

2. eliminar la violencia

_____

_____

3. atender a la clase trabajadora

_____

_____

4. obedecer la constitución

_____

_____

5. dar más recursos para la educación

_____

_____

6. hacer reformas económicas

_____

_____

7. construir más carreteras

_____

_____

K   **Tihuantinsuyu.** Selecciona las formas que completan mejor el siguiente párrafo acerca de Cuzco, la antigua capital del imperio incaico.

No hay ninguna ciudad de Perú que me __1__ (interesa / interese) más que Cuzco. Capital del imperio incaico o Tahuantinsuyu, palabra que __2__ (significa / signifique) "imperio que se __3__ (extienda / extiende) por las cuatro direcciones," Cuzco está situado a más de 3.500 metros de altura.

A las personas que __4__ (llegan / lleguen) allí, les recomiendan que descansen para que no sufran de soroche, que __5__ (sea / es) el malestar que uno __6__ (siente / sienta) a causa de la altura. Cuando uno se pasea por la ciudad puede ver edificios que __7__ (estén / están) construidos sobre los cimientos de la antigua ciudad incaica. No hay nadie que no se __8__ (sienta / siente) atraído por la arquitectura colonial y por las ruinas de la ciudad.

Lengua en uso

Deletreo de palabras parecidas en español e inglés

Muchas palabras que se derivan del latín tienen un deletreo parecido en inglés y en español. Algunos estudiantes hispanohablantes no se dan cuenta de estas diferencias en deletreo por estar acostumbrados a leer o escribir estas palabras en inglés. Por ejemplo, en la Unidad 3, Lección 2, se presentó una lista de palabras que se escriben con doble consonante en inglés pero en español sólo llevan una consonante o se escriben con diferencias sutiles. Muchas de esas diferencias se entienden a base de las siguientes reglas de ortografía.

- Con excepción de la **c** y la **n,** las palabras en español no se escriben con doble consonante. Hay que recordar que la **ll** y la **rr** representan un solo sonido y, por lo tanto, no se consideran doble consonante.

atractivo	*attractive*
clásico	*classic*

- Las terminaciones *-tion* y *-sion* en inglés generalmente se escriben **-ción** o **-sión** en español.

atracción	*attraction*
comprensión	*comprehension*

- Las terminaciones *-ent* y *-ant* en inglés generalmente se escriben **-ente** o **-ante** en español.

inteligente	*intelligent*
restaurante	*restaurant*

- La combinación de las letras *ph* en inglés se escribe **f** en español.

foto	*photo*
filósofo	*philosopher*

- La combinación de las letras *mm* en inglés con frecuencia se escribe **m** o **nm** en español.

común	*common*
comercio	*commerce*
inmediatamente	*immediately*
inmenso	*immense*

- La combinación de las letras *qua* o *que* en inglés con frecuencia se escribe **ca** o **cue** en español.

calificación	*qualification*
cuestión	*question*

- La combinación de las letras *the* en inglés con frecuencia se escribe **te** en español.

teología	*theology*
tesis	*thesis*

UNIDAD 5
LECCIÓN 1

- La letra **s** + *consonante* al principio de una palabra en inglés frecuentemente se escribe **es** + *consonante* en español.

especial	*special*
esquema	*scheme*

Estudia cómo estas reglas de ortografía se aplican a las siguientes palabras.

Español	**Inglés**
comunicación	*communication*
efecto	*effect*
elocuencia	*eloquence*
exceso	*excess*
expresivo	*expressive*
filosofía	*philosophy*
ilegal	*illegal*
ilusión	*illusion*
inmigración	*immigration*
inmortal	*immortal*
mensaje	*message*
ocurrir	*to occur*
oficial	*official*
técnica	*technique*
tipografía	*typography*

Las siguientes palabras también son similares aunque no siguen ninguna de las reglas aquí mencionadas. Tal vez puedas tú pensar en algunas reglas de ortografía que se apliquen a estas palabras y en dos o tres otras palabras que ejemplifiquen cada regla nueva.

Español	**Inglés**
arquitectura	*architecture*
adjetivo	*adjective*
ejercicio	*exercise*
mayoría	*majority*
proyector	*projector*
sistema	*system*

L **Composición sobre Cuzco.** Tu mejor amigo te pide que le revises una composición que ha escrito sobre sus experiencias en Cuzco, Perú, donde pasó unas semanas durante el verano pasado. Subraya las palabras que están mal deletreadas en español y al lado escribe el deletreo correcto.

Un viaje a Cuzco

La ciudad de Cuzco está situada junto a los

Andes, que son montañas immensas. Ésta fue la

capital official del imperio inca. Me encantó la

architectura de muchos de sus edificios coloniales.

La ciudad fue construida por los Incas, los reyes

indígenas que se consideraban immortales. La

mayoría de sus habitantes son indígenas quechuas

y mestizos que continúan un modo de vida ancestral.

Al principio tuve problemas de comprehensión,

pero con el tiempo me di cuenta de que los cuzqueños

tienen una eloquencia muy special que refleja la

philosophía de sus antepassados. Aprendí varias

palabras de origen quechua como *huahua,* que

significa "niño", y *soroche,* que es el mal que occure

después de hacer mucho exercisio debido a la

altura de los Andes.

1. _____

2. _____

3. _____

4. _____

5. _____

6. _____

7. _____

8. _____

9. _____

10. _____

11. _____

Composición: *hipotetizar*

M **El imperio inca en el mundo 21.** Imagina que los españoles nunca descubrieron el imperio inca y que éste continuó desarrollándose a lo largo de los siglos. En una visita a Perú, tú visitas este magnífico imperio. ¿Qué observas en tal imperio hoy, en el siglo XXI? ¿Qué avances han alcanzado los incas en las áreas de agricultura, arquitectura y comunicaciones? ¿Cuál es la extensión del imperio? Escribe una composición que se enfoque en estas preguntas.

¡A escuchar!

Gente y cultura del mundo 21

A   **Artista ecuatoriano.** Escucha lo que una profesora de arte de la Universidad de Guayaquil les dice a sus alumnos sobre un artista ecuatoriano. Luego marca si cada oración que sigue es **cierta** (**C**) o **falsa** (**F**).

C   F   **1.** Oswaldo Guayasamín es hijo de españoles.

C   F   **2.** Además de pintor y muralista, Guayasamín también es escultor.

C   F   **3.** Se preocupa por las injusticias que sufren los ricos a manos de los indígenas.

C   F   **4.** Su conciencia social es resultado directo de su herencia indígena y mestiza.

C   F   **5.** *La edad de ira* es una serie de cuadros que pintó que afectó al mundo entero.

C   F   **6.** Algunos de sus cuadros tienen un valor de un millón de dólares.

B

Tareas domésticas. A continuación escucharás a Alfredo decir cuándo va a hacer las tareas domésticas que le han pedido que haga. Escribe la letra del dibujo que corresponde a cada oración que escuchas. Escucha una vez más para verificar tus respuestas.

1. _____

2. _____

3. _____

4. _____

5. _____

UNIDAD 5
LECCIÓN 2

Pronunciación y ortografía

Debido a que en varios países de Hispanoamérica la agrupación **ll** y la letra **y** se pronuncian de una manera similar, existe muchas veces confusión en el deletreo de palabras homófonas o sea palabras que se pronuncian igual pero se escriben de manera diferente. Sigue en tu libro mientras el narrador lee las siguientes palabras que se escriben con **ll** o **y**.

1. arrollo: forma conjugada del verbo **arrollar:** envolver en un rollo, atropellar

    arroyo: cauce por donde corre un caudal corto de agua, riachuelo pequeño

2. calló: forma conjugada del verbo **callar:** no hablar

    cayó: forma conjugada del verbo **caer:** perder el equilibrio y venir al suelo

3. halla: forma conjugada del verbo **hallar:** encontrar

    haya: forma conjugada del verbo **haber:** poseer, tener; ocurrir; efectuarse; verbo auxiliar

4. malla: tejido de anillos de hierro semejante a la red; cada uno de los cuadrados que forman el tejido de la red

    maya: pueblo indígena de Yucatán, México y Guatemala; idioma de ese pueblo

5. ralla: forma conjugada del verbo **rallar:** desmenuzar, reducir a polvo con el rallador

    raya: señal larga y estrecha, línea

6. valla: cerca, barrera, obstáculo

    vaya: forma conjugada del verbo **ir:** moverse, transportarse de un lado a otro

C **Meteorito en Ecuador.** Escucha al narrador leer el siguiente párrafo y escribe las palabras que correspondan según el contexto.

La semana pasada un meteorito (1. _____) cerca del puerto de

Guayaquil, en Ecuador. Al lado de un pequeño (2. _____) se

encontró una (3. _____) que marca el lugar donde pasó el meteorito.

Este lugar se (4. _____) a unos diez kilómetros de la costa. La

policía local ha levantado una (5. _____) alrededor del meteorito, la

cual seguirá allí hasta que los científicos de la Universidad de Guayaquil

lleguen a recoger este meteorito para estudiarlo.

D **Dictado.** Escucha el siguiente dictado e intenta escribir lo más que puedas.
El dictado se repetirá una vez más para que revises tu párrafo.

Época más reciente

_____

_____

_____

_____

_____

_____

_____

_____

_____

_____

_____

_____

Mejoremos la comunicación
Vocabulario activo

E   **Lógica.** Completa estas oraciones con el vocabulario activo que aprendiste en **Mejoremos la comunicación** de la *Unidad 5, Lección 2.*

1. Tres enfermedades que espero nunca sufrir son _____,

   _____ y _____.

2. Tres enfermedades que sufrí de niño(a) que espero nunca volver a sufrir son

   _____ _____ y _____.

3. Me imagino que con el pasar de los años no bastará ver sólo al médico

   general sino que tendré que ver a especialistas como un _____,

   un _____ y un _____.

4. Un especialista que las mujeres con frecuencia tienen que ver son el/la

   _____ y el/la _____.

5. Algunos medicamentos que, gracias a Dios, nunca he tenido que usar son

   _____ _____ y _____.

F   **Sinónimos.** Indica qué palabra o frase de la segunda columna tiene el mismo sentido de cada palabra o frase de la primera.

____ 1. penicilina	**a.** vaporizador
____ 2. píldora	**b.** catarro
____ 3. infarto	**c.** antibiótico
____ 4. resfriado	**d.** medicamento
____ 5. pulverizador	**e.** mejorando
____ 6. remedio	**f.** médico
____ 7. cardiólogo	**g.** pastilla
____ 8. recuperando	**h.** ataque cardiaco

Gramática en contexto

G **¿Cuándo es mejor casarse?** La profesora Martínez le preguntó a su clase cuándo es el mejor momento para que una pareja se case. Completa las respuestas que dieron.

MODELO *obtener un buen trabajo*
Cuando obtengan un buen trabajo.

1. Cuando _____ (terminar) la escuela secundaria.

2. Cuando _____ (graduarse) de la universidad.

3. Cuando _____ (tener) por lo menos veinticinco años.

4. Cuando _____ (estar) seguros de que están enamorados.

5. Cuando _____ (sentir) que pueden afrontar las responsabilidades.

H **Mañana ocupada.** El sábado que viene, Fernando tendrá una mañana muy ocupada. Para saber qué debe hacer, completa los verbos que aparecen entre paréntesis con el **presente de indicativo** o **de subjuntivo,** según convenga.

El próximo sábado, en cuanto _____ (1. levantarse), debo llevar a mi hermano al aeropuerto. Cuando _____ (2. regresar), apenas voy a tener tiempo de tomar un desayuno rápido. Siempre me pongo de mal humor cuando no _____ (3. tomar) un buen desayuno. Tan pronto como _____ (4. terminar) de desayunar, voy a llevar a mi hermanita a su partido de fútbol. Mientras ella _____ (5. jugar) al fútbol, generalmente aprovecho para hacer compras. Cuando _____ (6. completar) las compras, va a ser la hora de pasar a recoger a mi hermanita. Cuando _____ (7. llegar) a casa, debo comenzar a pintar mi habitación. En días como éstos, estoy contentísimo cuando _____ (8. llegar) la noche.

I **Visita al médico.** Tú siempre te imaginas lo peor cuando tienes que ir al médico. Ahora hablas con un amigo acerca de una visita al médico que tendrás la semana próxima. Completa las oraciones con las formas apropiadas del **presente de indicativo** o **de subjuntivo** de los verbos que están entre paréntesis para saber las opiniones y esperanzas expresadas.

1. Creo que me va a ir bien a menos que _____ (sea) cáncer de los pulmones.

2. A mí me es difícil entender al médico sin que él me

_____ (permitir) suficiente tiempo para pensar.

3. Espero no tener demasiado alta la presión porque no

_____ (querer) tener que visitar al cardiólogo.

4. Ojalá al médico le gusten mis respuestas para que me

_____ (decir) que estoy bien.

5. Dudo que el médico me recomiende terapia puesto que no me

_____ (sentir) demasiado débil.

6. Haré todo lo que el médico me recomiende con tal que no

_____ (tener) que internarme.

J **Obsesión artística.** Completa el siguiente párrafo para descubrir cuál es la obsesión artística de Fanny, quien va a visitar Quito dentro de unos meses.

Cuando __1__ (llega / llegue) el verano, unas amigas y yo tendremos la

oportunidad de visitar Quito, la capital de Ecuador. Aunque __2__ (estamos /

estemos) ahora en diciembre, ansiamos que los días pasen rápido para que

__3__ (podemos / podamos) tomar el avión y llegar a nuestro destino sudame-

ricano. Ya que a mí me __4__ (interesa / interese) la arquitectura colonial, antes

de que __5__ (termina / termine) nuestra visita deseo entrar en la iglesia de San

Francisco, la cual es un ejemplo impresionante del arte barroco. Es una iglesia

muy antigua, de modo que casi todos __6__ (dicen / digan) que es una de las

primeras iglesias construidas en el Nuevo Mundo. Pienso que no me sentiré

contenta a menos de que __7__ (logro / logre) pasar unas buenas horas en esa

iglesia admirando los tesoros artísticos que hay allí. Tan pronto como

__8__ (satisfago / satisfaga) este gusto mío, tendré tiempo de sobra para mirar la

ciudad moderna y tratar de hacer amigos entre los quiteños.

Lengua en uso

La interferencia del inglés: -tion, -sion, -ent, -ant, -qua, -que y ph

En la *Unidad 5, Lección 1,* aprendiste que **cc** y **nn** son las únicas consonantes dobles que ocurren en español. También se presentaron listas de palabras que se escriben con doble consonante en inglés pero en español sólo llevan una consonante o se escriben con diferencias sútiles. Ahora vas a ver más ejemplos de interferencias del inglés en el deletreo del español.

- Las terminaciones *-tion* y *-sion* en inglés generalmente se escriben **-ción** o **-sión** en español.

    nación   *nation*
    revisión   *revision*

- Las terminaciones *-ent* y *-ant* en inglés generalmente se escriben **-ente** o **-ante** en español.

    competente   *competent*
    lubricante   *lubricant*

- La combinación de las letras *qua* y *que* en inglés generalmente se escriben **ca** o **cue** en español.

    calificado   *qualified*
    cuestionario   *questionnaire*

- La combinación de las letras *ph* en inglés generalmente se escriben **f** en español.

    fotógrafo   *photographer*
    filosofía   *philosophy*

K **Quito.** Tú y una amiga están en un café hablando de Quito. Traduce lo que dicen al español general.

1. *Ecuador is a beautiful country, a photographer's paradise.*

_____

_____

2. *A photo of the Galápagos turtles hangs majestically in my favorite restaurant in Quito.*

_____

_____

3. *Charles Darwin, who discovered the true value of the islands, was a competent philosopher as well.*

_____

_____

4. *My question is: Are you qualified to make such a statement?*

_____

_____

5. *Is my intelligence being questioned?*

_____

_____

Composición: *narración descriptiva*

L **Diario.** Imagina que eres el naturalista Charles Darwin y en octubre de 1835 te encuentras en el buque inglés *HMS Beagle* frente a la costa de una de las islas Galápagos. En una hoja en blanco, describe las primeras impresiones que tuviste al recorrer por primera vez una de estas islas.

Page 198 Blank

¡A escuchar!
Gente y cultura del mundo 21

A **Escritora y activista boliviana.** Escucha lo que una profesora de literatura latinoamericana les dice a sus alumnos sobre una importante escritora y activista boliviana. Luego marca si cada oración que sigue es **cierta** (**C**) o **falsa** (**F**).

C   F   **1.** Gaby Vallejo es conocida por su defensa del niño y de la mujer.

C   F   **2.** Cuando era más joven, sirvió de presidenta de varias asociaciones literarias, pero ya no participa en esas asociaciones.

C   F   **3.** Varias de sus novelas tratan la temática social boliviana.

C   F   **4.** Su novela *Hijo de opa* fue traducida al inglés y llevada al cine en EE.UU.

C   F   **5.** Gaby Vallejo también ha publicado varios textos de literatura infantil.

C   F   **6.** En 2001 Gaby Vallejo recibió el Premio al Pensamiento y a la Cultura "Antonio José de Sucre".

B

Actividades del sábado. Rodrigo habla de lo que él y sus amigos harán el sábado que viene. Mientras escuchas lo que dice, ordena numéricamente los dibujos. Ten en cuenta que algunos dibujos quedarán sin numerar. Escucha una vez más para verificar tus respuestas.

A. _____

B. _____

C. _____

D. _____

E. _____

F. _____

G. _____

H. _____

Pronunciación y ortografía

En esta lección aprendiste que la **r** tiene dos sonidos, uno simple /ř/, como en **cero, altura** y **prevalecer,** y otro múltiple /ř̃/, como en **cerro, guerra** y **renovado.** Dado que tanto la **r** como la **rr** ocurren entre vocales, existen varios pares de palabras parónimas, o sea idénticas excepto por una letra, por ejemplo **coro** y **corro.** Sigue en tu libro mientras la narradora lee los siguientes parónimos o palabras parecidas que difieren debido al sonido y deletreo de la **r** y la **rr**.

1. **amara:** forma conjugada del verbo **amar:** tener amor a personas o cosas

   amarra: correa que va de la brida al pecho de los caballos; forma conjugada del verbo **amarrar:** asegurar por medio de cuerdas, atar; sujetar

2. **caro:** de alto precio, que cuesta mucho

   carro: vehículo

3. **cero:** signo aritmético; cosa sin valor

   cerro: elevación del terreno de poca altura, loma, colina

4. **coro:** conjunto de personas que ejecutan danzas y cantos

   corro: forma conjugada del verbo **correr:** caminar con velocidad

5. **foro:** plaza; tribuna; fondo del escenario

   forro: abrigo o defensa, cubierta que se pone a un libro; forma conjugada del verbo **forrar:** cubrir con funda o forro

6. **jara:** nombre de varias plantas de flores grandes y blancas, en flecha (Guatemala y México)

   jarra: vasija de barro con boca y cuello anchos

7. **mira:** pieza que en ciertos instrumentos o armas sirve para dirigir la vista; forma conjugada del verbo **mirar:** fijar la vista en algo

   mirra: substancia aromática y medicinal producida por un árbol de Arabia

8. **moral:** conjunto de principios o normas que regulan la conducta humana o que deben adquirirse para hacer el bien y evitar el mal

   morral: especie de saco para llevar provisiones

9. **perito:** conocedor, experto en una ciencia o arte

   perrito: diminutivo de perro

C   **En las orillas del lago Titicaca.** Escucha a la narradora leer el siguiente párrafo y escribe las palabras que correspondan según el contexto.

Una de las celebraciones más sagradas del año entre los indígenas aymaras

que viven a orillas del lago Titicaca tiene lugar durante el solsticio que inicia

el verano. Desde antes del amanecer, los ancianos de la comunidad toman de la

(1. _____) una llama y se van caminando a un (1. _____)

escondido del altiplano donde forman un (3. _____) y entonan

viejos cantos siempre con la (4. _____) de saludar al sol. De un

(5. _____) que lleva la llama, sacan ofrendas para el sol que ponen en

la tierra. Luego de una (6. _____) vacían un té sobre las ofrendas para

después beber del mismo té. Los (7. _____) sobre la cultura aymara

afirman que esta costumbre tiene sus raíces en la antigua civilización de

Tiahuanaco.

D   **Dictado.** Escucha el siguiente dictado e intenta escribir lo más que puedas. El dictado se repetirá una vez más para que revises tu párrafo.

Las consecuencias de la independencia en Bolivia

_____

_____

_____

_____

_____

_____

_____

_____

_____

_____

_____

_____

UNIDAD 5
LECCIÓN 3

Mejoremos la comunicación
Vocabulario activo

E   **Lógica.** En cada grupo de palabras, subraya aquélla que no esté relacionada con el resto. Luego explica por qué no está relacionada.

1. calzones   sostén   pantimedias   volantes

_____

2. chaqueta   gafas   impermeable   abrigo

_____

3. lunares   algodón   lana   seda

_____

4. pantuflas   botas   chanclas   tallas

_____

5. encaje   vaqueros   mezclilla   jeans

_____

6. medias   calcetines   bufandas   pantimedias

_____

F **Opciones.** Indica qué opción completa correctamente cada oración.

1. Para comprar pendientes, collares o pulseras hay que ir al Departamento de...

   a. Hogar.

   b. Caballeros.

   c. Complementos de Moda.

2. Si vas a un centro comercial sin ninguna intención de comprar nada, se puede decir que andas...

   a. curioseando.

   b. de compras.

   c. de moda.

3. Si alguien menciona tu talla, probablemente habla...

   a. del color de tu pelo.

   b. del material de la ropa que llevas.

   c. de tu medida.

4. La seda es...

   a. una talla.

   b. un material.

   c. terciopelo.

5. Algo que siempre se compra en pares son...

   a. los chalecos.

   b. las pantuflas.

   c. los volantes.

Gramática en contexto

G **Deportes.** ¿Qué dicen que harán tus amigos, amantes de los deportes, la tarde del miércoles?

MODELO

Eva

Jugaré al básquetbol.   o
Practicaré el básquetbol.

> *Vocabulario útil*
>
> correr en el parque
> escalar montañas
> hacer ejercicios aeróbicos
> jugar al fútbol
> jugar al tenis
> levantar pesas
> mirar un partido de béisbol
> montar a caballo
> nadar en la piscina municipal
> pasear en bicicleta

Carlos

1. _____

_____

José Antonio

2. _____

_____

Roberta

3. _____

_____

Jorge

4. _____

_____

Beatriz

5. _____

_____

H ¿Quién será? Tu profesor(a) de español le dice a la clase que tiene un invitado especial que en unos momentos más va a entrar en la sala. Los estudiantes hacen suposiciones acerca de quién es el huésped.

> MODELO *Ser una joven*
> **¿Será una joven?**

1. Venir de otro país

   _____

2. Hablar español muy rápido

   _____

3. Saber hablar inglés

   _____

4. Poder entender lo que nosotros decimos

   _____

5. Tener nuestra edad

   _____

6. darnos una charla

   _____

7. gustarle los deportes

   _____

I **Próxima visita.** Un amigo te está contando acerca de una carta que les envió a sus amigos bolivianos. Para saber lo que dice, completa este párrafo con las formas apropiadas del **condicional** de los verbos que están entre paréntesis.

La semana pasada les escribí a unos amigos que viven en La Paz. Les comu-

niqué que _____ (1. ir) a visitarlos el mes próximo. Les dije que más

adelante les _____ (2. enviar) todos los detalles de mi llegada. Les

aseguré que en esta visita _____ (3. tener) dos semanas, y no dos

días, para recorrer el país. Les expliqué que _____ (4. salir) de La

Paz por unos días porque _____ (5. visitar) el lago Titicaca.

UNIDAD 5
LECCIÓN 3

J   **Nuestro héroe.** Selecciona las formas que completan mejor esta narración acerca de cómo ven al maestro boliviano Jaime Escalante algunos compatriotas suyos.

_1_ (Pasarán / Pasará) los años y nosotros los bolivianos no _2_ (olvidarán / olvidaremos) a Jaime Escalante. Él es un ejemplo para las generaciones actuales y _3_ (seguirá / seguiré) siendo un ejemplo para las generaciones futuras. Yo creo que mi hijo _4_ (decirá / dirá): «Como Jaime Escalante, yo _5_ (tendré / teneré) un sueño y lo _6_ (perseguiré / perseguirá) hasta que se cumpla. Tal vez no _7_ (quedré / querré) ser maestro en EE.UU.; tal vez no _8_ (atrairé / atraeré) estudiantes hacia las matemáticas; tal vez no _9_ (recibiré / recibré) una condecoración de mi gobierno, tal vez no _10_ (hacerán / harán) una película sobre mi vida. Pero todos los que me conozcan _11_ (podrán / poderán) decir que durante toda mi vida me esforcé por hacer las cosas lo mejor que pude.»

Lengua en uso

Variantes coloquiales: Participios pasados

En la *Unidad 2, Lección 2,* aprendiste que la lengua española del siglo XVII sigue viva en muchas zonas rurales de México y en el suroeste de EE.UU., donde los hispanohablantes no tenían mucho contacto con personas de fuera de la región donde vivían. Por eso, es común en estas regiones oír antiguas formas verbales, como *ansina, haiga, mesmo, truje* y *vide,* que ahora se consideran arcaísmos en el resto del mundo hispano.

Otra característica de esta variante en Nuevo México es una tendencia a usar la forma regular de muchos participios pasados que ahora tienen formas irregulares en el resto del mundo de habla española, por ejemplo, *abrido* en vez de **abierto,** *rompido* en vez de **roto** y *morido* en vez de **muerto.**

K   **Participios pasados.** Escribe los participios pasados irregulares de los siguientes infinitivos.

Forma irregular

1. abrir   _____
2. cubrir   _____
3. decir   _____
4. escribir   _____
5. hacer   _____
6. morir   _____
7. poner   _____
8. resolver   _____
9. romper   _____
10. ver   _____
11. volver   _____
12. satisfacer   _____

L   **Tradiciones aymaras.** Para saber algo de cómo han sobrevivido las tradiciones aymaras, completa estas oraciones con las formas más utilizadas del participio pasado de los verbos entre paréntesis.

1. Los arqueólogos estaban muy interesados en saber más de las ruinas que se habían _____ (descubrir) al sur del lago Titicaca.

2. Allí, a las orillas del lago, se había _____ (desenvolver) una gran cultura.

3. Lo triste es que nadie ha _____ (escribir) su historia porque está enraizada en la tradición oral.

4. La tradición oral dice que algunos tiahuanacos habían _____ (predecir) su derrota por los incas.

5. Según la leyenda, estos sabios anticiparon la derrota. Cuando las mujeres tiahuanacas preguntaron, "¿Cuántos habrán _____ (morir)?", los sabios contestaron: "Muchísimos".

6. Los descendientes de esa gran cultura, los aymaras, se han _____ (oponer) a toda imposición a su modo de vida.

7. Aún en el presente, no se ha _____ (resolver) la pobre

condición de los aymaras y mientras tanto, ellos, a pesar de tantas

dificultades, no han (interrumpir) sus tradiciones.

Composición: *expresar opiniones*

M   **Las culturas indígenas.** En Bolivia, tanto como en Perú y en Ecuador, las
culturas indígenas todavía se mantienen vivas y activas. En tu opinión, ¿no sería
mejor que estas culturas se asimilaran a la cultura dominante? ¿Qué podría
contribuir una cultura antigua a la cultura nacional? En una hoja en blanco,
desarrolla una breve composición basándote en estas preguntas.

Page 210 Blank

¡A escuchar!

Gente y cultura del mundo 21

A   **Escritor argentino.** Dos amigas están hablando en un café al aire libre en Buenos Aires. Escucha lo que dicen sobre la vida y la obra de uno de los escritores más importantes del siglo XX. Luego marca si cada oración que sigue es **cierta** (**C**) o **falsa** (**F**).

C   F   **1.** Una de las amigas siempre descubre algo nuevo cuando lee algún cuento de Jorge Luis Borges por segunda o tercera vez.

C   F   **2.** Borges estudió el bachillerato en Londres.

C   F   **3.** Aprendió inglés de niño.

C   F   **4.** La fama mundial de Borges se debe principalmente a sus poemas.

C   F   **5.** Cuando Borges se quedó ciego, en 1955, dejó de publicar libros.

C   F   **6.** Borges murió en Ginebra cuando celebraba su cumpleaños.

B **Abuelos tolerantes.** Escucha lo que dice Claudio acerca de lo que sus abuelos les permitían hacer a él y a sus hermanos cuando, de niños, iban a visitarlos. Mientras escuchas, ordena numéricamente los dibujos. Ten en cuenta que algunos dibujos quedarán sin numerar. Escucha una vez más para verificar tus respuestas.

A. _____

B. _____

C. _____

D. _____

E. _____

F. _____

G. _____

H. _____

Nombre ______________________ Fecha ____________

Sección ____________

UNIDAD 6

LECCIÓN 1

Pronunciación y ortografía

En esta lección aprendiste que las palabras parónimas **ay** y **hay** son palabras parecidas y se pronuncian de la misma manera, pero tienen distintos significados. La palabra **ay** es una exclamación que puede indicar sorpresa o dolor y la palabra **hay** es una forma impersonal del verbo **haber** que significa *there is* o *there are.* La expresión **hay que** significa **es preciso, es necesario.**

C **Las Madres de la Plaza de Mayo.** En la Plaza de Mayo en Buenos Aires, cada jueves se junta un grupo de mujeres vestidas de negro, su cabeza cubierta por una simple pañoleta blanca. Cada una muestra una foto de jóvenes "desaparecidos", sus hijos. Para saber lo que dicen, escucha a las narradoras leer el diálogo y completa los espacios en blanco con **ay** o **hay.**

—¡______ (1), ______ (2) Marta! Cada jueves ______ (3) más y más madres que nos reunimos aquí y todavía no ______ (4) una respuesta del gobierno.

—Sí, Victoria. Pero cada semana ______ (5) más y más fuerza en nuestra unión. Los ojos del mundo están viéndonos. ______ (6) que seguir adelante, no nos desanimemos.

—Mira, ahí vienen unos soldados. Necesitamos tener cuidado. ¡______ (7), cómo me preocupan estos militares!

—Cálmate, Victoria, no ______ (8) por qué preocuparnos. ______ (9) que mantenernos unidas, así no ______ (10) problemas.

—¡______ (11), Marta, mira! ¡Qué sorpresa! Hoy ______ (12) muchas madres que sólo vienen a apoyarnos. Que yo sepa, no ______ (13) desaparecidos en la familia de la señora Márquez, ni la de doña Méndez, ni la de...

—¿Ves? Te digo que aquí ______ (14) fuerza y si no ______ (15) una respuesta hoy, la habrá mañana. Ven, sigamos adelante.

D   **Dictado.** Escucha el siguiente dictado e intenta escribir lo más que puedas.
El dictado se repetirá una vez más para que revises tu párrafo.

La era de Perón

_____

_____

_____

_____

_____

_____

_____

_____

_____

_____

_____

_____

UNIDAD 6
LECCIÓN 1

Mejoremos la comunicación
Correspondencia práctica

Un résumé o currículum vitae. El *résumé* o *currículum vitae (CV / hoja de vida)* es un breve resumen en una o dos páginas de los méritos, cualidades, logros y experiencia académica y profesional de una persona que busca empleo. La organización y presentación de este resumen es sumamente importante porque con frecuencia es la primera impresión que un(a) empleador(a) tiene del (de la) candidato(a) y puede ser la única. Por esta razón es esencial preparar el currículum vitae con precisión y claridad, y con el mayor atractivo posible. Cuando se escribe un resumen, es necesario ser selectivo e incluir sólo las destrezas o previos puestos directamente relacionados con el empleo que se busca. Recuerda que un currículum siempre debe ir acompañado de una carta de solicitud de empleo *(ver Unidad 4, Lección 1)*. A continuación aparece una descripción breve de la información que se incluye normalmente en un currículum vitae, en el orden en que se presenta.

- **Datos personales:** El nombre y apellido del (de la) candidato(a), dirección, número de teléfono y correo electrónico. Generalmente se sitúan en la parte superior, centrados como el encabezamiento de la hoja.

- **Objetivo:** El nombre del puesto que se solicita, por ejemplo, Gerente de personal, Director(a) de ventas o Programador(a) de computadoras.

- **Preparación:** Estudios académicos, talleres o cursillos completados, empezando con el más reciente. Esta información se puede presentar en dos categorías distintas: Preparación académica y Preparación vocacional.

- **Experiencia:** Enumeración de los trabajos previos. Éstos deben aparecer con el más reciente primero y el más antiguo al último. Para cada puesto mencionado debe darse la fecha que comenzó y terminó, el nombre de la empresa y el título del cargo que tenía.

- **Premios:** Cualquier mérito o premio que de alguna manera esté relacionado con el puesto que se busca. Aquí hay que evitar mencionar lo que no tenga nada que ver con el puesto que se solicita.

- **Habilidades:** Destrezas relacionadas con el puesto que se solicita. Si es apropiado, pueden mencionarse destrezas artísticas, de oficina, de mecánico, etc.

- **Intereses:** Cualquier interés que comunique algo valioso del (de la) solicitante que tiene relación con el puesto. Puede incluir pasatiempos favoritos, deportes, clubes, otras actividades, trabajo de voluntario, servicio a la comunidad, etc.

- **Referencias:** Nombre, título, dirección y teléfono de personas dispuestas a recomendar al (a la) solicitante. Aquí es bueno mencionar qué relación hubo entre la persona y el (la) solicitante, por ejemplo, supervisor(a), jefe, compañero(a) de trabajo o profesor(a).

MODELO

CURRICULUM VITAE
Estela Chacón Pérez
1317 Almendra
Rito, Nuevo México 84397
(505) 297-7238
ecperez@supernet.com

Objetivo

Gerente de restaurante

Educación

1994–1995   Universidad Estatal de Nuevo México, Estudiante de primer año: Ciencias Domésticas

1991–1994   El Rito Normal School, El Rito, N.M., Diploma

Experiencia

1998–1999   Restaurante El Charro, gerente
1997–1998   Restaurante El Charro, recepcionista
1996–1997   Restaurante El Charro, mesera

Premios

1998   Empleada del año
1997   Mesera más popular

Habilidades

Conozco la contabilidad. La estudié en secundaria y me encargo de todas las cuentas en casa. Soy bilingüe en español e inglés. Sé cocinar. Siempre cocino en casa.

Referencias

Sr. Julián Acosta
Dueño, Restaurante El Charro
Restaurante El Charro
Calle del Sueño
El Rito, Nuevo México 84397
(505) 297-4323

Srta. Antonia Martínez
Encargada de meseros
Restaurante El Charro
Calle del Sueño
El Rito, Nuevo México 84397
(505) 297-4323

Se pueden solicitar otras referencias.

E   **Mi currículum vitae.** Selecciona un objetivo profesional para ti mismo(a) y prepara un currículum vitae con ese objetivo en mente. Escribe la versión final siguiendo el modelo. Recuerda que la apariencia y la ortografía son tan importantes como el contenido del resumen.

Vocabulario activo

F   **Lógica.** En cada grupo de palabras, subraya aquélla palabra o frase que no esté relacionada con el resto. Luego explica por qué no está relacionada.

1. expulsar   derrota   contar una falta   cobrar un penal

   _____

2. árbitro   arquero   defensa   delantero

   _____

3. gol de córner   entrenador   tiro libre   golpe de cabeza

   _____

4. pelota   golpe de cabeza   mediocampista   arco

   _____

5. expulsar   lastimarse   lesionarse   recibir una patada

   _____

G **Definiciones.** Indica cuál es la palabra que se define en cada caso.

1. un equipo de fútbol

   a. una selección

   b. un tiro

   c. una falta

2. perder un partido

   a. un penal

   b. un tiro libre

   c. una derrota

3. meter goles

   a. anotar goles

   b. dar patadas

   c. conseguir entradas

4. jugador de fútbol

   a. entrenador

   b. mediocampista

   c. árbitro

5. lastimarse

   a. imaginarse

   b. dar un golpe de cabeza

   c. lesionarse

Gramática en contexto

H **Padres descontentos.** Tus padres hablaron contigo porque no están contentos con la conducta que has mostrado últimamente. Di qué te pidieron.

MODELO   *Me pidieron que* _____ *(ser) más responsable.*
         Me pidieron que fuera más responsable.

1. Me pidieron que _____ (distribuir) mejor mi tiempo.

2. Me pidieron que _____ (leer) más libros en vez de revistas.

3. Me pidieron que _____ (ayudar) más en las tareas del hogar.

4. Me pidieron que no _____ (poner) la ropa en la sala de estar.

5. Me pidieron que no _____ (pelearme) con mi hermanita.

I **Vida poco activa.** Explica bajo qué condiciones harías más actividad física.

MODELO   *Participar en más deportes / ser más coordinado(a)*
Participaría en más deportes si fuera más coordinado(a).

1. Jugar al golf / tener dinero para el equipo

_____

2. Ir a pescar / vivir más cerca del río

_____

3. Correr por el parque / poder hacerlo con unos amigos

_____

4. Ir a acampar / soportar dormir sobre el suelo

_____

5. meterse en una balsa / saber nadar

_____

J **Temores.** Tú y tus amigos hablan de las dudas y temores que tuvieron antes de un viaje que hicieron en grupo.

MODELO   *Pensar / el viaje no realizarse*
Pensábamos que el viaje no se realizaría.

1. Pensar / alguien poder enfermarse

_____

2. Temer / el vuelo ser cancelado

_____

3. Dudar / todos llegar al aeropuerto a la hora correcta

_____

4. Estar seguros / alguien olvidar el pasaporte

_____

5. Temer / un amigo cambiar de opinión a última hora y decidir no viajar

_____

K **Coches.** El coche de tu mejor amiga ya no funciona muy bien. Completa el texto que sigue con el **imperfecto de indicativo** o **de subjuntivo** de los verbos que están entre paréntesis, según convenga, para saber qué decide hacer.

Tenía un coche que me _____ (1. dar) muchos problemas.

Algunas mañanas no _____ (2. arrancar). Otras veces el motor

_____ (3. hacer) unos ruidos horribles. Decidí buscar un coche

que no _____ (4. ser) tan viejo como el mío; uno que

_____ (5. estar) en buenas condiciones, que no

_____ (6. gastar) mucha gasolina y por el cual su dueño no

_____ (7. pedir) mucho dinero.

L **Fascinante Buenos Aires.** Selecciona las formas verbales apropiadas para completar este párrafo acerca de las últimas vacaciones de los padres de Alberto, quienes visitaron la capital de Argentina.

Mis padres me dijeron que fue bueno que en sus últimas vacaciones

__1__ (pudieron / pudieran) pasar unos días en Buenos Aires. Fue estupendo,

me dijeron, que __2__ (conocimos / conociéramos) la capital de Argentina. No

necesitaron ningún guía que les __3__ (indique / indicara) qué hacer. Le pidieron

a la gente del hotel que les __4__ (dio / diera) algunas sugerencias y eso les bastó.

La recepcionista les recomendó que se __5__ (pasearan / paseen) por la Plaza de

Mayo por ser un lugar importante en la historia reciente de Argentina. En ese

lugar, les dijo, durante la época de los desaparecidos, las madres pedían que

les __6__ (devolverían / devolvieran) a sus hijos. La recepcionista les sugirió

también que __7__ (vieran / veían) una ópera en el Teatro Colón, pero fue una

lástima que no lo __8__ (hicieron / hicieran). En realidad, mi mamá temía que

mi papá se __9__ (quedara / quedaría) dormido durante la representación. Él no

es de óperas. En fin, hicieron tantas cosas divertidas que me recomendaron

que __10__ (fuera / vaya) yo a Argentina lo más pronto posible.

UNIDAD 6
LECCIÓN 1

Lengua en uso

Variantes coloquiales: el voseo

En la *Unidad 1, Lección 4* aprendiste que el **voseo** se usa en grandes partes de Centroamérica. El español hablado en en Cono Sur, en particular en Argentina, Uruguay y Chile, también incluye la gran riqueza de esa variante coloquial. Por todas partes en el Cono Sur sobresale el uso del pronombre **vos** y sus formas verbales en vez del pronombre **tú** y sus distintas formas. Es muy común oír a un argentino o a un uruguayo usar las siguientes expresiones con el **vos** cuando se dirige a amigos o a conocidos:

Uso de *vos*	**Uso de** *tú*
Mirá vos qué día tan bonito.	**Mira tú** qué día tan bonito.
¿Podés venir **vos**?	**¿Puedes** venir **tú**?

Formas verbales usadas con *vos*

Como en el voseo centroamericano, las formas verbales más afectadas por el vos en el Cono Sur son el presente de indicativo, el presente de subjuntivo y el imperativo.

- Los verbos terminados en **-ar, -er** e **-ir** utilizan las terminaciones **-ás, -és** e **-ís** en el presente de indicativo: **amás, comés, vivís.**

- Los verbos terminados en **-ar, -er** e **-ir** utilizan las terminaciones **-és** y **-ás** en el presente de subjuntivo: **amés, comás, vivás.**

- En el imperativo, que se usa para formar mandatos, se acentúa la vocal de las terminaciones **-ar, -er** e **-ir** y se elimina la **r**: **amá, comé, viví.**

- En los otros tiempos verbales el pronombre **vos** se emplea con las terminaciones de la segunda persona informal **tú**: ¿Cuándo **comiste vos**? ¿**Has vivido vos** en Montevideo?

M   **Un cuento argentino.** Muchos escritores del Cono Sur usan el **voseo** al escribir diálogos entre amigos y familiares Julio Cortázar (1919-1987), uno de los escritores argentinos más importantes del siglo XX, utiliza el **voseo** en sus cuentos y novelas. Las siguientes oraciones, sacadas de su cuerto titulado "La salud de los enfermos", contienen varios usos de **voseo.** Vuelve a escribir las oraciones cambiando las palabras en negrilla a formas verbales de **tú.**

> MODELO: *Tenés los ojos colorados de leer.*
> **Tienes los ojos colorados de leer.**

1. **Tenés razón,** María Laura es tan buena.

_____

2. ¿Qué **querés** tío?

_____

3. **Escribile vos,** nomás. **Decile** que se cuide.

_____

4. **Mirá, decile** a Rosa que se apure, **querés.**

_____

5. ¿Cómo **podés** imaginarte una cosa así?

_____

6. **Decile** a Pepa que le escriba, ella ya sabe.

_____

7. **Mirá,** ahora que lo **decís** se me ocurre que convendría hablar con María Laura.

Composición: *comparación*

N   **Mujeres formidables.** En esta lección has leído de las formidables mujeres argentinas: Eva Perón, Alfonsina Storni, Mercedes Sosa, María Luisa Bemberg, María Elena Walsh y Luisa Valenzuela entre otras. ¿Cómo se comparan las mujeres de EE.UU. con estas argentinas? ¿Hay equivalentes? ¿Hay mujeres en EE.UU. que se comparen con estas argentinas? En una hoja en blanco, escribe acerca de las semejanzas y las diferencias que en tu opinión existen entre las mujeres de estos dos grandes países.

¡A escuchar!

Gente y cultura del mundo 21

A **Escritor uruguayo.** Escucha lo que Carmen Verani y Jaime Méndez, locutores del programa cultural *Domingo en Montevideo* de Radio Uruguay, dicen de uno de los escritores más respetados de este país. Luego, marca si cada oración que sigue es **cierta** (**C**) o **falsa** (**F**).

C   F   **1.** En este programa los locutores Carmen Verani y Jaime Méndez entrevistan al escritor uruguayo Mario Benedetti.

C   F   **2.** Mario Benedetti ganó fama internacional cuando publicó su primer libro de cuentos, *Esta mañana*.

C   F   **3.** Su famosísima novela *La tregua* está basada en las relaciones políticas entre Uruguay y Paraguay.

C   F   **4.** Mario Benedetti jamás dejó de escribir durante los años que estuvo exiliado.

C   F   **5.** Sus extensas publicaciones suman más de sesenta obras que han sido recogidas en dos volúmenes: *Inventario uno* e *Inventario dos*.

C   F   **6.** *Domingo en Montevideo* es un programa cultural que se transmite en la Radio Uruguay todos los domingos por la tarde.

B **La música nacional de Uruguay.** Escucha el siguiente texto acerca de la música de Uruguay y luego indica si las oraciones que siguen son **ciertas (C)** o **falsas (F)**. Escucha una vez más para verificar tus respuestas.

C F **1.** Sólo los afrouruguayos aprecian el candombe.

C F **2.** El candombe muestra la influencia africana en la cultura uruguaya.

C F **3.** El tamboril es el instrumento que se usa en el candombe.

C F **4.** Para tocar el tamboril se usan las dos manos.

C F **5.** La gente baila al ritmo del candombe, que es muy contagioso.

C F **6.** La misa "Candombe" no es popular.

Acentuación y ortografía

Repaso de la acentuación: reglas de acentuación

Regla 1: Las palabras que terminan en **vocal, n** o **s,** llevan el acento prosódico o golpe en la penúltima sílaba.

Regla 2: Las palabras que terminan en consonante, excepto **n** o **s,** llevan el golpe en la última sílaba.

Regla 3: Todas las palabras que no siguen las dos reglas anteriores llevan acento **ortográfico** o **escrito.** El acento escrito se coloca sobre la vocal de la sílaba que se pronuncia con más fuerza o énfasis.

Diptongos y triptongos

Diptongos. Un diptongo es la combinación de una vocal débil **(i, u)** con cualquier vocal fuerte **(a, e, o)** o de dos vocales débiles en una sílaba. Los diptongos se pronuncian como un solo sonido en las sílabas donde ocurren y requieren un acento escrito sobre la vocal débil para separarse.

Triptongos. Un triptongo es la combinación de tres vocales: una vocal fuerte **(a, e, o)** en medio de dos vocales débiles **(i, u).** Los triptongos pueden ocurrir en varias combinaciones: **iau, uai, uau, uei, iai, iei,** etc. Los triptongos siempre se pronuncian como una sola sílaba en las palabras donde ocurren.

C **Acentuación.** Escucha a la narradora leer las siguientes palabras y subraya la sílaba que lleva el golpe según las tres reglas de acentuación. Luego pon un acento escrito en la vocal de la sílaba enfatizada si lo necesita. Tal vez ayude dividir las palabras en sílabas.

1. l e y e n d a

2. r e p u b l i c a

3. d e s c o n o c i d a

4. d i o s e s

5. c o r a z o n

6. h i e r b a

7. s a c r i f i c i o

8. p a c i f i c a s

9. d e s e o

10. s a c e r d o t e s

11. m a g n i f i c a

12. a g u i l a

13. a r m o n i a

14. p r i s i o n e r o

D **Diptongos.** Escucha a la narradora leer a las siguientes palabras y divídelas en sílabas con líneas oblicuas, prestando atención especial a los diptongos y a la separación en dos sílabas de palabras con dos vocales fuertes juntas.

1. o e s t e

2. c e r e a l

3. U r u g u a y

4. c a c a o

5. E u r o p a

6. c o r e a n o

7. h a b l á i s

8. p a s e a r

9. d e s i e r t o

10. i s r a e l i t a

E **Dictado.** Escucha el siguiente dictado e intenta escribir lo más que puedas. El dictado se repetirá una vez más para que revises tu párrafo.

Uruguay: la "Suiza de América" en recuperación

_____

_____

_____

_____

_____

_____

_____

_____

_____

_____

_____

_____

_____

UNIDAD 6
LECCIÓN 2

Mejoremos la comunicación
Vocabulario activo

F   **Lógica.** Completa estas oraciones con el vocabulario activo que aprendiste en **Mejoremos la comunicación** de la *Unidad 6, Lección 2.*

1. Mis tres días feriados no religiosos favoritos son _____ ,

   _____ y _____ .

2. Mis tres días feriados no religiosos menos favoritos son _____ ,

   _____ y _____ .

3. Mis dos días feriados religiosos favoritos son _____ y

   _____ .

4. Mis dos días feriados religiosos menos favoritos son _____ y

   _____ .

5. Los cristianos tienden a rezar en una iglesia, los musulmanes en una

   _____ y los judíos en una _____ o un

   _____ .

G **Palabras cruzadas.** Completa este juego de palabras con el vocabulario activo de esta lección. Para contestar la pregunta al final, completa la frase que sigue, colocando en los espacios en blanco las letras correspondientes a los números indicados.

¿Qué es lo más importante en cualquier día feriado?

¡Ten___r ___ ___o___a la ___a___i___ ___a

    6   1   2   5   11   10   7   4

p___e___e___te!

  3   9   8

Gramática en contexto

H **Invitación rechazada.** Tienes dos entradas para una obra de teatro. Invitas a varios amigos pero ninguno puede asegurarte que irá contigo. ¿Por qué no?

MODELO   *Benito acompañarme / en caso de que / el concierto ser otro día*
                      Benito dijo que me acompañaría en caso de que el concierto fuera otro día.

1. Ernestina ir / con tal de que / no tener que salir con una amiga

          _____

          _____

2. Sergio ver la obra / en caso de que / el patrón no llamarlo para trabajar esa noche

          _____

          _____

3. Pilar salir conmigo / con tal de que / yo invitar a su novio también

_____

_____

4. Pablo no salir de su cuarto / sin que / el trabajo de investigación quedar terminado

_____

_____

5. Rita acompañarme / a menos que / su madre necesitarla en casa

_____

_____

Promesas. ¿Cuándo prometiste que harías las siguientes actividades?

MODELO *Prometí que haría las compras en cuanto*
_____ (escribir) unas cartas.
**Prometí que haría las compras en cuanto escribiera unas
cartas.**

1. Prometí que haría un pastel después que _____

(bañarme) y _____ (arreglarme).

2. Prometí que daría un paseo cuando el mecánico

_____ (entregarme) el coche.

3. Prometí que iría a la farmacia tan pronto

como_____ (leer) el periódico.

4. Prometí que haría la cena en cuanto _____ (terminar)

de lavar la ropa.

5. Prometí que jugaría al fútbol cuando _____ (volver)

del banco.

J **Ayuda.** Tienes una fiesta el sábado que viene. Tus amigos te dicen si pueden o no venir a ayudarte con los preparativos. Completa con el **imperfecto de indicativo** o **de subjuntivo,** según convenga.

1. Graciela me dijo que llegaría tan pronto como

   _____ (desocuparse) en su casa.

2. Adriana me dijo que no vendría porque su padre no

   _____ (sentirse) bien y ella

   _____ (necesitar) cuidarlo.

3. Guillermo me dijo que llegaría después de que las clases

   _____ (terminar).

4. Ramiro me dijo que llegaría tarde ya que

   _____ (trabajar) horas extras.

5. Laura me dijo que llegaría antes de que

   _____ (comenzar) a llegar los invitados.

6. Horacio y David me dijeron que vendrían después de que

   _____ (hacer) unas compras.

K **El mundo al revés.** Selecciona las formas verbales apropiadas para completar esta narración de Guillermo acerca de un sueño que tuvo recientemente.

Anoche, antes de que yo __1__ (leyera / leí) la última frase del ensayo de

Galeano de esta lección, me quedé dormido y tuve una pesadilla horrible.

En mi sueño los automóviles, sin que yo __2__ (supe / supiera) por qué, eran

aplastados por los perros. Cuando __3__ (entré / entrara) en un restaurante, vi a

una langosta gigante que estaba metiendo a un cocinero en una olla enorme.

Salí de allí inmediatamente, ya que yo no __4__ (quería / quisiera) correr la

misma suerte. Fui luego a la universidad y aunque el profesor __5__ (explicaba /

explicara) la lección, hablaba como un autómata. Un compañero me explicó

que los profesores estaban ahora programados por computadoras, a pesar de

que ellos no lo __6__ (notaban / noten). De regreso a la calle, un hombre comía

hojas de papel, una tras otra, mientras una muchedumbre __7__ (miraba / mirara);

era un político a quien obligaban a comerse sus promesas. Un hombre de la

muchedumbre gritaba que mientras __8__ (hubiera / había) políticos seguirían

comiendo promesas. Este mundo al revés me da miedo, me decía yo en mi

sueño, ojalá __9__ (pudiera / podría) despertarme pronto.

Lengua en uso

El imperfecto de subjuntivo de verbos en *-cir*

Algunos hispanohablantes tienen la tendencia a regularizar las terminaciones en el imperfecto de subjuntivo de verbos cuyo infinitivo termina en **-cir.** Esto los lleva a decir, por ejemplo, **traduciera** por **tradujera** y **produciera** por **produjera.** Es importante recordar que en el imperfecto de subjuntivo los verbos en **-cir** cambian la **c** a **j** y añaden **-era** en vez de **-iera**; por ejemplo, la forma normativa del imperfecto de subjuntivo del verbo **decir** es **dijera** y no **dijiera.**

L **Sueños de piloto.** Tu amigo Alfonso te cuenta sobre los sueños que tiene de trabajar un día como piloto de PLUNA (Primeras Líneas Uruguayas de Navegación Aérea). Completa sus comentarios con el imperfecto de subjuntivo de los verbos que están entre paréntesis.

Yo sería la persona más feliz del mundo si yo _____ (1. conducir)

un avión de PLUNA. Sería fabuloso que todo el día _____ (2. andar)

en vuelos por todo el país. Qué gusto le daría a todo el mundo cuando

yo _____ (3. decir): "Éste es su capitán. ¡Bienvenidos a bordo!"

Sin duda yo sabría qué hacer en caso de que se _____ (4. producir)

una emergencia en un vuelo. Tendría mucha suerte que mi trabajo me

_____ (5. satisfacer) tanto.

Composición: *comparación*

M **Uruguay y EE.UU.** ¿Qué efecto tendrá el ser el país más pequeño del continente? ¿Cómo ha afectado a Uruguay el ser el más pequeño? ¿Cómo sería diferente EE.UU. si en vez de ser uno de los países más grandes, fuera uno de los más pequeños de Norteamérica? Haz una comparación entre Uruguay y como sería EE.UU. bajo esas condiciones.

Page 232 Blank

¡A escuchar!

Gente y cultura del mundo 21

A   **Dictador paraguayo.** Escucha lo que un estudiante paraguayo le explica a una estudiante estadounidense que se encuentra en Paraguay como parte de un programa del Cuerpo de Paz o *Peace Corps.* Luego marca si cada oración que sigue es **cierta** (**C**) o **falsa** (**F**).

C   F   **1.** Alfredo Stroessner fue un militar que durante treinta y cinco años ocupó la presidencia de Paraguay.

C   F   **2.** Su gobierno fue uno de los más largos de la historia latinoamericana.

C   F   **3.** Su padre fue un inmigrante holandés.

C   F   **4.** Stroessner fue reelegido presidente siete veces después de grandes campañas en las que gastó millones de dólares.

C   F   **5.** En realidad era un dictador; sólo mantenía las apariencias democráticas.

C   F   **6.** Stroessner marchó al exilio cuando perdió las elecciones presidenciales de 1989.

B **Música paraguaya.** Escucha el siguiente texto acerca de la música de Paraguay y luego indica si las oraciones que siguen son **ciertas** (**C**) o **falsas** (**F**). Escucha una vez más para verificar tus respuestas.

C   F   **1.** En Paraguay, la mayoría de la gente habla guaraní.

C   F   **2.** Los jesuitas les enseñaron a tocar el arpa a los guaraníes.

C   F   **3.** Los sonidos de la naturaleza son muy comunes en la música paraguaya.

C   F   **4.** Hay bastante influencia africana en la música guaraní.

C   F   **5.** La canción "Pájaro campana" cuenta una historia de amor.

C   F   **6.** "Recuerdos de Ypacaraí" es el nombre de un famoso conjunto musical paraguayo.

C   F   **7.** No se encuentra influencia de la música argentina en la música de Paraguay.

Pronunciación y ortografía

En esta lección aprendiste que la preposición **a**, la exclamación **ah** y el verbo auxiliar **ha** son palabras parecidas que se pronuncian de la misma manera, pero tienen distintos significados. Ten esto presente al escuchar a las narradoras leer el siguiente diálogo.

C **La presa de Itaipú.** Doña Albertina y Paloma, su compañera, están de visita en la presa de Itaipú. Para saber cómo reaccionan ante esta maravilla de ingeniería, escucha a las narradoras leer el diálogo y completa cada espacio en blanco con **a, ah** o **ha**.

—¡_____ (1)! Por fin podemos ver la presa de Itaipú.

¿_____ (2) visto algo más impresionante, doña Albertina?

—No, Paloma, nunca. Ésta _____ (3) sido una verdadera

aventura. Vamos _____ (4) ese lado del mirador,

_____ (5) de haber una vista preciosa.

—Sí, vamos _____ (6) ver. Mire, a su izquierda está la frontera

con Brasil y a su derecha la salida al mar. Imagínese lo que se

_____ (7) logrado aquí. Se _____ (8) aprovechado

una fuerza eléctrica tremenda.

—Paloma, dicen que este proyecto hidráulico _____ (9) moderni-

zado muchas áreas _____ (10) un paso sumamente acelerado.

—¡_____ (11) sí! Así es. Aunque usted sabe, este desarrollo

también _____ (12) cambiado radicalmente a las poblaciones que

vivían _____ (13) las orillas del río Paraná. Lo moderno

_____ (14) chocado y destruido antiguas culturas

_____ (15) la vez que _____ (16) mejorado otras.

—Sí, verdad, a todo proceso su dialéctica.

D   **Dictado.** Escucha el siguiente dictado e intenta escribir lo más que puedas.
El dictado se repetirá una vez más para que revises tu párrafo.

Paraguay: la nación guaraní

_____

_____

_____

_____

_____

_____

_____

_____

_____

_____

_____

Mejoremos la comunicación
Vocabulario activo

E **Lógica.** En cada grupo de palabras, subraya aquélla que no esté relacionada con el resto. Luego explica por qué no está relacionada.

1. criollo   mestizo   zambo   mulato

   _____

2. taíno   incas   náhuatl   guaraní

   _____

3. poder político   mestizos   criollos   poder económico

   _____

4. papa   cuate   petate   tomate

   _____

5. México   aztecas   náhuatl   quechua

   _____

F **Opciones.** Indica qué opción completa correctamente cada oración.

1. El taíno es la lengua de los...

   a. incas.

   b. caribes.

   c. tupí-guaraníes.

2. Los incas hablaban...

   a. náhuatl.

   b. guaraní.

   c. quechua.

3. Los mayas y los aztecas eran...

   a. criollos.

   b. gentes indígenas.

   c. mestizos.

4. Los tupí-guaraníes vivían en...

  a. la selva brasilera.

  b. la zona andina.

  c. Mesoamérica.

5. Las palabras **tabaco, caníbal** y **hamaca** vienen al español del...

  a. náhuatl.

  b. taíno.

  c. quechua.

Gramática en contexto

G   **Escena familiar.** Di lo que había ocurrido cuando llegaste a casa ayer por la noche. Usa el **pluscuamperfecto de indicativo** de los verbos que están entre paréntesis para completar las oraciones.

MODELO   *Cuando llegué a casa, mi abuelita _____*
_____ (acostarse).

Cuando llegué a casa, mi abuelita se había acostado.

1. Cuando llegué a casa, mi familia _____ _____ (cenar).

2. Cuando llegué a casa, mi hermanito _____ _____ (practicar) su lección de piano.

3. Cuando llegué a casa, mi mamá _____ _____ (ver) su programa de televisión favorito.

4. Cuando llegué a casa, mi papá _____ _____ (leer) el periódico.

5. Cuando llegué a casa, mi hermana _____ _____ (salir) con su novio.

H Antes del verano. Los estudiantes dicen lo que habrán hecho antes de que comiencen las próximas vacaciones de verano. Usa el **futuro perfecto** de los verbos entre paréntesis para completar las oraciones.

MODELO   *Antes de las vacaciones de verano, yo ya*
_____ _____ *(terminar) de*
pagar el coche.
Antes de las vacaciones de verano, yo ya habré terminado de pagar el coche.

1. Antes de las vacaciones de verano, Carlos y Marta ya _____

   _____ (organizar) una fiesta de fin de semestre.

2. Antes de las vacaciones de verano, Mónica ya _____

   _____ (planear) un viaje a la costa.

3. Antes de las vacaciones de verano, yo ya _____

   _____ (obtener) un trabajo.

4. Antes de las vacaciones de verano, nosotros ya _____

   _____ (graduarse).

5. Antes de las vacaciones de verano, tú ya _____

   _____ (olvidarse) de los estudios.

I Deseos para el sábado. El sábado pasado tuviste que ocuparte de tus estudios. Di lo que habrías hecho si no hubieras estado ocupado(a). Usa el **pluscuamperfecto de subjuntivo** y el **condicional perfecto de indicativo.**

MODELO   *tener tiempo / escuchar música*
Si hubiera tenido tiempo, habría escuchado música.

1. no estar ocupado(a) / ir a la playa

   _____

2. no tener que estudiar tanto / asistir a la fiesta de Aníbal

   _____

3. hacer mi tarea / jugar al vólibol

   _____

4. terminar de lavar el coche / dar una caminata por el lago

   _____

5. planearlo con más cuidado / salir de paseo en bicicleta

   _____

6. estudiar más por la mañana / poder ir al cine por la noche

   _____

J   **El guaraní.** Selecciona las formas verbales que convengan en este párrafo
acerca del guaraní, que es también, junto con el español, lengua oficial de
Paraguay.

Un hecho que sorprende a los que visitan Paraguay es que el guaraní, a
diferencia de otras lenguas indígenas, no __1__ (haiga desaparecido / haya
desaparecido). Todos están de acuerdo en que esta lengua __2__ (habría
desaparecido / había desaparecido) sin la intervención de los jesuitas. El
guaraní tomó una forma escrita debido a los trabajos de estos sacerdotes que
la __3__ (habían aprendido / habrían aprendido). Si los jesuitas no hubieran
aprendido el guaraní, les __4__ (habría resultado / había resultado) muy difícil
convertir a los indígenas al cristianismo. Muchos pensaban que con el correr
del tiempo era posible que el guaraní __5__ (hubiera desaparecido / había
desaparecido), pero eso no __6__ (ha ocurrido / haya ocurrido). Hasta ahora
se __7__ (ha visto / ha veído) que el guaraní es una lengua importante de
Paraguay. ¿Y en el futuro? Algunos pesimistas creen que dentro de cierto
tiempo esta lengua __8__ (habría muerto / habrá muerto). La mayoría, sin
embargo, piensa lo contrario.

Lengua en uso

Los diferentes usos del verbo *haber*

El verbo **haber** tiene dos usos principales: como verbo auxiliar más el participio pasado para formar los tiempos compuestos y en tercera persona singular
como verbo impersonal. A continuación se presentan ejemplos de estos usos.

VERBO AUXILIAR

Tiempos compuestos del modo indicativo

• **Presente perfecto:** he, has, ha, hemos, habéis, han

   Han elegido un nuevo presidente en Paraguay.

• **Pluscuamperfecto:** había, habías, había, habíamos, habíais, habían

   El dictador militar Alfredo Stroessner **había gobernado** Paraguay por
   treinta y cinco años.

- **Futuro perfecto:** habrá, habrás, habrá, habremos, habréis, habrán

    Ya **habrá empezado** la creciente modernización de Paraguay.

- **Condicional perfecto:** habría, habrías, habría, habríamos, habríais, habrían

    Algunos dicen que Paraguay **habría podido** evitar la Guerra del Chaco con Bolivia.

Tiempos compuestos del modo subjuntivo

- **Presente perfecto:** haya, hayas, haya, hayamos, hayáis, hayan

    Es increíble que la economía paraguaya **haya mejorado** tan rápidamente.

- **Pluscuamperfecto:** hubiera, hubieras, hubiera, hubiéramos, hubierais, hubieran

    Sí el Partido Colorado no **hubiera ganado** las últimas elecciones, habría serios problemas ahora.

VERBO IMPERSONAL*

Tiempos del modo indicativo

- Presente *(there is/are)*

    Hay mucho interés en la música del arpa entre los jóvenes paraguayos.

- Pretérito *(there was/were)*

    No **hubo** demostraciones en las elecciones de 2003.

- Imperfecto *(there used to be)*

    Hace pocos años **había** muy pocos turistas en Paraguay.

- Futuro *(there will be)*

    Para el siglo XXI **habrá** muchos intercambios comerciales entre los países sudamericanos.

- Condicional *(there would be)*

    ¿**Habría** tantas exportaciones el año pasado?

- Presente perfecto *(there has / have been)*

    Recientemente **ha habido** problemas con el desempleo en Paraguay.

- Pluscuamperfecto *(there had been)*

    Hace quince años no **había habido** muchas inversiones en la economía paraguaya.

- Futuro perfecto *(there will have been)*

    No me preocupo porque para fines de la primera década del siglo ya **habrá habido** un cambio completo de gobernantes.

*Debe notarse que este verbo siempre se usa en singular y su forma corresponde a la tercera persona singular del tiempo apropiado.

- Condicional perfecto (*there would have been*)

  No cabe duda que **habría habido** una revolución si hubiéramos tenido más desaparecidos.

Tiempos del modo subjuntivo

- Presente (*there may be, there might be*)

  Es probable que **haya** más intercambio entre Paraguay y Uruguay en el futuro.

- Imperfecto (*there was/were, there might be*)

  Si **hubiera** más movimiento en el mercado internacional, habría más desempleo.

- Presente perfecto (*there has/have been, there may have been*)

  No creo que **haya habido** otra opción que la democratización.

- Pluscuamperfecto (*there had been, there might have been*)

  Algunos dudan que **hubiera habido** necesidad de imponer gobiernos militares.

K **Los "desaparecidos".** Para saber algo de los "desaparecidos" de Paraguay, subraya las formas verbales que correspondan en las oraciones del siguiente párrafo.

Una rebelión militar en 1936 seguida por una revuelta de los liberales en 1947

(1. habían / hayan) sido los problemas principales que enfrentaba Paraguay

cuando el general militar Alfredo Stroessner tomó el gobierno. Muy pronto

empezaron a desaparecer personas que expresaban su oposición a la dictadura.

Se estima que entre 1972 y 1989 (2. hubo / había) docenas de personas

"desaparecidas" en Paraguay. Es dudoso que todas las personas desaparecidas

(3. han / hayan) sido terroristas. Muchos de los desaparecidos eran jóvenes

estudiantes que simplemente (4. habían / hubieran) participado en protestas

contra el gobierno. Para mediados de la década de los 80 las madres de muchos

de estos jóvenes (5. habían / hubieran) formado una organización para tratar de

conseguir información sobre sus hijos. Muchos creen que un gobierno

democrático nunca (6. hubo / habría) permitido esa injusticia.

Composición: *comparación*

L **Uruguay y Paraguay.** Un buen amigo tuyo siempre confunde a Uruguay con Paraguay. Tú decides que no vas a estar conforme hasta que este amigo aprenda la diferencia entre los dos países. Por eso, decides hacer una comparación para mandarle a tu amigo. En una hoja en blanco, escribe esta comparación.

¡A escuchar!

Gente y cultura del mundo 21

A   **Escritora chilena.** Escucha lo que dicen dos amigas después de asistir a una presentación de una de las escritoras chilenas más conocidas del momento. Luego marca si cada oración que sigue es **cierta** (**C**) o **falsa** (**F**).

C   F   **1.** El peinado y el vestido juvenil de la escritora chilena Isabel Allende impresionaron mucho a una de las amigas.

C   F   **2.** Isabel Allende comenzó a escribir en 1981, cuando tenía casi veinte años.

C   F   **3.** Aunque tienen el mismo apellido, Isabel Allende y Salvador Allende no son parientes.

C   F   **4.** Su primera novela, titulada *La casa de los espíritus,* ha sido traducida a muchos idiomas, como el inglés y el francés, entre otros.

C   F   **5.** Dicen que una película basada en la novela *La casa de los espíritus* saldrá en uno o dos años.

C   F   **6.** Su novela *El plan infinito* tiene lugar en EE.UU., país donde ha vivido por más de diez años.

Cuaderno de actividades   243

B **Isla de Pascua.** Escucha el texto sobre la isla de Pascua y luego selecciona la opción que complete correctamente las oraciones que siguen. Escucha una vez más para verificar tus respuestas.

1. La isla de Pascua pertenece a...

    a. Chile.

    b. Argentina.

    c. Inglaterra.

2. La isla tiene forma...

    a. cuadrada.

    b. ovalada.

    c. triangular.

3. Las dos terceras partes de las personas que viven en la isla...

    a. viajaron desde el continente.

    b. son isleños de origen polinésico.

    c. son trabajadores que tienen residencia en Chile.

4. *Moai* es el nombre de...

    a. los habitantes de la isla.

    b. unas inmensas construcciones de piedra.

    c. unos volcanes apagados.

5. La mayoría de los monolitos de piedra miden, como promedio,...

    a. entre cinco y siete metros.

    b. dos metros.

    c. veintiún metros.

Acentuación y ortografía

En esta lección aprendiste que las palabras parecidas *esta, ésta* y *está* se diferencian en que la palabra **esta** es un adjetivo demostrativo, la palabra **ésta** es pronombre demostrativo y la palabra **está** es una forma del verbo **estar.** Ten esto presente al escuchar a las narradoras leer el siguiente diálogo.

UNIDAD 6
LECCIÓN 4

C

Violeta Parra. Dos estudiantes mexicanas hablan de Violeta Parra, una cantante chilena muy popular en los años 70 y 80. Para saber algo de ella, escucha a las narradoras leer el diálogo y completa los espacios en blanco con **esta, ésta** o **está**.

—Yolis, quiero que escuches _____ (1) canción de Violeta Parra.

_____ (2) tarde en mi clase sobre la nueva canción latinoamericana,

aprendí de _____ (3) y de otros cantantes chilenos de los años 70 y

80. ¿Conoces a _____ (4) compositora y cantante chilena?

—No. Sólo reconozco su nombre. Pero me imagino que me vas a contar más de

ella, ¿no? ¿_____ (5) viva todavía?

—Desafortunadamente murió, pero _____ (6) documentada su

contribución al folklore y al canto del pueblo chileno. Aquí _____ (7)

el libro que habla de su trabajo. Leí que _____ (8) canción es una de

sus más reconocidas composiciones. Mira, aquí _____ (9) la cubierta.

Ay, yo no entiendo _____ (10) máquina. ¿_____ (11) lista

para tocar?

—Sí, todo _____ (12) bien. Pero después de escuchar la canción que

tú me quieres tocar, quiero escuchar _____ (13) otra que se llama

"Gracias a la vida".

—¡Excelente decisión, Yolis! Ésa es precisamente la canción que

_____ (14) lista para tocar. Yo sé que te encantará _____ (15)

gran intérprete y compositora chilena. Pero, ¡silencio, por favor! Ya

_____ (16) lista para tocar.

D **Dictado.** Escucha el siguiente dictado e intenta escribir lo más que puedas. El dictado se repetirá una vez más para que revises tu párrafo.

El regreso de la democracia

_____

_____

_____

_____

_____

_____

_____

_____

_____

_____

_____

_____

**UNIDAD 6
LECCIÓN 4**

Mejoremos la comunicación
Vocabulario activo

E   **Lógica.** En cada grupo de palabras, subraya aquélla que no esté relacionada con el resto. Luego explica por qué no está relacionada.

1. acuerdo   tratado   comercio   convenio

_____

2. diversificar   ampliar   excluir   extender

_____

3. PIB   MERCOSUR   NAFTA   Tratado de Libre Comercio
                                                                                Centroamericano

_____

4. excluir   separar   estar al margen   amplificar

_____

5. zona de libre   competencia   desarrollo   comercio sin
       comercio   de mercados   científico   fronteras

_____

F   **Definiciones.** Indica qué opción completa correctamente cada una de las siguientes oraciones.

1. MERCOSUR es...

   a. el sueño de Simón Bolívar.

   b. un desarrollo científico.

   c. un convenio de comercio libre.

2. Un Producto Interno Bruto alto implica...

   a. un alto valor de exportaciones.

   b. una disminución de los mercados nacionales.

   c. problemas con la economía nacional.

3. Argentina, Chile, Brasil, Paraguay, Uruguay y Bolivia son...

    a. el PIB de MERCOSUR.

    b. los Estados Partes de MERCOSUR.

    c. los Estados Partes del Tratado de Libre Comercio de América del Norte.

4. Un resultado de los tratados de libre comercio es...

    a. una falta de desarrollo científico y tecnológico en los Estados Partes.

    b. un aumento en el Producto Interno Bruto de los Estados Partes.

    c. una falta de estabilidad económica en los Estados Partes.

5. En NAFTA participan...

    a. Belice, Guayana, Cuba y Haití.

    b. Argentina, Chile, Brasil, Paraguay, Uruguay y Bolivia.

    c. México, EE.UU. y Canadá.

Gramática en contexto

G

Recomendaciones médicas. Habla de las recomendaciones permanentes que el médico le hizo a tu papá y de otras más recientes que le hizo la semana pasada.

MODELOS *Le recomienda que _____ (hacer) ejercicio.*

    Le recomienda que haga ejercicio.

    Le recomendó que _____ (caminar) dos millas todos los días.

    Le recomendó que caminara dos millas todos los días.

1. Le recomienda que _____ (hacerse) exámenes médicos periódicos.

2. Le recomendó que _____ (volver) a verlo dentro de un mes.

3. Le recomendó que no _____ (trabajar) más de treinta horas por semana.

4. Le recomienda que _____ (reducir) las horas de trabajo.

5. Le recomienda que _____ (comer) con moderación.

6. Le recomendó que _____ (disminuir) los alimentos grasos.

7. Le recomendó que no _____ (usar) ropa gruesa durante el verano.

8. Le recomienda que _____ (mantenerse) en forma.

9. Le recomendó que no _____ (consumir) alcohol.

H   **Lamentos, lamentos.** Tu amigo Nicolás no cambia. Este año se lamenta de lo mismo de que se lamentaba el año pasado.

MODELO   *su automóvil (tener) problemas mecánicos*

Este año se lamenta de que su automóvil tenga problemas mecánicos.

El año pasado también se lamentaba de que su automóvil tuviera problemas mecánicos.

1. sus amigos no (invitarlo) a todas las fiestas

Este año _____

El año pasado _____

2. su novia (enfadarse) con él a menudo

Este año _____

El año pasado _____

3. sus padres no (comprenderlo)

Este año _____

El año pasado _____

4. los profesores no (darle) muy buenas notas

Este año _____

El año pasado _____

5. su hermana no (prestarle) dinero

Este año _____

El año pasado _____

Opiniones de algunos políticos. Diversos políticos, tanto antiguos como nuevos candidatos, expresan opiniones acerca de elecciones pasadas y futuras. Completa las siguientes oraciones con el **presente de indicativo, imperfecto de subjuntivo** o **pluscuamperfecto de subjuntivo,** según convenga.

MODELOS *Uds. se sentirán satisfechos si _____ (votar) por mí.*
Uds. se sentirán satisfechos si votan por mí.

Uds. se sentirían satisfechos si _____ (votar) por mí.
Uds. se sentirían satisfechos si votaran por mí.

Uds. se habrían sentido satisfechos si _____
_____ (votar) por mí.
Uds. se habrían sentido satisfechos si hubieran votado por mí.

1. Uds. habrían resuelto el problema del transporte público si me

   _____ _____ (apoyar).

2. Yo crearé leyes para proteger el ambiente si Uds. me

   _____ (elegir).

3. Yo me ocuparía de la salud de todos si _____ (llegar / yo) al

   parlamento.

4. Uds. deben votar por mí si _____ (desear / Uds.) reformar el

   sistema de impuestos.

5. Yo desarrollaría la industria local si Uds. me _____ (dar) el

   voto.

6. Yo habría mejorado las calles de la ciudad si _____

   _____ (ser / yo) elegido.

7. Yo trataría de conseguir fondos para la educación vocacional si Uds.

   _____ (respaldar) mi candidatura.

J **Preferencias literarias.** Selecciona las formas verbales apropiadas en este párrafo en que Anita habla de sus intereses literarios.

Si yo __1__ (tuviera / tendría) que dar el nombre del novelista contemporáneo que prefiero, yo nombraría a una mujer, a Isabel Allende. Recuerdo que cuando leí *La casa de los espíritus* __2__ (quedé / quedaré) fascinada. Mis amigas me decían que el personaje que les __3__ (hubiera gustado / había gustado) más era Clara porque __4__ (tenía / tuviera) poderes mágicos. Mis amigas se sorprendían de que a mí Clara no me __5__ (hubiera interesado / haya interesado). Me decían que les parecía raro que yo me __6__ (identificaba / identificara) con Alba, la rebelde con preocupaciones políticas. Por supuesto que fui a ver la película basada en el libro tan pronto como __7__ (apareció / apareciera) en cartelera. Antes de ver la película, yo tenía miedo de que no me __8__ (agradara / agrade) por ser muy diferente del libro. Es verdad que __9__ (haya / hay) diferencias entre el libro y el filme, pero los dos son igualmente impactantes. He seguido leyendo a Isabel Allende, quien __10__ (continúa / continúe) siendo mi autora favorita.

Lengua en uso

Secuencia de tiempos verbales

En esta lección aprendiste que el indicativo tiene nueve tiempos verbales y el subjuntivo sólo tiene cuatro. El esquema que sigue indica cuáles de estos tiempos pueden ocurrir en la misma oración cuando se usan en oraciones con cláusulas principales que llevan el indicativo y cláusulas subordinadas que llevan el subjuntivo. Es importante estar consciente de estas correspondencias de tiempos verbales tanto al hablar como al escribir.

TIEMPOS PRESENTES	
Indicativo **(cláusula principal)**	**Subjuntivo** **(cláusula subordinada)**
Presente Futuro Presente perfecto Futuro perfecto	Presente Presente perfecto

TIEMPOS PASADOS	
Indicativo **(cláusula principal)**	**Subjuntivo** **(cláusula subordinada)**
Pretérito Imperfecto Condicional Pluscuamperfecto Condicional perfecto	Imperfecto Pluscuamperfecto

Secuencia de tiempos verbales en frases condicionales con *si*

En está lección también aprendiste que en el habla estándar, las cláusulas condicionales no expresadas en el presente, el futuro o el pasado constan de dos verbos, uno en el subjuntivo y el otro en el condicional, por ejemplo:

Si fuera a Chile, los visitaría.

Si hubiera ido a Chile, los habría visitado.

También aprendiste que en el habla popular de muchos hispanohablantes hay una tendencia a usar en estas construcciones dos verbos condicionales o dos verbos en el subjuntivo. Por ejemplo, muchos tienden a decir:

Si iría a Chile, los visitaría.

Si habría ido a Chile, los habría visitado.

Si fuera a Chile, los visitara.*

Si hubiera ido a Chile, los hubiera visitado.

Aunque estas variantes son aceptadas en el habla estándar, por escrito todavía
se prefiere la combinación de condicional y subjuntivo en estas construcciones.

K **La cultura mapuche.** Traduce estas oraciones al español para saber algo más
de la lengua y las tradiciones de los indígenas mapuches.

1. *The Spaniards were amazed that the Mapuches fought so courageously and
   didn't surrender.*

2. *The Spaniard Alonso de Ercilla told us in his epic poem "La Araucana" that
   the Mapuches were very brave.*

3. *It is surprising that the Mapuches were finally conquered by the Chilean
   army only at the end of the nineteenth century.*

4. *It is sad that the Chilean government did not encourage the preservation of
   the Mapuche language and culture.*

5. *Although official figures list about one million Mapuche in Chile, other
   sources indicate that the actual population is half that number.*

6. *There would be many more Mapuches in Chile today if the government had
   not taken away their land.*

7. *It is good that some priests studied the Mapuche language and gave it a
   written form.*

8. *It is regrettable that many Mapuche children are not learning the language
   of their ancestors.*

9. *Many Mapuches resist moving to the cities for fear of losing even more their
   language and traditions.*

*El uso de dos subjuntivos en una oración condicional ha llegado a ser tan extenso en México y las
Américas que ya es aceptado en el habla estándar. Hasta la Real Academia Española ha dicho que "no hay
motivo para rechazarlo".

L   Allende y Pinochet. Para repasar algunos datos sobre los gobiernos de Salvador Allende y Augusto Pinochet, subraya los verbos apropiados según el habla estándar en las siguientes oraciones.

1. Si (habría / hubiera) podido, Salvador Allende (habría / hubiera) impuesto el socialismo en Chile.

2. Si EE.UU. no (habría / hubiera) boicoteado al gobierno de Allende, probablemente no (habría / hubiera) habido tanta oposición del pueblo chileno.

3. Tal vez Allende no (habría / hubiera) muerto si las fuerzas armadas de Pinochet no (habrían / hubieran) tomado el poder.

4. Era obvio que si Pinochet (llegaría / llegara) a tomar control, (revocaría / revocara) las decisiones socialistas de Allende.

5. Antes de la caída de Allende, muchos pensaban que si (se instalaría / se instalara) un gobierno militar, la situación (mejorara / mejoraría).

6. Sabemos que miles de intelectuales y artistas chilenos no (habrían / hubieran) salido de su país si Pinochet no (habría / hubiera) prohibido todos los partidos políticos.

7. Pinochet (habría / hubiera) seguido en el poder si los chilenos no (habrían / hubieran) votado en contra de su reelección.

Composición: *expresar opiniones*

M   Chile, MERCOSUR y el siglo XXI. Chile es famoso por tener un clima perfecto para el cultivo de frutas como la uva. Por otro lado, también tiene pueblos tan solitarios y aislados como San Pedro de Atacama, en el desierto de Atacama (que tiene fama de ser el más árido del mundo). En tu opinión, ¿de qué beneficios y progresos puede gozar Chile en el siglo XXI al ser un Estado Parte de MERCOSUR? ¿Qué ventajas y desventajas puede traerle a un pueblo como San Pedro de Atacama?

Apéndice A
Clave de respuestas

¡A escuchar!
Gente y cultura del mundo 21
A César Chávez.

1. F
2. C
3. F
4. C
5. F

B Los hispanos de Chicago.

1. F
2. C
3. C
4. F
5. F
6. C

Acentuación ortografía
C Separación en sílabas.

1. a / bu / rri / do
2. con / mo / ve / dor
3. do / cu / men / tal
4. a / ven / tu / ras
5. a / ni / ma / do
6. ma / ra / vi / llo / sa
7. sor / pren / den / te
8. mu / si / ca / les
9. di / bu / jos
10. mis / te / rio
11. bo / le / to
12. a / co / mo / da / dor
13. cen / tro
14. pan / ta / lla
15. en / tra / da
16. en / te / ra / do

D El "golpe".

es-tu-dian-<u>til</u>
Val-<u>dez</u>
i-ni-cia-<u>dor</u>
<u>ca</u>-si
re-a-li-<u>dad</u>
al-<u>cal</u>-de
re-<u>loj</u>
re-cre-a-<u>cio</u>-nes

o-ri-gi-<u>na</u>-rio
ga-bi-<u>ne</u>-te
<u>pre</u>-mios
ca-ma-<u>ra</u>-da
glo-ri-fi-<u>car</u>
sin-di-<u>cal</u>
o-<u>ri</u>-gen
fe-rro-ca-<u>rril</u>

E Acentos escritos.

con-<u>tes</u>-tó
prín-<u>ci</u>-pe
lí-<u>der</u>
an-glo-<u>sa</u>-jón
rá-<u>pi</u>-da
tra-<u>di</u>-ción
e-co-nó-<u>mi</u>-ca
dé-<u>ca</u>-das

do-més-<u>ti</u>-co
ce-le-<u>bra</u>-ción
po-lí-<u>ti</u>-cos
ét-<u>ni</u>-co
in-dí-<u>ge</u>-nas
dra-má-<u>ti</u>-cas
a-grí-<u>co</u>-la
pro-pó-<u>si</u>-to

F Sílabas, el "golpe" y acento escrito.

1. des-cen-<u>dien</u>-tes
2. po-li-<u>ti</u>-co   político

3. cul-tu-<u>ral</u>
4. Me-<u>xi</u>-co   México
5. Gon-za-<u>lez</u>   González
6. e-vo-<u>lu</u>-cion   evolución
7. ca-pi-<u>tal</u>
8. sig-ni-fi-<u>ca</u>-do
9. e-co-lo-<u>gi</u>-co   ecológico
10. a-fri-<u>ca</u>-na

H Dictado.

Los chicanos
Desde la década de 1970 existe un verdadero desarrollo de la cultura chicana. Se establecen centros culturales en muchas comunidades chicanas y centros de estudios chicanos en las más importantes universidades del suroeste de EE.UU. En las paredes de viviendas, escuelas y edificios públicos se pintan murales que proclaman un renovado orgullo étnico. Igualmente en la actualidad existe un florecimiento de la literatura chicana.

Mejoremos la comunicación
Correspondencia práctica
I Hubo dos mensajes. *Las notas van a variar.*

Vocabulario activo
J Lógica. *Las respuestas van a variar.*

1. de misterio, documentales, musicales
2. románticas, de guerra, de vaqueros
3. detesto, me encantan
4. entrada, taquilla
5. butaca, pantalla

K En una palabra. *Las respuestas van a variar.*

Gramática en contexto
L El español y sus variantes.

1. La
2. el
3. X
4. X
5. La
6. (de)l
7. el
8. la

M Edward James Olmos.

1. X
2. un
3. el
4. el
5. la
6. una
7. los
8. la

N Rutina del semestre.

1. estudio
2. trabajo
3. leo
4. hago
5. escucho
6. miro
7. preparo
8. paso
9. gano
10. ahorro
11. echo
12. junto

O Conflictos en el hogar.

Mi hermano y yo **vivimos** con nuestros padres y eso crea a veces **unos** problemas. Nosotros **decidimos** lo que queremos hacer, pero a veces nuestros padres tratan de imponer sus ideas. Por eso, de vez en cuando **el** clima dentro de la casa se pone un poco **tenso**. No **recibimos** dinero de ellos, porque tenemos nuestros propios trabajos. Nosotros **insistimos** en que pronto vamos a tener nuestro propio apartamento.

Lengua en uso

P Gramática básica.

1. 1. adjetivo determinativo
    2. sustantivo
    3. adjetivo descriptivo
    4. conjunción sencilla

2. 1. sustantivo: nombre propio
    2. preposición
    3. adjetivo descriptivo
    4. artículo definido

3. 1. pronombre interrogativo
    2. verbo
    3. sustantivo
    4. artículo indefinido

4. 1. pronombre personal
    2. adjetivo determinativo: posesión
    3. adjetivo descriptivo: nacionalidad
    4. adverbio

5. 1. verbo
    2. sustantivo: nombre propio
    3. adjetivo determinativo
    4. sustantivo

6. 1. pronombre interrogativo
    2. sustantivo: nombre propio
    3. artículo definido
    4. preposición

UNIDAD 1
LECCIÓN 2

¡A escuchar!

Gente y cultura del mundo 21

A Esperando a Rosie Pérez.

1. F	**3.** F	**5.** F
2. C	**4.** C	**6.** F

B Una profesional.

1. B	4. A
2. A	5. C
3. C	

Acentuación y ortografía

C Deletreo con las letras *b, v, q, c* y *s.*

1. concha	6. veinte
2. defensiva	7. semáforo
3. quieto	8. cinta
4. batir	9. riqueza
5. severo	10. ceniza

D Repaso de la acentuación.

1. Vic-<u>tor</u>	Víctor
2. ac-<u>triz</u>	
3. de-<u>pre</u>-sion	depresión
4. cul-tu-<u>ral</u>	
5. di-<u>rec</u>-cion	dirección
6. sur-o-<u>es</u>-te	
7. Ve-laz-<u>quez</u>	Velázquez
8. a-<u>cen</u>-tuan	acentúan
9. sim-<u>bo</u>-lo	símbolo
10. rea-li-<u>dad</u>	
11. dias-<u>po</u>-ra	diáspora
12. <u>mu</u>-tuo	
13. ga-<u>ran</u>-tia	garantía
14. a-gua-<u>ca</u>-te	
15. ul-<u>ti</u>-mas	últimas
16. a-tra-<u>er</u>	

E Dictado.

Los puertorriqueños en EE.UU.

A diferencia de otros grupos hispanos, los puertorriqueños son ciudadanos estadounidenses y pueden entrar y salir de EE.UU. sin pasaporte o visa. En 1898, como resultado de la guerra entre EE.UU. y España, la isla de Puerto Rico pasó a ser territorio estadounidense. En 1917 los puertorriqueños recibieron la ciudadanía estadounidense. Desde entonces gozan de todos los derechos que tienen los ciudadanos de EE.UU., excepto que no pagan impuestos federales.

Mejoremos la comunicación

Vocabulario activo

F Lógica. *Las respuestas pueden variar.*

1. fascinantes, excepcional, dificilísimas
2. argumento, obra
3. novelistas, novelas, aventuras
4. personajes, protagonista

G Escritores y sus obras.

1. a
2. d
3. a
4. d
5. b
6. a
7. a
8. c

Gramática en contexto

H Después del desfile.

1. tienen
2. recomiendo
3. Pueden
4. incluye
5. tiene
6. Vuelvo
7. Creo
8. voy
9. tengo
10. pienso
11. pido
12. sigue
13. convence
14. quiero
15. sé
16. sugieren
17. agrada
18. entiendo
19. hacen

I Presentación.

1. Soy
2. tengo
3. quiero
4. satisface
5. voy
6. hago
7. salgo
8. distraigo
9. conduzco
10. tengo
11. Estoy

J Gran actriz.

Jennifer López nace en 1970 en Nueva York. Su carrera artística **empieza** a los **veinte** años en un show de televisión, donde **actúa** como bailarina. Cinco años más tarde **consigue** un buen papel en una película **dirigida** por Gregory Navas. Dos años más tarde, en 1997, se **convierte** en una gran actriz con la película *Selena*. Sus éxitos **continúan** y actualmente se **distingue** como la actriz latina más reconocida de Hollywood.

Lengua en uso

K Puntuación.

Al fin me tocó brindar a mí. Ya me encontraba bastante alegre y mis aprensiones anteriores se empezaban a disipar. Tomé la copa de vino y la levanté con un gesto muy turriasguesco y exclamé:
—Bebamos al monumento de mi padre, al monumento que amasé en estas páginas con cariño, respeto y admiración. Bebamos pues, el brindis favorito de mi padre, que mirándose en su copa de vino solía decir: "Bebámonos cada quien a sí mismo, y así viviremos para siempre". Y tomando la copa con las dos manos, como tantas veces había visto a mi padre, me miré en el vino.

UNIDAD 1
LECCIÓN 3

¡A escuchar!

Gente y cultura del mundo 21

A Actor cubanoamericano.

1. F
2. F
3. C
4. F
5. F
6. C

B Niños.

1. Nora es buena.
2. Pepe está interesado.
3. Sarita es lista.
4. Carlitos está limpio.
5. Tere está aburrida.

Acentuación y ortografía

C Triptongos.

1. desafiéis
2. Paraguay
3. denunciáis
4. renunciéis
5. anunciéis
6. buey
7. iniciáis
8. averigüéis

D Separación en sílabas.

1. 3
2. 1
3. 1
4. 3
5. 3
6. 4
7. 3
8. 3

E Repaso.

1. filósofo
2. diccionario
3. diptongo
4. número
5. examen
6. cárcel
7. fáciles
8. huésped
9. ortográfico
10. periódico

F Dictado.

Miami: una ciudad hispanohablante

De todos los hispanos que viven en EE.UU., los cubanoamericanos son los que han logrado mayor prosperidad económica. El centro de la comunidad cubana en EE.UU. es Miami, Florida. En treinta años los cubanoamericanos transformaron completamente esta ciudad. La Calle Ocho ahora forma la arteria principal de la Pequeña Habana, donde se puede beber el típico café cubano en los restaurantes familiares que abundan en esa calle. El español se habla en toda la ciudad. En gran parte, se puede decir que Miami es la ciudad más rica y moderna del mundo hispanohablante.

CLAVE DE RESPUESTAS

Mejoremos la comunicación

Vocabulario activo

G Lógica. *Las respuestas van a variar.*

1. soprano, alto, tenor, barítono
2. pianistas, trompetistas, tamboristas
3. Gloria Estefan, fina, pura, poderosa
4. guitarra, flauta, piano, saxofón
5. suave, rítmico, fuerte, apasionada

H Definiciones.

1. c
2. g
3. j
4. a
5. h
6. i
7. b
8. e
9. f
10. d

Gramática en contexto

I Estados de ánimo. *Las respuestas van a variar.*

1. Su amigo Walterio Rivas se siente decepcionado.
2. Una vecina de Pedro se siente sorprendida.
3. Una sobrina de Pedro se siente preocupada.
4. Pedro Gutiérrez se siente contento.
5. Yo me siento...

J Información errónea. *Las respuestas van a variar.*

1. No, lo cierto es que más de medio millón de dominicanos entraron en EE.UU.
2. No, lo innegable es que la gran mayoría vive en Nueva York.
3. No, lo deprimente es que hay más de 300.000 dominicanos indocumentados.
4. No, lo bueno es que la mayoría de los dominicanos nunca han usado los beneficios del Bienestar Social.
5. No, lo malo es que ellos también sufren la misma discriminación que los afroamericanos.

K Mujer de negocios.

1. es
2. está
3. Es
4. está
5. Es
6. está
7. está
8. es
9. está

L Resistencia a la tiranía.

Julia Álvarez es **una** de mis escritoras **favoritas**. Me gustó mucho su novela *How the García Girls Lost Their Accent*. Ahora acabo de leer *In the Time of the Butterflies* y estoy muy emocionada. Es **extra-ordinario** el valor **demostrado** por las protagonistas, las tres hermanas Maraval. La novela cuenta una historia **basada** en hechos reales. Las tres hermanas Maraval, conocidas como las mariposas, conspiran contra el tirano Rafael Leónidas Trujillo, el dictador dominicano. El precio que **tienen** que pagar por su lucha contra la tiranía es **altísimo**: pierden su vida. Recomiendo este libro a **todas** las personas que gozan leyendo **buenas** historias de coraje y valentía.

Lengua en uso

M Sujetos y objetos.

1. sujeto: **cantante**; verbo: **escribe**
   objeto directo: **canciones**; objeto indirecto: **X**
   pronombre: **las**; pronombre: **X**

2. sujeto: **ser bilingüe**; verbo: **encanta**
   objeto directo: **X**;
   objeto indirecto: **a Gloria Estefan**
   pronombre: **X**; pronombre: **le**

3. sujeto: **álbum**; verbo: **salió**
   objeto directo: **X**; objeto indirecto: **X**
   pronombre: **X**; pronombre: **X**

4. sujeto: **Julia Álvarez**; verbo: **escribió**
   objeto directo: **una obra**;
   objeto indirecto: **jóvenes**
   pronombre: **la**; pronombre: **les**

5. sujeto: **padre**; verbo: **enseñó**
   objeto directo: **oficio**; objeto indirecto: **a su hija**
   pronombre: **lo**; pronombre: **le**

6. sujeto: *Cristina la revista*; verbo: **llega**
   objeto directo: **X**;
   objeto indirecto: **150.000 lectores**
   pronombre: **X**; pronombre: **les**

N Las partes de la oración.

1. sujeto: **(Él)**; verbo: **pide**
   objeto directo: **ayuda**;
   objeto indirecto: **le (a su amigo Walterio)**

2. sujeto: **Walterio**; verbo: **sabe**
   objeto directo: **qué hacer**; objeto indirecto: **X**

3. sujeto: **Walterio**; verbo: **quiere**
   objeto directo: **ayudar**;
   objeto indirecto: **a su amigo**

4. sujeto: **(Él)**; verbo: **compra**
   objeto directo: **tinte**; objeto indirecto: **le**

5. sujeto: **perder sus canas**; verbo: **duele**
   objeto directo: **X**;
   objeto indirecto: **le (al profesor)**

6. sujeto: **profesor**; verbo: **decide**
   objeto directo: **salir a buscar**; objeto indirecto: **X**

7. sujeto: **(Ellos)**; verbo: **dan**
   objeto directo: **empleo**; objeto indirecto: **le**

8. sujeto: **profesor**; verbo: **lloró**
   objeto directo: **X**; objeto indirecto: **X**

¡A escuchar!
Gente y cultura del mundo 21

A Actor centroamericano.

1. F   4. C
2. F   5. F
3. F   6. F

B Algunos datos sobre los centroamericanos.

1. C   4. C
2. F   5. F
3. C

Acentuación y ortografía

C Repaso de acentuación.

1. h é / <u>r o</u> / e
2. i n / <u>v a</u> / s i ó n
3. R e / c o n / <u>q u i s</u> / t a
4. á / <u>r a</u> / b e
5. <u>j u</u> / d í / o s
6. p r o / t e s / t a n / <u>t i s</u> / m o
7. e / f i / <u>c a z</u>
8. i n / <u>f l a</u> / c i ó n
9. a b / d i / <u>c a r</u>
10. <u>c r i</u> / s i s
11. s e / f a r / <u>d i</u> / t a s
12. é / <u>p i</u> / c o
13. u / n i / <u>d a d</u>
14. p e / n í n / <u>s u</u> / l a
15. p r ó s / <u>p e</u> / r o
16. i m / <u>p e</u> / r i o
17. i s / l á / <u>m i</u> / c o
18. h e / <u>r e n</u> / c i a
19. e x / <u>p u l</u> / s i ó n
20. t o / l e / <u>r a n</u> / c i a

D Acento escrito.

1. El sábado tendremos que ir al médico en la Clínica Luján.
2. Mis exámenes fueron fáciles, pero el examen de química de Mónica fue muy difícil.
3. El joven de ojos azules es francés, pero los otros jóvenes son puertorriqueños.

4. Los López, los García y los Valdez están contentísimos porque se sacaron la lotería.
5. Su tía se sentó en el jardín a descansar mientras él comía.

E Dictado.

Los centroamericanos en EE.UU.

Debido a la gran inestabilidad política y económica en varios países centroamericanos a lo largo de la década de los años 80, grandes números de salvadoreños, nicaragüenses, guatemaltecos y hondureños inmigraron a EE.UU. en busca de una vida mejor. Muchos entraron al país legalmente, bajo el derecho de asilo político otorgado a ciudadanos de países en guerra. Otros tuvieron que hacer un largo y peligroso viaje a través de México y los desiertos de EE.UU. con enorme riesgo personal. En este país, para muchos la vida no ha sido fácil. Un buen número se ha visto forzado a trabajar de campesinos o a aceptar puestos mal remunerados. Sin embargo, los centroamericanos son personas luchadoras y sus esfuerzos por mejorarse los llevan a un futuro más seguro.

Mejoremos la comunicación
Vocabulario activo

F Lógica.

1. róbalo   4. langosta
2. pavo   5. huevo
3. aves

G A categorizar.

1. e   6. b
2. a   7. a
3. b   8. e
4. c   9. c
5. e   10. d

Gramática en contexto

H Ficha personal.

1. Soy más alto(a) que mi hermana. o Mi hermana es menos alta que yo.
2. Soy menos elegante que mi hermana. o Mi hermana es más elegante que yo.
3. Trabajo menos (horas) que mi hermana. o Mi hermana trabaja más (horas) que yo.
4. Peso más que mi hermana. o Mi hermana pesa menos que yo.
5. Voy al cine tanto como mi hermana. o Mi hermana va al cine tanto como yo.

I Entrevista.

1. Sí, son amabilísimos.
2. Sí, son escasísimos.

3. Sí, son loquísimos.

4. Sí, es larguísimo.

5. Sí, es eficasísima.

J **Juicios exagerados.**

1. José Solano es el actor más atlético de Hollywood.

2. Mary Rodas es la mujer de negocios más calificada en la industria de los juguetes.

3. Claudia Smith es la abogada más dedicada de California.

4. Jorge Argueta es el poeta más compasivo de los artistas salvadoreños americanos.

5. Mauricio Cienfuegos es el futbolista más hábil de su equipo.

K **Mujer de talento.**

Esta mujer de negocios nació en Nueva Jersey. Sus padres nacieron en El Salvador, pero abandonaron **este** país a causa de la guerra civil. **Ésta** causó miles de muertos. La pequeña Mary a los cuatro años ya daba consejos al presidente de una compañía de juguetes. **Éste** la contrató de inmediato. Cuando Mary tenía trece años diseñó la pelota Balzac. **Esta** pelota se vendió muy bien. Los éxitos de Mary han continuado y ella **está** muy contenta con su vida.

Lengua en uso

L **Centroamérica.**

1. Esperanza, la prima del poeta salvadoreño Jorge Argueta, murió en Los Ángeles el 26 de mayo de 1990.

2. El juguete que diseñó Mary Rodas a los 13 años, la pelota Balzac, alcanzó 30 millones en ventas en su primer año.

3. Por otro lado, a los 14 fue nombrada vicepresidenta, a los 15 ya ganaba $200,000, y a los 22 fue nombrada presidenta.

4. Su determinación de ayudar a los trabajadores tuvo un gran impacto en la vida de Claudia Smith, es decir, dejó los hábitos y estudió derecho en la Universidad de San Diego.

5. La presencia hispana en las universidades estadounidenses es más elevada en Lenguas Extranjeras, Estudios Interdisciplinarios, Educación y Psicología.

6. La década de los 80, vio el éxodo primero de los guatemaltecos y los salvadoreños, luego de los nicaragüenses y los hondureños.

7. El poema de Jorge Argueta dice que, al llegar Esperanza a Los Ángeles en el baúl de un carro, la mató la explotación.

8. Al llegar a EE.UU., gran número de nicaragüenses pudieron conseguir puestos bien remunerados, pero los guatemaltecos han tenido que aceptar puestos mal remunerados.

UNIDAD 2
LECCIÓN 1

¡A escuchar!
Gente y cultura del mundo 21
A **Antes de entrar al cine.**

1. F	**3.** F	**5.** C
2. F	**4.** F	**6.** C

B **Pérez Galdós.**

1. c	**3.** c	**5.** a
2. a	**4.** c	**6.** a

Acentuación y ortografía
C **Repaso de acentuación.**

1. La Península Ibérica llegó a ser parte del Imperio Romano.

2. Después de la invasión musulmana se inició la Reconquista.

3. Los judíos salieron de España, llevándose consigo el idioma castellano.

4. ¿Qué efecto tuvieron los musulmanes en la religión, la política, la arquitectura y la vida cotidiana?

5. Durante esa época se realizaron muchos avances en áreas como las matemáticas, las artesanías y las ciencias.

6. Sin duda, existen raíces del árabe en la lengua española.

7. El profesor aseguró que de la costa mediterránea surgieron héroes y heroínas épicos quienes, con sus hazañas históricas, cambiaron el mundo.

8. La caída del Imperio Español tuvo lugar en el siglo XVII cuando la inflación causó el colapso de la economía.

D **Dictado.**

La España musulmana

En el año 711, los musulmanes procedentes del norte de África invadieron Hispania y cinco años más tarde, con la ayuda de un gran número de árabes, lograron conquistar la mayor parte de la península. Establecieron su capital en Córdoba, la cual se convirtió en uno de los grandes centros intelectuales de la cultura islámica. Fue en Córdoba, durante esta época, que se hicieron grandes avances en las ciencias, las letras, la artesanía, la agricultura, la arquitectura y el urbanismo.

Mejoremos la comunicación

Correspondencia práctica

E Graduación. *Las notas van a variar.*

Vocabulario activo

F Lógica.

1. rotulador   3. llamativo   5. gótico
2. barroco   4. cartón

G Crucigrama.

1. clásico   2. salón
5. impresionista   3. brillantes
8. realista   4. cuadro
9. escultor   6. retrato
11. fresco   7. papel
12. religioso   10. lienzo

Gramática en contexto

H Habitantes de la Península Ibérica.

1. habitaron   7. destacaron
2. dejaron   8. inventaron
3. llegaron   9. fundaron
4. recibieron   10. incorporaron
5. establecieron   11. predominaron
6. aportaron   12. recibió

I Alfonso X el Sabio.

1. vivió   7. Favoreció
2. Nació   8. Reunió
3. falleció   9. realizaron
4. Gobernó   10. Escribió
5. Subió   11. Ayudó
6. terminó   12. edificó

J Lectura.

1. abrí   8. corrió
2. inicié   9. atacó
3. Leí   10. agitó
4. creyó   11. derribaron
5. percibió   12. pareció
6. trató   13. causó
7. escuchó

K Trabajo de investigación.

1. terminaste   3. Buscaste   5. cayeron
2. comencé   4. averigüé   6. creyó

Lengua en uso

L *Don Quijote de la Mancha.*

1. ves allí, amigo Sancho Panza, donde se descubren treinta, o pocos más, monstruosos gigantes, con quienes pienso hacer batalla y quitarles la vida,...

—¿Qué gigantes? —dijo Sancho Panza.

—Aquéllos que allí ves —respondió su amo —de los brazos largos.

2. aquéllos que allí se parecen, no son gigantes, sino molinos de viento y lo que en ellos parecen brazos, son aspas

—Bien parece —respondió don Quijote —que no sabes nada de las aventuras: ellos son gigantes; y si...

Y diciendo esto, dio de espuelas a su caballo Rocinante, sin prestar atención a la voz que su escudero Sancho le daba... Pero él iba tan convencido en que eran gigantes, que no oía la voz de su escudero Sancho, ni dejaba de ver, aunque estaba ya bien cerca, lo que eran...

3. atacó al primer molino que estaba delante; y dándole una lanzada en el aspa, la volvió el viento con tanta furia, que hizo la lanza pedazos ,...

UNIDAD 2
LECCIÓN 2

¡A escuchar!

Gente y cultura del mundo 21

A Elena Poniatowska.

1. C   3. F   5. C
2. F   4. F

B Hernán Cortés.

1. b   3. a   5. c
2. c   4. a

Acentuación y ortografía

C Carta de una editorial.

Estimado Sr. Pérez:

Aquí le envío esta breve nota sobre su manuscrito titulado "Las aventuras de Sancho Panza". El humor de su narración me levantó mucho el ánimo, por eso con esta carta me animo a decirle que estamos considerando seriamente su publicación. Personalmente me gustó mucho el último diálogo donde Sancho aparece como un filósofo y un cómico a la vez. Un editor que leyó su manuscrito encontró el final de su novela un poco equívoco y cree que Ud. se equivocó al escribir que Sancho Panza vendió el caballo Rocinante para comprarse una motocicleta. Yo pienso que Ud. calculó muy bien la reacción de los lectores frente a esta situación irónica. Espero recibir pronto comunicación suya.

D Dictado.

México: tierra de contrastes

Para cualquier visitante, México es una tierra de contrastes: puede apreciar montañas altas y valles fértiles, así como extensos desiertos y selvas tropicales. En México, lo más moderno convive con lo más antiguo. Existen más de cincuenta grupos indígenas, cada uno con su propia lengua y sus propias tradiciones culturales. Pero en la actualidad la mayoría de los mexicanos son mestizos, o sea, el resultado de la mezcla de indígenas y españoles. De la misma manera que su gente, la historia y la cultura de México son muy variadas.

Mejoremos la comunicación

Vocabulario activo

E Lógica. *Las respuestas pueden variar.*

1. espinacas, hongos, bróculi
2. berenjena, coliflor, cebolla
3. guayaba, chayote, jícama
4. nopalitos, calabacitas, espinacas

F Sinónimos.

1. f	6. c
2. d	7. i
3. j	8. b
4. a	9. e
5. h	10. g

Gramática en contexto

G Octavio Paz.

1. Octavio Paz recibió el Premio Nobel de Literatura en 1990.
2. Octavio Paz conoció a otros poetas distinguidos como Pablo Neruda y Vicente Huidobro.
3. Octavio Paz escribió artículos en diversas revistas y periódicos.
4. La Fundación Octavio Paz ayudó a escritores con premios y becas.
5. Los críticos apreciaron mucho a este escritor extraordinario.

H Preguntas.

1. Sí, lo leí. *o* No, no lo leí.
2. Sí, las busqué. *o* No, no las busqué.
3. Sí, las contesté. *o* No, no las contesté.
4. Sí, los busqué. *o* No, los busqué.
5. Sí, alcancé a terminarlo. *o* No, no alcancé a terminarlo.
6. Sí, se lo conté. *o* No, no se lo conté.
7. Sí, me lo explicó. *o* No, no me lo explicó.

I Los gustos de la familia. *Las respuestas van a variar.*

1. Al bebé le encanta el biberón.
2. A mi mamá le fascina armar rompecabezas.
3. A mi hermana le fascina tocar el piano.
4. Al gato le gusta dormir en el sofá.
5. A mi papá le gusta mirar programas deportivos en la televisión.
6. A mí me gusta / encanta / fascina...

J Son leístas, ¿no?

1. le	6. lo
2. le	7. devolvértelo
3. Le	8. se lo
4. le	9. lo
5. se lo	10. le

Lengua en uso

K *Como agua para chocolate.*

1. Tan pronto como la profesora dijo: "La película de hoy es *Como agua para chocolate* de la novela de Laura Esquivel", me sentí muy emocionada.
2. ¡Pero qué catástrofe! ¡Mamá Elena no permitió a Tita casase con Pedro!
3. *Como agua para chocolate* (1992) es mi película favorita de Alfonso Arau.
4. ¿Supiste que publicaron un libro de recetas titulado, *Como agua para chocolate?* ¡Qué encanto!
5. No entendí por qué Tita simplemente no abandonó a Mamá Elena.
6. Lo más dramático fue cuando Pedro entró en el cuarto de Tita y dijo: "Te amo".
7. El diálogo que más me gustó fue cuando hablaban Tita y Mamá Elena:

   —¿Y de qué me tiene que venir a hablar ese señor?

   —Yo no sé.

   —Pues más vale que le informes que, si es para pedir tu mano, no lo haga. Perdería su tiempo y me haría perder el mío.

UNIDAD 2
LECCIÓN 3

¡A escuchar!
Gente y cultura del mundo 21
A Luis Muñoz Marín.

1. C   3. C   5. F
2. F   4. C

B Elecciones dominicanas.

1. F   4. F
2. C   5. F
3. F

Pronunciación y ortografía
C Deletreo con la letra *c*.

1. conexión   6. fracasar
2. cero   7. civilizado
3. palacio   8. acelerado
4. broncearse   9. enriquecer
5. cultivo   10. ocupado

D Dictados.

La cuna de América

El 6 de diciembre de 1492, Cristóbal Colón descubrió una isla que sus habitantes originales, los taínos, llamaban Quisqueya. Con su nuevo nombre de La Española, dado por Colón, la isla se convirtió en la primera colonia española y cuna del imperio español en América.

Estado Libre Asociado de EE.UU.

En 1952 la mayoría de los puertorriqueños aprobó una nueva constitución que garantizaba un gobierno autónomo, el cual se llamó Estado Libre Asociado (ELA) de Puerto Rico. Bajo el ELA, los residentes de la isla votan por su gobernador y sus legisladores estatales y a su vez mandan un comisionado a Washington, D.C. para que los represente.

Mejoremos la comunicación
Vocabulario activo
E Lógica. *Las respuestas van a variar.*

1. el béisbol, el tenis, el ciclismo
2. el atletismo, la lucha libre el tiro al arco
3. baloncesto, gimnasia, golf
4. bucear con tubo de respiración, hacer surf, pescar

F Asociaciones.

1. c   6. b
2. g   7. d
3. j   8. f
4. i   9. e
5. a   10. h

Gramática en contexto
G Fue un día atípico. *Las respuestas van a variar.*

1. Pero ayer consiguió un lugar para estacionar el coche lejos del trabajo.
2. Pero ayer se sintió muy mal.
3. Pero ayer se durmió en el trabajo.
4. Pero ayer no se concentró y se distrajo en el trabajo.
5. Pero ayer no tuvo tiempo para almorzar.
6. Pero ayer no resolvió los problemas de la oficina.
7. Pero ayer regresó temprano a casa.

I El sueño de una vida.

1. soñó   8. tuvo
2. obtuvo   9. puso
3. fue   10. convirtió
4. jugó   11. anduvo
5. dio   12. pudo
6. salió   13. fue
7. repitieron

I Extraterrestres.

1. gustó   9. cegó
2. leímos   10. reconocí
3. raptaron   11. dijeron
4. Fue   12. perdí
5. vi   13. estuve
6. detuvo   14. traje
7. sentí   15. desperté
8. Anduve

Lengua en uso
J Demostrativos.

1. Este, aquél   4. estos, ésos
2. Aquella, ésa   5. esos, éste
3. Ese, éste

CLAVE DE RESPUESTAS

UNIDAD 2
LECCIÓN 4

¡A escuchar!
Gente y cultura del mundo 21

A Reconocido artista cubano.

1. F   4. F
2. F   5. C
3. F   6. F

B Robo.

1. c   3. c   5. a
2. a   4. b

Pronunciación y ortografía

C Deletro del sonido /k/.

1. maraca   6. esquina
2. conquista   7. queja
3. contaminado   8. década
4. chequere   9. cueca
5. cueva   10. costeño

D Deletreo del sonido /s/.

1. empobrecer   6. colonizadores
2. desafío   7. entusiasmo
3. sentimiento   8. sucesor
4. traicionar   9. reducir
5. alcanzar   10. sobresalir

E Dictado.

El proceso de independencia de Cuba

Mientras que la mayoría de los territorios españoles de América lograron su independencia en la segunda década del siglo XIX, Cuba, junto con Puerto Rico, siguió siendo colonia española. El 10 de octubre de 1868 comenzó la primera guerra de la independencia cubana, que duraría diez años y en la cual 250.000 cubanos iban a perder la vida. En 1878 España consolidó nuevamente su control sobre la isla y prometió hacer reformas. Sin embargo, miles de cubanos que lucharon por la independencia salieron al exilio.

Mejoremos la comunicación
Vocabulario activo

F Lógica.

1. chequere   4. maracas
2. güiro   5. sabroso
3. salado

G Descripciones.

1. g   6. i
2. j   7. h
3. f   8. c
4. a   9. d
5. b   10. e

Gramática en contexto

H Exageraciones paternas.

1. era   9. estaba
2. vivíamos   10. había
3. me levantaba   11. debía
4. alimentaba   12. era
5. teníamos   13. hacía
6. me arreglaba   14. nevaba
7. tomaba   15. necesitaba
8. salía

I Actividades de verano.

1. Lola y Arturo tomaban sol.
2. Los hijos de Benito nadaban en la piscina.
3. Marcela y unos amigos andaban a caballo.
4. Carlitos acampaba en las montañas.
5. Gloria practicaba esquí acuático.
6. Yo...

J Discrepancias.

1. No me gustaría visitar ni Guantánamo ni Pinar del Río.
2. No me gustaría visitar La Habana tampoco.
3. No quiero aprender nada acerca de la música cubana.
4. Nunca me ha interesado la música cubana.
5. No he leído ningún artículo interesante acerca de Ibrahim Ferrer y el Buena Vista Social Club.

K Tiempos pasados.

1. eran   7. traían
2. íbamos   8. parecían
3. dábamos   9. quedábamos
4. veíamos   10. salíamos
5. Almorzábamos   11. gustaban
6. venía

Lengua en uso

L Interrogativas, exclamativas y relativas.

1. ¿Quién llamó? **(interrogativa)**
   ¿Quién? **(interrogativa)**   El muchacho a quien conocí en la fiesta. **(palabra relativa)**

2. ¿Adónde vas? **(interrogativa)**
   Voy adonde fui ayer. **(palabra relativa)**

CLAVE DE RESPUESTAS

3. ¡Cuánto peso! **(exclamativa)** ¡Ya no voy a comer nada! **(exclamativa)**

   ¡Qué exagerada eres, hija! **(exclamativa)**
   Come cuanto quieras. **(palabra relativa)**

4. ¿Quién sabe donde viven? **(interrogativa)**

   Viven donde vive Raúl. **(palabra relativa)**

5. ¡Qué partido más interesante! **(exclamativa)**

   ¿Cuándo vienes conmigo otra vez? **(interrogativa)**

6. Lo pinté como me dijiste. **(palabra relativa)**

   ¡Cómo es posible! **(exclamativa)**

7. ¿Trajiste el libro que te pedí? **(interrogativa)**

   ¿Qué libro? **(interrogativa)**
   El que estaba en la mesa. **(palabra relativa)**

8. Cuando era niño, nunca hacía eso. **(palabra relativa)**

   Lo que yo quiero saber es **(palabra relativa)**
   ¿cuándo aprendió? **(interrogativa)**

UNIDAD 3
LECCIÓN 1

¡A escuchar!
Gente y cultura del mundo 21

A La ex presidenta de Nicaragua.

1. F	4. C
2. F	5. C
3. C	

B Un presidente aventurero.

1. a	4. b
2. c	5. b
3. c	

Pronunciación y ortografía

C Deletreo con las letras z, c y s.

1. farmacia–farmacias
2. raíz–raíces
3. cruz–cruces
4. desconocido–desconocidos
5. gimnasio–gimnasios
6. luz–luces
7. riqueza–riquezas
8. inglés–ingleses
9. gracioso–graciosos
10. andaluz–andaluces

D Dictado.

El proceso de la paz en Nicaragua

En noviembre de 1984 Daniel Ortega, líder del Frente Sandinista, fue elegido presidente de Nicaragua. Seis años más tarde fue derrotado en elecciones libres por la candidata de la Unión Nacional Opositora, Violeta Barrios de Chamorro. El gobierno de Chamorro logró la pacificación de los contras, reincorporó la economía nicaragüense al mercado internacional y reanudó lazos de amistad con EE.UU. En 1997, Chamorro entregó la presidencia a Arnoldo Alemán Lecayo quien había vencido a Daniel Ortega, el candidato sandinista, en elecciones democráticas. Desde entonces se vio un mejoramiento en la economía del país debido a la exportación de azúcar y la liberalización del intercambio internacional. Desafortunadamente, la devastación del huracán Mitch en 1998 forzó al gobierno a concentrarse en la reconstrucción del país al pasar al siglo XXI.

Mejoremos la comunicación
Correspondencia práctica

E ¡A redactar! *Las cartas van a variar.*

Vocabulario activo

F Lógica. *Las respuestas van a variar.*

1. autobuses, metros, taxis
2. tren, avión, barco
3. barco de vela, bote de remo, barco de recreo
4. aterriza, despega, hace escalas
5. camionetas cubiertas, casas rodantes

G Relación.

1. h	6. b
2. a	7. d
3. f	8. e
4. j	9. c
5. i	10. g

Gramática en contexto

H Datos sobre Nicaragua.

1. vivía	5. tenía
2. descubrieron	6. gobernó
3. fueron	7. derrotó
4. ocupaban	

I Fuimos al cine.

1. estábamos	8. interpretó
2. decidimos	9. respetó
3. estaban	10. entregó
4. fuimos	11. fuimos
5. gustó	12. dijo
6. hizo	13. gustó
7. preparaba	

J Un poema musical.

1. leímos
2. era
3. Pensé
4. era
5. recitaba
6. podíamos
7. sentía

Lengua en uso

K Amigos falsos. *Las oraciones van a variar.*

1. realizar: hacer real una cosa, cumplir
   to realize: darse cuenta
2. sentencia: decisión de un juez o árbitro
   sentence: oración, frase
3. largo: longitud
   large: grande
4. faltar: no existir, estar ausente
   to fault: echar la culpa, criticar
5. estimar: apreciar, valorar, sentir afecto
   to estimate: calcular aproximadamente
6. marco: cerco, moldura
   mark: marca, raya, mancha, signo
7. sano: saludable, en buena salud física
   sane: cuerdo, de buena salud mental

L Nicaragua. *Las respuestas pueden variar.*

1. Esperamos asistir a la conferencia de Ernesto Cardenal la semana próxima.
2. El suceso más importante de los años 80 fue la relocalización forzada de más de diez mil campesinos por los sandinistas.
3. El poeta sacerdote Ernesto Cardenal no apoyaba la violencia contra los pobres en Nicaragua y les echaba la culpa a los militares.
4. Nadie se dio cuenta de que el éxito del poeta resultaría en que el gobierno prohibiera su comunidad de hermanos.
5. El representante sandinista juzgó que el camino a la paz sería muy largo y difícil.
6. Me di cuenta de que la situación nicaragüense era más compleja que una lucha entre izquierdistas y derechistas.

UNIDAD 3
LECCIÓN 2

¡A escuchar!

Gente y cultura del mundo 21

A Lempira.

1. F
2. F
3. F
4. C
5. F
6. C

B Los mayas.

1. Sí
2. No
3. Sí
4. No
5. No
6. Sí
7. No

Pronunciación y ortografía

C Honduras y Nicaragua.

1. Los antropólogos que exploraron las ruinas de Copán **observaron** que los templos de los primeros pobladores hondureños son un **expresivo** testamento a su **riqueza** cultural.
2. La **visión** de los mayas se refleja en su **impresionante** arquitectura.
3. Al llegar a territorio hondureño/**nicaragüense**, los españoles encontraron **distintos** y muy **desarrollados** grupos étnicos.
4. Las trabajadoras hondureñas informaron por **televisión** que su **situación** era **opresiva** y que sus jefes habían **abusado** de su muy **bondadosa** personalidad.
5. Es muy sabido que a **principios** del **siglo** XX grandes compañías norteamericanas controlaban la **producción masiva** de plátanos en Honduras.
6. Este producto se convirtió en una **base** de **riqueza comercial** que **desgraciadamente** no **benefició** a la mayoría de los hondureños.

D Dictado.

La independencia de Honduras

Como provincia perteneciente a la Capitanía General de Guatemala, Honduras se independizó de España en 1821. Como el resto de los países centroamericanos, se incorporó al efímero Imperio Mexicano de Agustín de Iturbide y formó parte de la federación de las Provincias Unidas de Centroamérica. En la vida política de la federación sobresalió el hondureño Francisco Morazán, que fue elegido presidente en 1830 y 1834. El 5 de noviembre de 1838 Honduras se separó de la federación y proclamó su independencia.

Mejoremos la comunicación

Vocabulario activo

E Lógica.

1. Para mejorar la economía es esencial detener la **tasa** de **desempleo.**

2. Por lo general, se puede decir que las compañías **multinacionales** sólo hacen inversiones en el extranjero para **aumentar** las ganancias de sus **accionistas.**

3. Es triste cuando una **compañía** extranjera se aprovecha de los **recursos** naturales de la nación **anfitriona** olvidando el **bienestar** de los humildes.

4. La mayoría de los **economistas** tienen razón al insistir que el **aporte** de capitales extranjeros tiene ciertas **ventajas.**

5. La preocupación más grande de las compañías **extranjeras** no es crear **empleos** en nuestro país.

F La economía global.

Horizontal

contratar	ingreso
controlar	tasa
aumentar	importar
crédito	inversión

Vertical

invertir	exportar
empleo	desempleo
país	beneficio
proveer	presupuesto
empresa	

Diagonal

incrementar	bolsa
acción	inversionista
obrera	

Las compañías multinacionales traen: ¡buenos salarios y nueva tecnología!

Gramática en contexto

G Tormenta. *Las respuestas van a variar.*

1. Yo manejaba (conducía) por la ciudad cuando empezó a llover.

2. Nosotros caminábamos por el río cuando empezó a llover.

3. Nosotros jugábamos al béisbol cuando empezó a llover.

4. Yo entraba al banco cuando empezó a llover.

5. Nosotros conversábamos cuando empezó a llover.

H Tiempo loco. *Las respuestas van a variar.*

1. El martes, cuando llegué a casa, hacía mucho calor.

2. El miércoles, cuando llegué a la universidad, hacía viento.

3. El jueves, cuando salí de clase, estaba nublado.

4. El viernes, cuando salí de la biblioteca, llovía (estaba lloviendo).

5. El sábado, cuando llegué a la biblioteca, nevaba (estaba nevando).

6. El domingo, cuando jugué al golf, hacía (estaba) fresco.

I Las compañías multinacionales, ¿prosperidad o catástrofe?

Antes mis amigos y yo **estábamos** en contra de las compañías multinacionales. **Sosteníamos** que eran una catástrofe para nuestra economía. **Pensábamos** que sólo se interesaban en sus ganancias y en sus accionistas. Nosotros **queríamos** que los industriales nacionales, no los extranjeros, controlaran nuestra economía. Los productos nacionales, **decíamos**, deben quedarse en nuestro país, no deben exportarse. **Teníamos** opiniones muy seguras y categóricas. Sin embargo, ahora vemos que la situación es más compleja porque estas compañías sí han traído beneficios al país. Antes **veíamos** sólo lo negativo; ahora vemos que también hay aspectos positivos.

Lengua en uso

J Veracruz. *Las respuestas van a variar.*

1. propiedades y bienes *o* el alto nivel de vida

2. asuntos *o* trámites *o* negocios

3. parte muy importante y de mucho valor en mi vida *o* imprescindible en mi vida

4. una gran variedad de animales *o* a las tortugas galápagos y muchos otros animales

5. un hueco en mi conocimiento *o* una falta de información que yo tenía

6. una excelente experiencia *o* todo lo que esperaba y aun más

UNIDAD 3

LECCIÓN 3

¡A escuchar!

Gente y cultura del mundo 21

A Arzobispo asesinado.

1. F	4. F
2. C	5. F
3. F	6. C

B ¿Nicaragüense o salvadoreña?

1. a
2. a
3. c

4. b
5. b

Pronunciación y ortografía

C Deletreo con la *g* y la *j.*

1. escoger
2. porcentaje
3. protegimos
4. corrigen
5. contagio

6. tradujo
7. manejé
8. exageras
9. recogió
10. tejían

D Terremotos.

1. En 1839, San Salvador **llegó** a ser nombrada capital de El Salvador.

2. En 1854, **pegó** un **gran** terremoto que **dejó** la ciudad capital en ruinas.

3. El gobierno volvió a establecer la ciudad **junto** al sitio **original**.

4. Viéndose otra vez **bajo** ruinas debido al terremoto de 1873, la **gente** volvió a reconstruir la capital en el mismo sitio.

5. Dos **grandes** terremotos en 1917 y 1919 de nuevo **redujeron** la ciudad a ruinas y otra vez volvió a levantarse.

6. A pesar de nueva **tecnología**, un **gigantesco** terremoto que se **registró** el 10 de octubre de 1986, **trajo** graves daños a la ciudad.

E Dictado.

El proceso de la paz en El Salvador

En 1984 el presidente de El Salvador, José Napoleón Duarte, inició negociaciones por la paz con el FMLN. En 1986, San Salvador sufrió un fuerte terremoto que ocasionó más de mil víctimas. Pero más muertos causó, sin embargo, la continuación de la guerra civil. Alfredo Cristiani, elegido presidente en 1989, firmó en 1992 un acuerdo de paz con el FMLN después de negociaciones supervisadas por las Naciones Unidas. Así, después de una guerra que causó más de 80.000 muertos y paralizó el desarrollo económico, el país se propone garantizar la paz que tanto le ha costado.

Mejoremos la comunicación

Vocabulario activo

F Lógica. *Las respuestas van a variar.*

1. demócrata, republicano, comunista, marxista, socialista, independiente

2. alcalde, gobernador, presidente

3. diputado, legislador, representante, senador

4. derechos de la mujer, control de la natalidad, control del narcotráfico

5. control de armas de fuego, pena de muerte, suicidio voluntario

G Palabras cruzadas.

ALCALDE
LEGISLADOR
INDEPENDIENTE
GOBERNADOR
DIPUTADO
REPUBLICANO
REPRESENTANTE
DEMÓCRATA
SENADOR

Gramática en contexto

H Hechos recientes.

1. Cambié mi estéreo por una bicicleta.
2. Estudié para mi examen de historia.
3. Caminé por el parque central.
4. Llamé a mi amigo Rubén por teléfono.
5. Compré un regalo para mi novio(a).
6. Leí un libro interesante por dos horas.
7. Fui a la biblioteca para consultar una enciclopedia.

I De prisa.

1. Por
2. para
3. para
4. por

5. Por
6. por
7. para

J Atleta.

1. para
2. por
3. por

4. por
5. Para
6. para

K Mis intereses políticos.

Mis amigos dicen que, **para** ser mujer, mi interés **por** la política es poco común. Sí, para mí, la política es muy importante. En todas las elecciones siempre pienso cuidadosamente **por** quién voy a votar. Estos son algunos de los temas por los cuales me intereso. Estoy **por** los derechos de la mujer; creo que debemos tener medidas **para** controlar las armas de fuego; un seguro universal de salud debe ser estudiado bien por los legisladores. Y algo muy importante: **para** las próximas elecciones la gente debería poder votar **por** una mujer **para** presidenta.

Lengua en uso

L Poema salvadoreño.

Alta_hora de la noche

Cuando sepas que_he muerto no pronuncies
mi nombre

porque se detendrá la muerte_y el reposo.

Tu voz, que_es la campana de los cinco sentidos,
sería_el tenue faro buscado por mi niebla.

Cuando sepas que_he muerto di sílabas extrañas.
Pronuncia flor, abeja, lágrima, pan, tormenta.

No dejes que tus labios hallen mis once letras.
Tengo sueño, he_amado, he ganado_el silencio.

No pronuncies mi nombre cuando sepas
que_he muerto

desde la_oscura tierra vendría por tu voz.

No pronuncies mi nombre, no pronuncies mi nombre.

Cuando sepas que_he muerto no
pronuncies mi nombre.

UNIDAD 3
LECCIÓN 4

¡A escuchar!

Gente y cultura del mundo 21

A Miguel Ángel Asturias.

1. F   3. F   5. F
2. C   4. C   6. C

B Una vida difícil.

1. F   3. F   5. C
2. C   4. F   6. C

Pronunciación y ortografía

C Deletreo con la *b* y la *v*.

1. b i s e m a n a l
2. a d v e r t e n c i a
3. o b s e s i ó n
4. b i o q u í m i c a
5. o b s c u r o
6. s u b l e v a r
7. o b l i g a c i ó n
8. t r o v a d o r
9. b i z c o
10. b e i s b o l i s t a
11. b i g o t e
12. o b j e t i v o s
13. a d v e r s a r i o
14. b i o g r a f í a
15. i n t e r v e n c i ó n
16. p e r s e v e r a n c i a

D Dictado.

La civilización maya

Hace más de dos mil años los mayas construyeron pirámides y palacios majestuosos, desarrollaron el sistema de escritura más completo del continente y sobresalieron por sus avances en las matemáticas y la astronomía. Así, por ejemplo, emplearon el concepto del cero en su sistema de numeración y crearon un calendario más exacto que el que se usaba en la Europa de aquel tiempo. La civilización maya prosperó primero en las montañas de Guatemala y después se extendió hacia la península de Yucatán, en el sureste de México y Belice.

Mejoremos la comunicación

Vocabulario activo

E Lógica. *Las respuestas van a variar.*

1. protección de la discriminación basada en el color de la piel, religión, sexo
2. la igualdad de hombres y mujeres
3. los asesinatos políticos, la represión, las dictaduras militares
4. la corrupción política

F Derechos básicos.

1. Los derechos **humanos** son los derechos básicos como la protección de la **discriminación** a base de **raza.**
2. En una **democracia,** todo ciudadano debe tener derechos **básicos** como el derecho a libertad de reunión y el derecho contra la **detención arbitraria.**
3. En algunos países del mundo no existe el derecho al **libre pensamiento político.**
4. El problema de los indígenas de Guatemala es que no tienen ni el derecho a la **libertad de reunión** ni **la libertad.**

Gramática en contexto

G Mi familia.

1. Mi   5. Mi/Nuestro
2. mi   6. su
3. nuestros   7. Su
4. Mis/Nuestros

H Preferencias.

1. ¿Y la tuya?   3. ¿Y los tuyos?   5. ¿Y la tuya?
2. ¿Y las tuyas?   4. ¿Y el tuyo?

I Resoluciones.

1. Papá volvió a jugar al golf.
2. Mamá se decidió a caminar.
3. Mi hermanita aprendió a nadar.
4. Los mellizos aprendieron a escalar rocas.
5. Yo.

J Tarea inminente.

Acabo **de** darme cuenta de que en una semana debo presentar un trabajo escrito para mi clase de literatura hispanoamericana. Creo que voy **a** escribir acerca de Miguel Ángel Asturias. Aprendí **a** conocer mejor Guatemala y sus problemas leyendo **a** ese autor. Debo volver **a** mirar los apuntes que tomé en clase porque eso me ayudará **a** orientarme. Además, trataré **de** leer libros de críticos que estudian **a** Asturias. La profesora insiste **en** recibir los trabajos a tiempo y yo cuento **con** terminar antes de siete días.

Lengua en uso

K Patrones en los sufijos. *Las palabras nuevas pueden variar.*

1. Patrón: -tico

Español romántico democrático sarcástico doméstico artístico

Inglés *romantic democratic sarcastic domestic artistic*

2. Patrón: -cia

Español urgencia farmacia aristocracia diplomacia contingencia

Inglés *urgency pharmacy aristocracy diplomacy contingency*

3. Patrón: -sistir

Español insistir resistir persistir consistir subsistir

Inglés *insist resist persist consist subsist*

4. Patrón: -ancia

Español distancia abundancia elegancia resistencia substancia

Inglés *distance abundance elegance resistance substance*

5. Patrón: -oso

Español famoso ambicioso religioso escandaloso delicioso

Inglés *famous ambicious religious scandalous delicious*

6. Patrón: -ble

Español posible variable increíble probable justificable

Inglés *possible variable incredible probable justifiable*

UNIDAD 4
LECCIÓN 1

¡A escuchar!

Gente y cultura del mundo 21

A Político costarricense.

1. C	**3.** F	**5.** F
2. F	**4.** C	

B Un mes de desastres ecológicos.

1. A	**3.** B	**5.** B
2. B	**4.** A	

Pronunciación y ortografía

C Zonas protegidas en Costa Rica.

1. ¿Has **visto** la **extraordinaria exposición** de libros sobre la ecología en San José?

2. En los territorios protegidos han **explorado** los bosques siempre verdes y **examinado** la **exterminación** de la llamada "ranita salpicada".

3. Después de mucha **reflexión**, el gobierno costarricense por fin decidió detener la acelerada **deforestación** de las selvas.

4. ¿Qué **conexión** hay entre la acelerada **deforestación** de las selvas y el hecho de que en Costa Rica actualmente **existen** zonas protegidas en el veintiséis por ciento del país?

5. En comparación, EE.UU. ha **expuesto** que menos del 3,2 por ciento de su **superficie** está dedicado a parques nacionales.

6. La familia del político **Óscar** Arias Sánchez ha apoyado el establecimiento de zonas protegidas **a pesar** de dedicarse a la **exportación** del café.

D Dictado.

Costa Rica: país ecologista

Debido a la acelerada deforestación de las selvas que cubrían la mayor parte del territorio de Costa Rica, se ha establecido un sistema de zonas protegidas y parques nacionales. En proporción a su área, es ahora uno de los países que tiene más zonas protegidas (el 26% del territorio tiene algún tipo de protección, el 8% está dedicado a parques nacionales). Estados Unidos, por ejemplo, ha dedicado a parques nacionales solamente el 3,2% de su superficie.

Mejoremos la comunicación

Correspondencia práctica

E **Solicito empleo.** *Las cartas van a variar.*

Vocabulario activo

F **Costa Rica.**

1. parques nacionales
2. reservas biológicas
3. zonas protegidas

Respuesta a la pregunta: Conciencia ecológica

G **Relación.**

1. h
2. e
3. a
4. i
5. j
6. b
7. d
8. c
9. g
10. f

Gramática en contexto

H **Obligaciones pendientes.**

1. he hablado
2. ha ido
3. hemos escrito
4. han resuelto
5. hemos organizado
6. ha visto
7. han hecho

I **Datos sobre Costa Rica.**

1. La creación de parques nacionales se inició en Costa Rica en 1970.
2. Muchas investigaciones ecológicas se hacen en Costa Rica.
3. El medio ambiente se respeta en Costa Rica.
4. El ejército se disolvió en 1949.
5. El presupuesto militar se dedicó a la educación.

J **Historia de Costa Rica.**

1. En Costa Rica, tributos fueron recogidos por tres colonias militares aztecas en 1502.
2. En 1574, Costa Rica fue integrada a la Capitanía General de Guatemala por los españoles.
3. Las pronunciadas desigualdades sociales de otros países centroamericanos nunca fueron sufridas por los colonos españoles en Costa Rica.
4. La independencia de la Capitanía General de Guatemala fue proclamada por el capitán general español Gabino Gaínza, en 1821.
5. La independencia absoluta fue proclamada por los costarricenses el 31 de agosto de 1848.

K **Posible viaje.**

1. he visto
2. han hecho
3. han vuelto
4. Se respeta
5. ha gustado
6. he resuelto
7. han dicho

Lengua en uso

L **En la cocina.**

1. recíproco
2. recíproco
3. reflexivo
4. voz pasiva
5. reflexivo
6. verbo saber
7. verbo saber
8. objeto indirecto
9. reflexivo
10. reflexivo

M **Oraciones con se.** *Las oraciones van a variar.*

1. reflexivo
2. voz pasiva
3. voz pasiva
4. reflexivo
5. recíproco
6. recíproco
7. voz pasiva
8. reflexivo

UNIDAD 4
LECCIÓN 2

¡A escuchar!

Gente y cultura del mundo 21

A **Un cantante y político.**

1. C
2. C
3. F
4. C
5. F

B **Los cunas.**

1. b
2. a
3. c
4. c
5. a

Pronunciación y ortografía

C **Manuel Antonio Noriega.**

1. Manuel Antonio Noriega tomó la **jefatura** de la **Guardia** Nacional en 1983 y **siguió dirigiendo** el país.
2. Cuando el **general** Omar **Torrijos** murió en un avión, se **sugirió** que el **jefe** de la **Guardia** Nacional, Manuel Antonio Noriega, fue el responsable.
3. Esto **produjo** mucho descontento **general** entre la **gente** de Panamá.
4. A la vez, en EE.UU. se **dijo** que Noriega **protegía** a traficantes de **drogas.**
5. En 1989, cuando la oposición **ganó** las elecciones nacionales, Noriega las anuló con el apoyo del **ejército.**
6. En diciembre de 1989, EE.UU. **trajo** a su **ejército** y marina a Panamá y capturó a Noriega.

D Dictado.

La independencia de Panamá y la vinculación con Colombia

Panamá permaneció aislada de los movimientos independentistas ya que su único medio de comunicación por barco estaba controlado por las autoridades españolas. La independencia se produjo sin violencia cuando una junta de notables la declaró en la ciudad de Panamá el 28 de noviembre de 1821, que se conmemora como la fecha oficial de la independencia de Panamá. Pocos meses más tarde, Panamá se integró a la República de la Gran Colombia junto con Venezuela, Colombia y Ecuador.

Mejoremos la comunicación

Vocabulario activo

E Lógica. *Las oraciones van a variar.*

1. puntadas
2. cuero
3. cerámica
4. aguja
5. barro

F Crucigrama.

Vertical

1. cinturón
3. vidriería
4. tallado
5. tijeras
6. cestería
10. diseños

Horizontal

2. vidrio
7. alfarería
8. soplar
9. tejer
11. molas
12. coser
13. telas

Gramática en contexto

G Futuras vacaciones.

1. Ojalá no llueva todo el tiempo.
2. Ojalá tenga tiempo para visitar Panamá viejo y San Felipe.
3. Ojalá consiga boletos para el Teatro Nacional.
4. Ojalá pueda viajar por el canal.
5. Ojalá haya conciertos de música popular.
6. Ojalá aprenda a bailar merengue.
7. Ojalá alcance a ver algunos museos.
8. Ojalá visitemos las islas San Blas.
9. Ojalá encuentre unas molas hermosas.
10. Ojalá me divierta mucho.

H Recomendaciones.

1. Entrénate
2. faltes
3. llegues
4. Concéntrate
5. Haz
6. Sal
7. Acuéstate
8. te desanimes

I Consejos.

1. Hagan una lectura rápida del texto.
2. Lean el texto por lo menos dos veces.
3. Tomen notas.
4. Resuman brevemente la lección.
5. No hagan la tarea a medias; háganla toda.
6. No dejen los estudios hasta el último momento antes de un examen.
7. Organícense en grupos de estudio de vez en cuando.

J Abuelita Julia.

1. sepamos
2. hagamos
3. podamos
4. vayamos
5. obtengamos
6. consigamos
7. vivamos
8. seamos
9. viva

Lengua en uso

K Vamos al concierto.

1. Ojalá que **podamos** conseguir boletos para el concierto de Rubén Blades.
2. Espero que **haya** buenos asientos cerca del escenario.
3. Es fabuloso que ahora **vayamos** finalmente a conocer a este gran cantante.
4. Es posible que **tengamos** que hacer cola por horas.
5. Papá quiere que **volvamos** temprano a casa.

UNIDAD 4
LECCIÓN 3

¡A escuchar!

Gente y cultura del mundo 21

A Premio Nobel de literatura.

1. C
2. F
3. F
4. C
5. F
6. C

B El sueño del Libertador.

1. Sí
2. Sí
3. No
4. Sí
5. No
6. No

Pronunciación y ortografía

C Colombia hasta la independencia.

1. Los **indígenas** que dejaron ídolos **gigantes** de piedra fueron la **gente** de la **región** de San **Agustín**.

2. Los pueblos chibchas fueron **agricultores** que **eligieron** trabajar las tierras altas de la **región** central.

3. Aquí fue donde la leyenda de El Dorado **surgió** y **llegó** a su **apogeo**.

4. Los españoles **sumergieron** a los **indígenas** en la **religión** católica y la **lengua** castellana.

5. El Virreinato de Nueva **Granada gobernó** y **protegió** las **regiones** que hoy son Venezuela, Colombia, Ecuador y Panamá.

6. Colombia **ganó** su independencia el 20 de julio de 1810 cuando el último virrey español fue **obligado** a dejar su **cargo** y a **regresar** a España.

D Dictado.

Guerra de los Mil Días y sus efectos

Entre 1899 y 1903 tuvo lugar la más sangrienta de las guerras civiles colombianas, la Guerra de los Mil Días, que dejó al país exhausto. En noviembre de ese último año, Panamá declaró su independencia de Colombia. El gobierno estadounidense apoyó esta acción pues facilitaba considerablemente su plan de abrir un canal a través del istmo centroamericano. En 1914 Colombia reconoció la independencia de Panamá y recibió una compensación de 25 millones de dólares por parte de Estados Unidos.

Mejoremos la comunicación

Vocabulario activo

E Lógica. *Las explicaciones van a variar.*

1. cumbia
2. boleros
3. la música romántica
4. bailarín
5. bambucos

F Relación.

1. g
2. b
3. e
4. a
5. i
6. h
7. c
8. f
9. d
10. d

Gramática en contexto

G Vida de casados.

1. Es esencial que se respeten mutuamente.
2. Es recomendable que sean francos.
3. Es mejor que compartan las responsabilidades.
4. Es necesario que se tengan confianza.
5. Es preferible que ambos hagan las tareas domésticas.
6. Es bueno que ambos puedan realizar sus ambiciones profesionales.
7. Es normal que ambos se pongan de acuerdo sobre asuntos financieros.
8. Es importante que ambos se comuniquen sus esperanzas y sus sueños.

H Reacciones. *Las respuestas van a variar.*

1. Es bueno que Enrique busque trabajo.
2. Es una lástima que Gabriela esté enferma.
3. Es sorprendente que Javier reciba malas notas.
4. Me alegra que Yolanda trabaje como voluntaria en el hospital.
5. Es triste que Lorena no participe en actividades extracurriculares.
6. Es malo que Gonzalo no dedique muchas horas al estudio.
7. Es estupendo que a Carmela le interese la música caribeña.
8. Me alegra que Marta nos consiga boletos para el concierto de los Aterciopelados.
9. Siento que a Javier no le guste la música de Shakira.

I Esperanzas, recomendaciones o sugerencias. *Las respuestas van a variar.*

1. Te aconsejo que te acuestes más temprano.
2. Sugiero que estudies más.
3. Te ruego que vayas al trabajo todos los días.
4. Te pido que seas más puntual.
5. Prefiero que no seas tan distraído.
6. Espero que contestes mis llamadas.

J A Medellín.

1. saben
2. visite
3. vaya
4. pase
5. Dense
6. llévenme
7. voy

Lengua en uso

K La reunión.

1. Es preciso que la profesora Muñoz incluya información sobre el estado económico actual del país.
2. Es dudoso que nosotros podamos terminar los preparativos para la reunión en dos horas.
3. Es obvio que hay mucha gente que piensa venir a la reunión esa noche.
4. Es necesario que los jóvenes organicen un programa especial para entretener a los niños.
5. Es posible que el invitado especial no llegue a tiempo por el tráfico.

6. Es bueno que nuestra comunidad analice estos asuntos de gran importancia.

7. Es evidente que este evento es de gran significado para todos.

UNIDAD 4
LECCIÓN 4

¡A escuchar!
Gente y cultura del mundo 21
A Carolina Herrera.

1. F
2. C
3. F
4. C
5. C

B Señorita Venezuela.

1. C
2. F
3. C
4. C
5. F

Pronunciación y ortografía
C Caracas y Maracaibo.

1. En el **horizonte** vemos Caracas, una ciudad **histórica** de mucha **hospitalidad.**

2. Los indígenas venezolanos creen que las **huellas** de sus antepasados son el **hilo** al pasado.

3. Antes de construir el metro de Caracas, **hubo** una planificación extensa con situaciones reales e **hipotéticas.**

4. En Maracaibo, el petróleo **ha** sido el mayor **hallazgo** y el producto principal de Venezuela.

5. La determinación de los políticos de Maracaibo de sacar más y más petróleo del lago frecuentemente **ha** agotado la paciencia **humana** del **hombre** que trata de preservar el medio ambiente.

6. Por eso, los **huelguistas, humilde** y pacíficamente, varias veces **han** tenido que confrontar la **hostilidad** de los administradores petroleros.

D Dictado.

El desarrollo industrial
En la década de los 60, Venezuela alcanzó un gran desarrollo económico que atrajo a muchos inmigrantes de Europa y de otros países sudamericanos. En 1973 los precios del petróleo se cuadruplicaron como resultado de la guerra árabe-israelí y de la política de la Organización de Países Exportadores de Petróleo

(OPEP), de la cual Venezuela era socio desde su fundación en 1960. En 1976 el presidente Carlos Andrés Pérez nacionalizó la industria petrolera, lo que proveyó al país mayores ingresos que permitieron impulsar el desarrollo industrial.

Mejoremos la comunicación
Vocabulario activo
E Lógica. *Las respuestas van a variar.*

1. los minerales, la flora, la fauna
2. abedul, arce y roble
3. las orquídeas, los claveles y las rosas
4. el alce, la ardilla, el venado
5. el hierro, el carbón, el uranio
6. los diamantes, las esmeraldas, el jade

F Ejemplos.

1. d
2. g
3. f
4. e
5. b
6. h
7. a
8. c

Gramática en contexto
G Explicaciones.

1. que
2. que (el cual)
3. que
4. quien
5. que
6. que (la cual)
7. cuyos

H Juguetes.

1. Éstos son los soldaditos de plomo que mi tío Rubén me compró en Venezuela.

2. Éste es el balón que uso para jugar al básquetbol.

3. Éstos son los títeres con los que (con los cuales) juego a menudo.

4. Éste es el coche eléctrico que me regaló mi papá el año pasado.

5. Éstos son los jefes del ejército delante de los cuales desfilan mis soldaditos de plomo.

I El Salto de Angel.

1. cuyo
2. que
3. lo que
4. que
5. lo cual
6. el cual
7. que
8. para quienes

Lengua en uso
J Carta de Venezuela.

1. espléndida
2. Inmediatamente
3. símbolo
4. imenso
5. sinfonía
6. esnobs
7. sinfonía
8. inmaduro
9. inmediatamente
10. espléndidos, síntomas

UNIDAD 5
LECCIÓN 1

¡A escuchar!

Gente y cultura del mundo 21

A Un cantante peruano.

1. C
2. F
3. F
4. C
5. F
6. F

B Pequeña empresa.

1. Sí
2. No
3. Sí
4. Sí
5. No
6. No

Pronunciación y ortografía

C Arqueólogo.

1. **Anteayer** regresó mi **yerno** de su viaje a Perú.

2. Él es un arqueólogo que estuvo en **Ayacucho** y otras regiones **andinas cuyas** civilizaciones han dejado una gran riqueza cultural.

3. Allá conoció a unos estudiantes **paraguayos** quienes **contribuyeron** con **ánimo** a su **proyecto**.

4. Durante su **estadía,** en muchas ocasiones, todos se **reuniero, leyeron** poesía y contaron **leyendas**.

5. Su gran hallazgo fue la excavación de un **hoyo** con una cueva **adyacente, cuyo** contenido **incluyó** no sólo artefactos de oro, sino también **evidencia** de unas **hierbas** medicinales.

6. En su **mayoría**, todos se llevaban bien aunque en una **ocasión, Guillermo oyó** a unos de los jóvenes **arguyendo**.

7. Cuando esto ocurrió, **Guillermo** les **dijo**: "Es mejor que no **haya** discordia. Resolvamos esto antes de que se **convierta** en un problema **mayor**."

8. Indudablemente, el **proyecto suyo contribuyó** al entendimiento de la rica **trayectoria** histórica de nuestros antepasados.

D Dictado.

Las grandes civilizaciones antiguas de Perú

Miles de años antes de la conquista española, las tierras que hoy forman Perú estaban habitadas por sociedades complejas y refinadas. La primera gran civilización de la región andina se conoce con el nombre de Chavín y floreció entre los años 900 y 200 a.C. en el altiplano y la zona costera del norte de Perú. Después siguió la cultura mochica, que se desarrolló en una zona más reducida de la costa norte de Perú. Los mochicas construyeron las dos grandes pirámides de adobe que se conocen como Huaca del Sol y Huaca

de la Luna. Una extraordinaria habilidad artística caracteriza las finas cerámicas de los mochicas.

Mejoremos la comunicación

Correspondencia práctica

E Declaración. *Las declaraciones van a variar.*

Vocabulario activo

F El cuerpo humano.

a. los ojos	**n.** la cabeza
b. la oreja	**o.** la nariz
c. los labios (la boca)	**p.** la boca (los labios)
d. el mentón	**q.** el cuello
e. el brazo (el hombro)	**r.** el hombro (el brazo)
f. el pecho	**s.** la espalda
g. el codo	**t.** el estómago
h. la muñeca	**u.** la cintura
i. la mano	**v.** la cadera
j. los dedos	**w.** el muslo
k. la rodilla	**x.** la pierna (la pantorrilla)
l. la pantorrilla (la pierna)	**y.** el pie
m. el tobillo	

G Antónimos.

1. f
2. d
3. a
4. g
5. c
6. h
7. b
8. e

Gramática en contexto

H Profesiones ideales.

1. permita
2. haya
3. gane
4. requiera
5. pueda

I Fiesta de disfraces.

1. sea
2. es
3. va
4. dé
5. parezca
6. tenga

J Deseos y realidad. *Las opiniones van a variar.*

1. La gente pide gobernantes que reduzcan la inflación.
   La gente elige gobernantes que no se preocupan por la inflación.

2. La gente pide gobernantes que eliminen la violencia.
   La gente elige gobernantes que son parte de la violencia.

3. La gente pide gobernantes que atiendan a la clase trabajadora.
   La gente elige gobernantes que sólo atienden a los ricos.

4. La gente pide gobernantes que obedezcan la constitución.
   La gente elige gobernantes que ignoran totalmente la constitución.

5. La gente pide gobernantes que den más recursos para la educación.
   La gente elige gobernantes que no dan nada a la educación.

6. La gente pide gobernantes que hagan reformas económicas.
   La gente elige gobernantes que deciden gastar más y más.

7. La gente pide gobernantes que construyan más carreteras.
   La gente elige gobernantes que ignoran los problemas de transportación.

K Tihuantinsuyo.

1. interese   5. es
2. significa   6. siente
3. extiende   7. están
4. llegan   8. sienta

Lengua en uso

L Composición sobre Cuzco.

1. inmensas   7. especial
2. oficial   8. filosofía
3. arquitectura   9. antepasados
4. inmortales   10. ocurre
5. comprensión   11. ejercicio
6. elocuencia

UNIDAD 5
LECCIÓN 2

¡A escuchar!

Gente y cultura del mundo 21

A Artista ecuatoriano.

1. F   4. C
2. C   5. C
3. F   6. C

B Tareas domésticas.

1. G   4. E
2. D   5. B
3. A

Pronunciación y ortografía

C Meteorito en Ecuador.

1. c a y ó   6. h a l l a
2. a r r o y o   7. v a l l a
3. r a y a

D Dictado.

Época más reciente

A partir de 1972, cuando se inició la explotación de sus reservas petroleras, Ecuador tuvo un acelerado desarrollo industrial. Desafortunadamente, ya para 1982 los ingresos del petróleo empezaron a disminuir. En 1987 un terremoto destruyó parte de la línea principal de petróleo, lo cual afectó aún más la economía. En enero de 2000, un golpe de estado dirigido por elementos militares e indígenas depuso al presidente y entregó el poder a Gustavo Noboa. En el campo económico, Ecuador cambió el sucre por el dólar en marzo de 2000.

Mejoremos la comunicación

Vocabulario activo

E Lógica. *Las respuestas van a variar.*

1. cáncer, infarto, diabetes
2. amigdalitis, sarampión, paperas
3. cardiólogo, dermatólogo, oncologista
4. ginecólo obstetra
5. antidepresivos, acupuntura, atomizador

F Sinónimos.

1. c   5. a
2. g   6. d
3. h   7. f
4. b   8. e

Gramática en contexto

G ¿Cuándo es mejor casarse?

1. Cuando terminen la escuela secundaria.
2. Cuando se gradúen de la universidad.
3. Cuando tengan por lo menos veinticinco años.
4. Cuando estén seguros de que están enamorados.
5. Cuando sientan que pueden afrontar las responsabilidades.

H Mañana ocupada.

1. me levante   5. juega
2. regrese   6. complete
3. tomo   7. llegue
4. termine   8. llega

I **Visita al médico.**

1. sea   3. quiero   5. siento
2. permita   4. diga   6. tenga

J **Obsesión artística.**

1. llegue   5. termine
2. estamos   6. dicen
3. podamos   7. logre
4. interesa   8. satisfaga

Lengua en uso

K **Quito.**

1. Ecuador es un país hermoso, un paraíso para los fotógrafos.

2. Una foto de las tortugas Galápagos cuelga majestuosamente en mi restaurante favorito en Quito.

3. Charles Darwin, quien descubrió el verdadero valor de las islas, era también un filósofo competente.

4. Mi pregunta es: ¿Estás calificado para hacer tal comentario?

5. ¿Estás cuestionando mi inteligencia?

UNIDAD 5
LECCIÓN 3

¡A escuchar!

Gente y cultura del mundo 21

A **Escritora y activista boliviana.**

1. C   4. F
2. F   5. C
3. C   6. C

B **Actividades del sábado.**

Fig. A: –   Fig. E: 3
Fig. B: 1   Fig. F: 5
Fig. C: 4   Fig. G: 2
Fig. D: –   Fig. H: –

Pronunciación y ortografía

C **En las orillas del lago Titicaca.**

1. amarra   5. morral
2. cerro   6. jarra
3. coro   7. peritos
4. mira

D **Dictado.**

Las consecuencias de la independencia en Bolivia

La independencia trajo pocos beneficios para la mayoría de los habitantes de Bolivia. El control del país pasó de una minoría española a una minoría criolla muchas veces en conflicto entre sí por intereses personales. A finales del siglo XIX, las ciudades de Sucre y La Paz se disputaron la sede de la capital de la nación. Ante la amenaza de una guerra civil, se optó por la siguiente solución: la sede del gobierno y el poder legislativo se trasladaron a La Paz, mientras que la capitalidad oficial y el Tribunal Supremo permanecieron en Sucre.

Mejoremos la comunicación

Vocabulario activo

E **Lógica.** *Las explicaciones van a variar.*

1. volantes   4. tallas
2 gafas   5. encaje
3. lunares   6. bufandas

F **Opciones.**

1. c   4. b
2. a   5. b
3. c

Gramática en contexto

G **Deportes.**

1. Nadaré en la piscina municipal.
2. Levantaré pesas.
3. Miraré un partido de béisbol.
4. Jugaré al tenis.
5. Pasearé en mi bicicleta.

H **¿Quién será?**

1. ¿Vendrá de otro país?
2. ¿Hablará español muy rápido?
3. ¿Sabrá hablar inglés?
4. ¿Podrá entender lo que nosotros decimos?
5. ¿Tendrá nuestra edad?
6. ¿Nos dará una charla?
7. ¿Le gustarán los deportes?

I **Próxima visita.**

1. iría
2. enviaría
3. tendría
4. saldría
5. visitaría

J Nuestro héroe.

1. Pasarán
2. olvidaremos
3. seguirá
4. dirá
5. tendré
6. perseguiré
7. querré
8. atraeré
9. recibiré
10. harán
11. podrán

Lengua en uso

K Participios pasados.

1. abierto
2. cubierto
3. dicho
4. escrito
5. hecho
6. muerto
7. puesto
8. resuelto
9. roto
10. visto
11. vuelto
12. satisfecho

L Tradiciones aymaras.

1. descubierto
2. desenvuelto
3. escrito
4. predicho
5. muerto
6. opuesto
7. resuelto, interrumpido

UNIDAD 6
LECCIÓN 1

¡A escuchar!

Gente y cultura del mundo 21

A Escritor argentino.

1. C
2. F
3. C
4. F
5. F
6. F

B Abuelos tolerantes.

Fig. A: 3
Fig. B: 5
Fig. C: –
Fig. D: 2
Fig. E: 1
Fig. F: 4
Fig. G: –
Fig. H: –

Pronunciación y ortografía

C Las madres de la Plaza de Mayo.

1. Ay
2. ay
3. hay
4. hay
5. hay
6. Hay
7. Ay
8. hay
9. Hay
10. hay
11. Ay
12. hay
13. hay
14. hay
15. hay

D Dictado.

La era de Perón

Como ministro de trabajo, el coronel Juan Domingo Perón se hizo muy popular y cuando fue encarcelado en 1945, las masas obreras consiguieron que fuera liberado. En 1946, tras una campaña en la que participó muy activamente su segunda esposa, María Eva Duarte de Perón, más conocida como Evita, Perón fue elegido presidente con el 55 por ciento de los votos. Durante los nueve años que estuvo en el poder, desarrolló un programa político denominado justicialismo, que incluía medidas en las que se mezclaba el populismo (política que busca apoyo en las masas con acciones muchas veces demagógicas) y el autoritarismo (imposición de decisiones antidemocráticas).

Mejoremos la comunicación
Correspondencia práctica

E Mi currículum vitae. *Van a variar.*

Vocabulario activo

F Lógica. *Las explicaciones van a variar.*

1. derrota
2. árbitro
3. entrenador
4. mediocampista
5. expulsar

G Definiciones.

1. a
2. c
3. a
4. b
5. c

Gramática en contexto

H Padres descontentos.

1. distribuyera
2. leyera
3. ayudara
4. pusiera
5. me peleara

I Vida poco activa.

1. Jugaría al golf si tuviera dinero para el equipo.
2. Iría a pescar si viviera más cerca del río.
3. Correría por el parque si pudiera hacerlo con unos amigos.
4. Iría a acampar si soportara dormir sobre el suelo.
5. Me metería en una balsa si supiera nadar.

J Temores.

1. Pensábamos que alguien podría enfermarse.
2. Temíamos que el vuelo fuera cancelado.
3. Dudábamos que todos llegaran al aeropuerto a la hora correcta.
4. Estábamos seguros de que alguien olvidaría el pasaporte.
5. Temíamos que un amigo cambiara de opinión a última hora y decidiera no viajar.

K Coches.

1. daba
2. arrancaba
3. hacía
4. fuera
5. estuviera
6. gastara
7. pidiera

L Fascinante Buenos Aires.

1. pudieron
2 conocimos
3. indicara
4. diera
5 pasearan
6. devolvieran
7. vieran
8. hicieron
9. quedara
10. fuera

Lengua en uso

M Un cuento argentino.

1. **Tienes razón,** María Laura es tan buena.
2. ¿Qué **quieres** tío?
3. **Escríbele tú,** nomás. **Dile** que se cuide.
4. **Mira, dile** a Rosa que se apure, **quieres.**
5. ¿Cómo **puedes** imaginarte una cosa así?
6. **Dile** a Pepa que le escriba, ella ya sabe.
7. **Mira**, ahora que lo **dices** se me ocurre que convendría hablar con María Laura.

UNIDAD 6
LECCIÓN 2

¡A escuchar!

Gente y cultura del mundo 21

A Escritor uruguayo.

1. F
2. F
3. F
4. C
5. F
6. C

B La música nacional de Uruguay.

1. F
2. C
3. C
4. F
5. C
6. F

Acentuación y ortografía

C Acentuación.

1. le / yen / da
2. re / pú / bli / ca
3. des / co / no / ci / da
4. dio / ses

5. co / ra / zón
6. hier / ba
7. sa / cri / fi / cio
8. pa / cí / fi / cas
9. dé / se / o
10. sa / cer / do / tes
11. mag / ní / fi / ca
12. á / gui / la
13. ar / mo / nía
14. pri / sio / ne / ro

D Diptongos.

1. o / es / te
2. ce / re / al
3. U / ru / guay
4. ca / ca / o
5. Eu / ro / pa
6. co / re / a / no
7. ha / bláis
8. pa / se / ar
9. de / sier / to
10. is / ra / e / li / ta

E Dictado.

Uruguay: la "Suiza de América" en recuperación

En la década de los 20, Uruguay conoció un período de tanta prosperidad económica y estabilidad institucional que comenzó a ser llamado la "Suiza de América". Desafortunadamente, este país, el más pequeño de Sudamérica y uno de los más democráticos, no ha logrado recuperar esa fama ni en la segunda mitad del siglo XX ni a principios del siglo XXI. Un golpe de estado en 1933 inició un período de represión política que duró más de diez años. En 1973, volvió una junta de militares y civiles a reprimir toda forma de oposición representada por la prensa, los partidos políticos o los sindicatos. Los once años de gobierno militar devastaron la economía y más de 300.000 uruguayos salieron del país por razones económicas o políticas. Hoy día en el siglo XXI, la economía uruguaya sigue siendo castigada por el contagio de la crisis en Argentina.

Mejoremos la comunicación

Vocabulario activo

F Lógica. *Las respuestas van a variar*

1. el Día de la Independencia, la Noche Vieja, el Día de Acción de Gracias
2. el Día de los Padres, el Día de las Madres, el Día de los Inocentes
3. el Día de los Reyes Magos, el Día del Santo
4. el Día de los Muertos, la Pascua Florida
5. mesquita, sinagoga, templo

G Palabras cruzadas.

¡Tener a toda la familia presente!

```
              N A V I D A D
        D Í A  D E  L A  I N D E P E N D E N C I A
  D Í A  D E  L O S  E N A M O R A D O S
        P A S C U A S  F L O R I D A S
              D Í A  D E  L A S  M A D R E S
        D Í A  D E L  T R A B A J A D O R
        D Í A  D E  L O S  I N O C E N T E S
              D Í A  D E  A C C I Ó N  D E  G R A C I A S
  D Í A  D E  L O S  P A D R E S
              N O C H E  B U E N A
```

Gramática en contexto

H Invitación rechazada.

1. Ernestina dijo que iría con tal de que no tuviera que salir con una amiga.
2. Sergio dijo que vería la obra en caso de que el patrón no lo llamara para trabajar esa noche.
3. Pilar dijo que saldría conmigo con tal de que yo invitara a su novio también.
4. Pablo dijo que no saldría de su cuarto sin que el trabajo de investigación quedara terminado.
5. Rita dijo que me acompañaría a menos que su madre la necesitara en casa.

I Promesas.

1. me bañara;
   me arreglara
2. me entregara
3. leyera
4. terminara
5. volviera

J Ayuda.

1. se desocupara
2. se sentía; necesitaba
3. terminaran
4. trabajaba
5. comenzaran
6. hicieran

K El mundo al revés.

1. leyera
2. supiera
3. entré
4. quería
5. explicaba
6. notaban
7. miraba
8. hubiera
9. pudiera

Lengua en uso

L Sueños de piloto.

1. condujera
2. anduviera
3. dijera
4. produjera
5. satisficiera

UNIDAD 6
LECCIÓN 3

¡A escuchar!

Gente y cultura del mundo 21

A Dictador paraguayo.

1. C
2. C
3. F
4. F
5. C
6. F

B Música paraguaya.

1. C
2. C
3. C
4. F
5. F
6. F
7. C

Pronunciación y ortografía

C La presa de Itaipú.

1. Ah
2. Ha
3. ha
4. a
5. ha
6. a
7. ha
8. ha
9. ha
10. a
11. Ah
12. ha
13. a
14. ha
15. a
16. ha

D Dictado.

Paraguay: la nación guaraní

Paraguay se distingue de otras naciones latino-americanas por la persistencia de la cultura guaraní mezclada con la hispánica. La mayoría de la población paraguaya habla ambas lenguas: el español y el guaraní. El guaraní se emplea como lenguaje familiar, mientras que el español se habla en la vida comercial. El nombre de Paraguay proviene de un término guaraní que quiere decir "aguas que corren hacia el mar" y que hace referencia al río Paraguay que, junto con el río Uruguay, desemboca en el Río de la Plata.

Mejoremos la comunicación

Vocabulario activo

E Lógica. *Las explicaciones pueden variar.*

1. criollo
2. incas
3. mestizos
4. papa
5. quechua

F Opciones.

1. b
2. c
3. b
4. a
5. b

Gramática en contexto

G Escena familiar.

1. había cenado
2. había practicado
3. había visto
4. había leído
5. había salido

H Antes del verano.

1. habrán organizado
2. habrá planeado
3. habré obtenido
4. nos habremos graduado
5. te habrás olvidado

I Deseos para el sábado.

1. Si no hubiera estado ocupado(a), habría ido a la playa.
2. Si no hubiera tenido que estudiar tanto, habría asistido a la fiesta de Aníbal.
3. Si hubiera hecho mi tarea, habría jugado al vólibol.
4. Si hubiera terminado de lavar el coche, habría dado una caminata por el lago.
5. Si lo hubiera planeado con más cuidado, habría salido de paseo en bicicleta.
6. Si hubiera estudiado más por la mañana, hubiera podido ir al cine por la noche.

J El guaraní.

1. haya desaparecido
2. habría desaparecido
3. habían aprendido
4. habría resultado
5. hubiera desaparecido
6. ha ocurrido
7. ha visto
8. habrá muerto

Lengua en uso

K Los "desaparecidos".

1. habían
2. hubo
3. hayan
4. habían
5. habían
6. habría

UNIDAD 6
LECCIÓN 4

¡A escuchar!
Gente y cultura del mundo 21

A Escritora chilena.

1. F
2. F
3. F
4. F
5. F
6. C

B Isla de Pascua.

1. a
2. c
3. b
4. b
5. a

Acentuación y ortografía

C Violeta Parra.

1. esta
2. Esta
3. ésta
4. esta
5. Está
6. está
7. está
8. esta
9. está
10. esta
11. Está
12. está
13. éata
14. está
15. esta
16. está

D Dictado.

El regreso a la democracia

A finales de la década de los 80, Chile gozó de una intensa recuperación económica. En 1988 el gobierno perdió un referéndum que habría mantenido a Pinochet en el poder hasta 1996. De 1990 a 1994, el presidente Patricio Aylwin, quien fue elegido democráticamente, mantuvo la exitosa estrategia económica del régimen anterior, pero buscó liberalizar la vida política. En diciembre de 1993 fue elegido el presidente Eduardo Frei Ruiz-Tagle, hijo del presidente Eduardo Frei Montalva, quien gobernó Chile de 1964 a 1970. Chile se ha constituido en un ejemplo latinoamericano donde florecen el progreso económico y la democratización del país.

Mejoremos la comunicación
Vocabulario activo

E Lógica. *Las explicaciones van a variar.*

1. comercio
2. excluir
3. PIB
4. amplificar
5. desarrollo científico

F Definiciones.

1. c
2. a
3. b
4. b
5. c

Gramática en contexto

G Recomendaciones médicas.

1. se haga
2. volviera
3. trabajara
4. reduzca
5. coma
6. disminuyera
7. usara
8. se mantenga
9. consumiera

H Lamentos, lamentos.

1. Este año se lamenta de que sus amigos no lo inviten a todas las fiestas.

   El año pasado también se lamentaba de que sus amigos no lo invitaran a todas las fiestas.

2. Este año se lamenta de que su novia se enfade con él a menudo.

   El año pasado también se lamentaba de que su novia se enfadara con él a menudo.

3. Este año se lamenta de que sus padres no lo comprendan.

   El año pasado también se lamentaba de que sus padres no lo comprendieran.

4. Este año se lamenta de que sus profesores no le den muy buenas notas.

   El año pasado también se lamentaba de que sus profesores no le dieran muy buenas notas.

5. Este año se lamenta de que su hermana no le preste dinero.

   El año pasado también se lamentaba de que su hermana no le prestara dinero.

I Opiniones de algunos políticos.

1. hubieran apoyado
2. eligen
3. llegara
4. desean
5. dieran
6. hubiera sido
7. respaldaran

J Preferencias literarias.

1. tuviera
2. quedé
3. había gustado
4. tenía
5. hubiera interesado
6. identificara
7. apareció
8. agradara
9. hay
10. continúa

Lengua en uso

K La cultura mapuche. *Las respuestas pueden variar.*

1. Los españoles se sorprendieron de que los mapuches pelearan tan valientemente y no se rindieran.

2. El español Alonso de Ercilla nos dijo en su poema épico "La Araucana" que los mapuches fueron muy valientes.

3. Es sorprendente que los mapuches sólo fueran conquistados por la armada chilena a fines del siglo XIX.

4. Es triste que el gobierno chileno no fomentara la preservación del idioma y la cultura mapuches.

5. A pesar de que las cifras oficiales indican que hay alrededor de un millón de mapuches en Chile, otras fuentes indican que la población real es de medio millón.

6. Habrían muchos más mapuches en Chile hoy en día si el gobierno no les hubiera quitado sus tierras.

7. Es bueno que algunos sacerdotes estudiaran el idioma mapuche y le dieran una forma escrita.

8. Es lamentable que muchos niños mapuches no estén aprendiendo el idioma de sus antepasados.

9. Muchos mapuches rehúsan a mudarse la ciudad por temor a perder aún más su idioma y sus tradiciones.

L Allende y Pinochet.

1. hubiera, habría
2. hubiera, habría
3. habría, hubieran
4. llegara, revocaría
5. se instalara, mejoraría
6. habrían, hubiera
7. habría, hubieran

Apéndice B
Reglas de acentuación en español

REGLAS DE ACENTUATIÓN EN ESPAÑOL

1. Las palabras que terminan en **vocal, n** o **s,** llevan el "golpe" o énfasis en la penúltima sílaba:

   libro: **li**-bro   corren: **co**-rren   armas: **ar**-mas

2. Las palabras que terminan en **consonante, excepto n** o **s,** llevan el "golpe" o énfasis en la última sílaba:

   papel: pa-**pel**   mirar: mi-**rar**   verdad: ver-**dad**

3. Todas las demás palabras que no siguen estas dos reglas llevan acento escrito:

   razon: ra-**zón**   arbol: **ár**-bol   jamas: ja-**más**

   Según las primeras dos reglas, todas las palabras esdrújulas (las palabras que llevan el "golpe" en la antepenúltima sílaba) siempre llevan acento escrito:

   timido: **tí**-mi-do   Mexico: **Mé**-xi-co   ultimo: **úl**-ti-mo

Excepciones a las reglas de acentuación

a. Para romper diptongos:

   Maria: Ma-**rí**-a   país: pa-**ís**

b. Para distinguir las palabras homófonas:

el *(the)*	él *(he)*
tu *(your)*	tú *(you)*
mi *(my)*	mí *(me)*
de *(of)*	dé *(de **dar**)*
se *(pron.)*	sé *(de **saber**; de **ser**)*
mas *(but)*	más *(more)*
te *(you, pron.)*	té *(tea)*
si *(if)*	sí *(yes)*
solo *(alone)*	sólo *(only)*
aun *(even)*	aún *(still, yet)*

c. Para distinguir los pronombres demostrativos de los adjetivos demostrativos:

ese, esa *(that, adj.)*	ése, ésa *(that one, pron.)*
esos, esas *(those, adj.)*	ésos, ésas *(those, pron.)*
este, esta *(this, adj.)*	éste, ésta *(this one, pron.)*
estos, estas *(these, adj.)*	éstos, éstas *(these, pron.)*
aquel, aquella *(that, adj.)*	aquél, aquélla *(that one, pron.)*
aquellos, aquellas *(those, adj.)*	aquéllos, aquéllas *(those, pron.)*

¡OJO! Los pronombres neutros **esto, eso** y **aquello** nunca llevan acento escrito.

d. Para distinguir las palabras interrogativas y exclamativas:

como *(like, as)*	cómo *(how)*
porque *(because)*	por qué *(why)*
que *(that)*	qué *(what)*

e. Los adverbios terminados en **-mente** conservan el acento escrito si lo llevan como adjetivos. (Éstas son las únicas palabras en español que llevan dos "golpes" en la misma palabra):

fácil + mente = **fá**-cil-**men**-te

rápida + mente = **rá**-pi-da-**men**-te

Sin embargo, si el adjetivo no lleva acento escrito tampoco lo lleva el adverbio.

lenta + mente = **len**-ta-men-te